LA FONTE DES RÊVES

Du même auteur
aux Éditions J'ai lu

Winterheim :
1 – Le fils des Ténèbres, *J'ai lu* 6180
2 – La saison des conquêtes, *J'ai lu* 6336

Dreamericana, *J'ai lu Millénaires*

L'île du sommeil, *J'ai lu Jeunesse* 6458

FABRICE COLIN

LA FONTE DES RÊVES

WINTERHEIM-3

Carte et illustration : Julien Delval

J'AI LU

Ce livre est dédié à tous ceux qui ont eu la patience de l'attendre et ne se sont jamais lassés de me le réclamer.

Le ciel et la terre se confondaient, la mer s'ébattait en danses contorsionnées, formant des hommes, des chevaux, des drapeaux déchirés. Dieu sait, pensais-je, de quoi je suis témoin aujourd'hui et pourquoi la mer s'ouvre sous mes yeux ? Peut-être en cet instant contemplé-je l'intérieur du cerveau de la terre, comme il travaille, comme tout bouillonne !

Knut HAMSUN, *Pan*.

Erland
Cauchemar
Nordheim
Désir
Monts Pétrifiés
Forêt des songes
Crêtes de Sang
Souvenir
Darkwald
Archipels de Brume

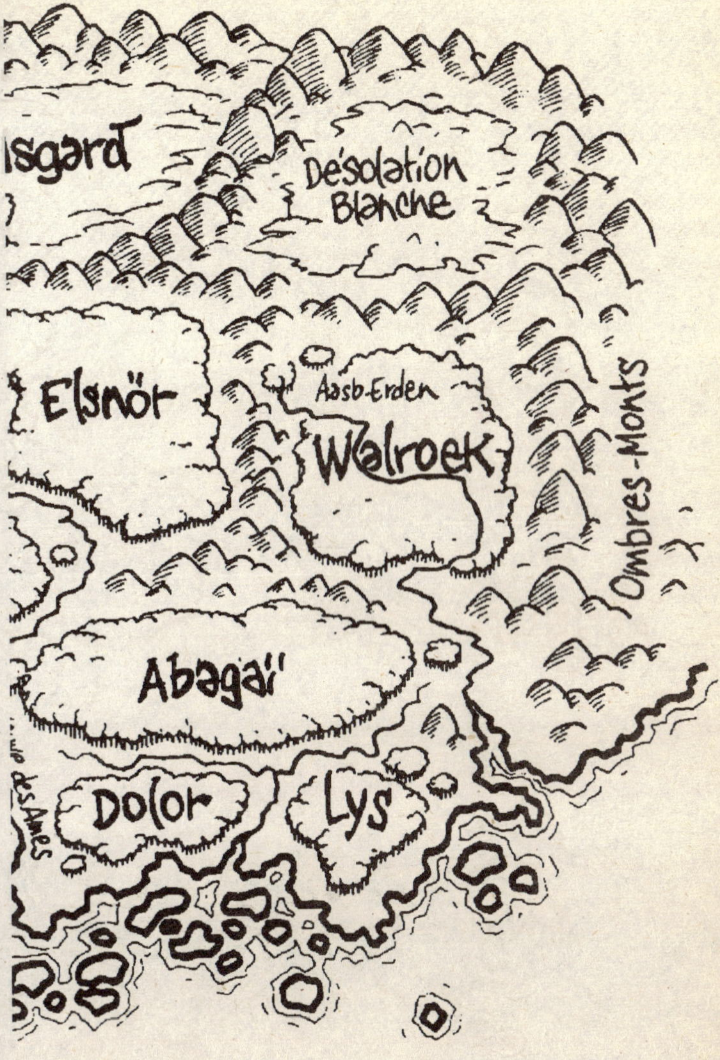

sgard
Désolation
Blanche
Elsnör
Aasb-Erden
Walroek
Ombres-Monts
Abagaï
Dolor
Lys
des Âmes

Septième mouvement

LA GUERRE

PROPHÉTIES

La bataille fait rage.

Partout, la bataille finale et sans pitié.

Ce n'est pas seulement les Faeders contre les Dragons. C'est les dieux contre le monde. Les dieux anciens contre le monde nouveau.

Les branches du Grand Arbre s'agitent. Ses racines se tordent, son tronc craque et respire. Et le jeune Janes Oelsen ne sait pas encore ce qui repose entre ses mains.

Pour l'heure, il essaie de survivre.

Comme tout le monde, il s'enfuit.

Partout dans les villes, les campagnes, les forêts, partout à l'ombre des montagnes, au bord des lacs tremblants, les hommes prennent peur, les hommes regardent les étoiles et guettent les signes inévitables. Dans leurs poings serrés, un peu de terre humide. Quelque chose va finir.

Il y a ce murmure.

Il y a cette rumeur, qui enfle peu à peu.

D'antiques croyances se réveillent, reviennent à la vie.

Dans les profondeurs de Mondstadt, les moines du collège aveugle parcourent de leurs doigts fébriles des pages oubliées qui racontent, dans une langue secrète, les tourments et les convulsions à venir.

Les Prophéties de l'Hiver !

Ailleurs, les augures de Freigard, venus des forêts d'Elsnör et de Nordheim, sillonnent les routes des royaumes du nord et frappent des tambourins de peau en chantant l'avènement d'une liberté nouvelle. Certains sont arrêtés, passés par les armes. Mais leur parole ne meurt pas. Elle se propage au contraire, elle se disperse, portée par le vent.

Plus au sud encore, au sein des lointains Archipels de Brume, les mystérieuses Sœurs de l'Arbre marmonnent des suppliques mélodieuses en se cognant la poitrine. Derrière leurs longs voiles brodés, au cœur de l'exil, un chatoiement d'espoir.

Il va venir, disent-elles.

Elles ne savent pas quand, elles ne savent pas comment, mais elles savent qu'elles seront là, et qu'elles auront leur rôle à jouer.

Le moment approche.

Chuchotés, susurrés ou bien passés sous le manteau, déformés, défigurés, frappés de sceaux interdits, les secrets de Midgard se répandent comme un poison dans les veines de la terre, et les Faeders sont impuissants à endiguer le mal. On dit que le monde a enfanté les dieux pour exercer sa volonté sur les hommes. On dit que le monde est fatigué des dieux.

Oui, sourient les moines et les nonnes et les augures dans le tréfonds de leur cœur, délectez-vous, mortels, car dans Sa sagesse, Il a enfanté un fils, un dernier fils, chargé de mettre un terme au sanglant règne des dieux.

Plus de Faeders, plus de Dragons.

Plus de prières inutiles, plus de suppliques ni de terreurs. Plus de montagnes qui se réveillent et voilent le ciel de cendres délétères. Plus de monarques aux pouvoirs divins, usant de tous les subterfuges pour asseoir sur les peuples leur autorité défaillante, non : plus rien que le monde et les hommes, plus rien que la vie.

Divagations mystiques, clament les esprits sceptiques. Mais qui peut savoir ? En ce moment même, tandis que, avec colère, Wultan et ses fils fourbissent leurs armes, le traîneau d'Ever achève sa course dans le ciel. En ce moment même, retranchées dans leur forteresse d'Asgard, les gardiennes du monde attendent la fin dans le doute et l'angoisse.

En ce moment même, un homme court, et des Dragons se réveillent, et des moines murmurent – et leur parole résonne dans les ténèbres.

Réjouissez-vous, mortels !

Car le Tresån arrive.

Aargan travaillait aux champs lorsqu'une longue gerbe de sang cingla la terre. Il lâcha sa faux et leva les yeux au ciel.

Rien.

Le jeune homme s'approcha. Il ne savait pas, comment aurait-il pu savoir ? que ce sang provenait d'une tête lancée par un Faeder plusieurs semaines auparavant, et qui avait parcouru des centaines de lieues parmi les nuages, au-dessus des montagnes, des fleuves en furie et des forêts profondes. Aucune histoire, aucune légende ne mentionnait semblable phénomène.

Une cicatrice rougeâtre s'était ouverte dans la neige ; elle traversait le champ de part en part et courait jusqu'au bois. Le paysan s'accroupit puis regarda autour de lui. Il se pencha. Le sang avait creusé l'épais manteau blanc jusqu'à la terre et de légères fumerolles s'échappaient en grésillant.

Aargan se releva.

Bientôt, les fumerolles devinrent plus épaisses ; elles se dressèrent et se tordirent en sifflant. Terrifié, le paysan recula.

Sur toute la longueur de la boursouflure, des tourbillons de fumée pourpre et grise se contorsionnaient et faisaient entendre leurs chuintements.

Des formes apparurent.

Aargan voulut s'enfuir, mais ses jambes ne lui obéissaient plus.

C'étaient...

On aurait dit des enfants, oui, c'étaient des enfants, tous identiques, mais leur visage ! leur visage était triste et vieux et plein d'une sagesse maléfique, des mendiants, ils ressemblaient à des mendiants, des enfants mendiants vêtus de haillons crasseux, des silhouettes grimaçantes, les bras le long du corps, qui s'avançaient vers lui les cheveux au vent.

Sorcellerie !

Ils se dispersaient dans les champs en dodelinant de la tête. Ils étaient des centaines, des milliers maintenant, et leur troupe trop calme se répandait vers les bois et le village.

Aargan recula d'un pas.

Un enfant s'était tourné vers lui. Le paysan tressaillit. Il chercha sa faux des yeux, mais ne la trouva pas. Un sourire pâle illuminait le visage de la créature tandis qu'elle s'approchait, silencieuse. Elle s'arrêta à quelques pas. Aargan était tétanisé.

— Qui es-tu ?

— Fils... de l'Effroi.

— ...

L'enfant montra le ciel.

— Sa tête... Sa tête... qui vole sans trêve...

— Ne me fais pas de mal. Je t'en supplie.

— Faire... du mal ? répéta la créature intriguée en balayant la plaine du regard.

Le vent soufflait plus fort. Une mélopée lancinante sourdait maintenant du sol, se mêlant à ses mots.

— Ère... des dieux anciens... touche à sa fin. Faeders et Dragons... livrent dernier combat... Ragnarök.

Aargan frémit.

Il *ressentait* les paroles de l'enfant.

— Déjà, continuait la voix, Crêtes de Sang vibrent des échos... d'une bataille terrible. Bientôt... la guerre... sur Midgard... s'abattra comme une vague. Ensuite, plus rien... Le monde lavé, purifié...

Le jeune paysan ouvrit la bouche. Deux filets de salive poisseuse coulaient le long de son menton. Il passa sa langue sur ses lèvres. Ce n'était pas de la salive.

C'était du sang.

— Qu'est-ce qui m'arrive ?

— Le fils des Ténèbres... est en route, poursuivit l'enfant. Lui... tu dois croire. Lui... seulement.

L'enfant tourna les talons.

Aargan tomba à genoux dans la neige et le regarda rejoindre les siens. De fines silhouettes vaporeuses continuaient de sortir de la fissure, s'avançaient en chancelant sur la plaine blanchie.

Là-haut dans le ciel, quatre têtes ensanglantées filaient toujours. Et partout dans leur sillage, des rivières de sang se formaient, d'autres enfants prenaient vie, des enfants prophètes, ils envahissaient les prés glacés, les routes, les villages, ils se pressaient aux portes des grandes villes, psalmodiant leur litanie envoûtante : le Ragnarök était là, la guerre et ses horreurs, pas un royaume ne serait épargné, ô terrible moisson ! et les anciennes prophéties prenaient corps.

* * *

Pour nous, songeait Wultan au même moment à des centaines de lieues de là, pour nous, tout sera bientôt fini si je reste immobile. Et le monde entier conspire à ce que je reste immobile, n'est-ce pas ?

Ses mains étaient enfouies dans les poches de son ample manteau. Dans son dos, les ombres des sapins de Nordheim s'étiraient sur la prairie.

Le Faeder huma le vent glacé.

Les cimes des Crêtes de Sang se découpaient sur l'horizon. Çà et là, quelques plaques de neige scintillaient encore sous les feux du crépuscule. Ailleurs, les herbes hautes ployaient en sifflant.

Wultan sortit les mains de ses poches et essaya de remuer la gauche. Ses mâchoires se crispèrent. Malgré tous ses efforts, il ne parvenait qu'à bouger faiblement l'index et le majeur. Les autres doigts étaient de pierre.

Le Faeder plissa le front. De sombres pensées roulaient sous son crâne, des rochers crépitants. Il brandit un poing vers le soir.

— Qu'est-ce que tu veux, hein ?

Avec un sanglot, il posa un genou à terre, arracha une motte à demi gelée et l'écrasa lentement dans sa main droite.

— Qu'est-ce que tu veux ? répétait-il, paupières mi-closes. Tu sais très bien qu'ils ont besoin de nous ! Laisse-nous... Laisse-nous faire ce que nous avons à faire.

Des larmes de douleur perlaient à ses paupières.

Il se redressa en rugissant, puis cracha dans l'herbe.

— Tu peux sortir, clama-t-il avec un geste vers la forêt.

Hésitant, un serviteur en livrée qui, jusqu'à présent, s'était tenu sagement en retrait, s'avança vers son maître. C'était une jeune recrue convaincue d'hérésie, un membre des prophètes de Freigard qui professait la mort des dieux.

— Votre Magnificence...

Wultan le regarda approcher en défaisant son manteau.

— Sors ton épée.

— Bien, Votre Magnificence.

— Dis-moi qui je suis.

Sa lame à la main, le soldat essaya de sourire.

Il savait que toute son existence se jouait en cet instant. Un feu ardent couvait sous sa poitrine mais, en dépit de toutes ses convictions, il voulait vivre, désespérément.

— Vous êtes... Notre seigneur et maître. Vous êtes le roi et...

— Je suis un Faeder.

— Oui, Votre Magnificence.

Wultan se débarrassa de son armure et la laissa tomber au sol, sur son manteau déployé.

— Sais-tu ce qui nous sépare, mortel ?

— ...

— Je ne peux pas mourir.

— C'est vrai, Votre Magnificence.

Le Faeder fit un pas en avant.

— Crois-tu en moi ?

Le jeune homme était pétrifié.

Wultan le dépassait d'une bonne tête.

— Crois-tu en moi, mortel ?

— Oui, Votre Magnificence.

— Alors donne-moi ton épée.

— Mais...

— Ne discute pas.

Le soldat leva la tête. L'homme au grand chapeau noir avait plongé ses yeux dans les siens.

— Voici, Votre Magnificence.

— Sais-tu ce que je vais faire ?

— Il me semble... Il me semble que vous allez...

Sans lui laisser le temps d'achever, le Faeder lui arracha son épée des mains et se l'enfonça dans l'abdomen. Un rictus affreux déforma son visage. Ses genoux ployèrent et pendant un bref instant il demeura ainsi, prêt à tomber, tous ses muscles tendus en un suprême effort.

La jeune recrue balbutia des mots sans queue ni tête.

— Votre Magnificence... Vous devez...Oh, par les dieux...

D'un coup sec, le Faeder ôta la lame de son ventre et recula en titubant. Des gouttes vermeilles giclèrent sur l'herbe.

Le jeune soldat tremblait comme une feuille. Wultan lui rendit son épée.

— Votre Magnificence... Voulez-vous que j'appelle... ?

Le Faeder sembla vaciller. Sa tunique était toute poissée de sang.

— Approche.

— Votre Magnificence...

— Viens par ici. Viens sentir de quoi, toi, tu es fait !

Le soldat voulut battre en retraite, mais le maître des Faeders ne lui en laissa pas le temps : il l'attrapa par l'épaule, le fit rouler dans l'herbe, et tomba sur lui. Pris de panique, l'homme essaya frénétiquement de se libérer en agitant son épée. Wultan braillait comme un ivrogne.

— Je suis unique ! Je suis ton seul dieu !

Assis sur sa victime, paupières mi-closes, il la maintenait d'une main de fer. Ses doigts dégoulinaient de sang, il avait perdu son chapeau.

— Je vous en supplie... bredouilla le jeune soldat, écrasé par la puissance de son adversaire, je vous en supplie, je ne demande qu'à vous servir et...

— Tue-moi, qu'est-ce que tu attends ? Tue-moi encore ! Ne vois-tu pas que je suis immortel ?

Il lui prit son épée et la jeta au loin.

— Tu as la foi, n'est-ce pas ?

L'homme hocha piteusement la tête.

— Pourrais-tu t'enfoncer ta propre lame dans le ventre ?

— N... Non...

— Alors, quel est le dieu que tu révères ?

Le jeune soldat comprit qu'il allait mourir s'il ne répondait pas à l'instant ce qu'on attendait de lui. Il n'hésita pas longtemps :

— V... Vous.

— Existe-t-il un dieu qui puisse me vaincre ?

— Nulle part, Votre Magnificence.

— Comment le sais-tu ?

— Parce que... Parce que je vous ai vu et que... il en a toujours été ainsi.

— Bien, soupira Wultan en renversant la tête en arrière, bien, c'est cela, oui, ce sont ces mots que je veux entendre, encore et encore, je suis... le maître des dieux... je suis... celui qui demeure et qu'on ne détruit jamais, tandis que toi, mortel... toi, tu es fait d'une matière friable et pourrissante et...

Dans un sursaut inattendu, inespéré, le soldat s'arc-bouta et parvint à faire basculer son assaillant. D'un bond, il se remit sur pied et s'élança. Mais une main jaillit et happa son mollet. Il retomba à la renverse, entreprit de ramper.

— Reste ici ! hurla Wultan, affaibli par sa blessure. Reste ici, que je te tue !

Le soldat tenta de se dégager, sans succès. Le Faeder tenait fermement sa jambe et continuait de grogner :

— Lâche... Ah ! tu... es un... bien piètre soldat...

La jeune recrue tâtonna à la recherche de son épée et finit par la retrouver.

— Qu'est-ce que tu fais ? articula Wultan en le voyant lever son arme.

Le soldat ferma les yeux.

La lame retomba sur sa cheville et s'enfonça jusqu'à l'os.

Il hurla de douleur et abattit de nouveau son épée. Le Faeder lâcha prise. Libre ! Pleurant, geignant comme un loup blessé, le soldat arracha un pan de sa tunique et se confectionna un garrot de fortune, cependant que Wultan, agenouillé dans l'herbe, considérait d'un air incrédule la bouillie sanglante qui lui restait entre les mains.

— Engeance de Freigard, marmonna-t-il, engeance venteuse, sois maudit !

— Soyez maudit vous-même ! rétorqua le soldat en se traînant à quatre pattes. Il n'y a pas de dieu, il n'y a plus de dieu, vous n'êtes rien ! RIEN !

Agenouillé dans l'herbe noire, la face et les mains barbouillées de sang, le Faeder le regarda s'éloigner sans réagir.

Le soldat tourna les talons et courut vers la forêt.

À tout moment, il s'attendait à mourir, foudroyé par la colère de son ennemi.

Mais rien n'arriva.

Le couvert bienveillant des arbres l'absorba d'un seul coup, et il disparut sans demander son reste.

CONVULSIONS

Blanche sur sa banquise, la citadelle d'Asgard se dressait au milieu de l'hiver, arborant avec fierté ses quatre tours Dragons et son donjon de mille pieds. Au bas de la falaise s'étendait le monde de Midgard. Ses habitants ne pouvaient voir la forteresse : elle leur était cachée par la masse énorme d'Yggdrasil l'arbre du monde !

Les branches immenses du frêne pourfendaient les nuages et ses racines plongeaient dans les profondeurs de l'enfer. Asgard, sous son ombre, paraissait minuscule. À l'assaut de ses murailles, des maelströms de neige hurlaient en tempêtes furieuses.

Debout face au vent entre les dents du Dragon Syd, la vieille Reah tendait les mains vers le sommet du Grand Arbre. Ses bras décharnés étaient nus, et son visage aveugle pleurait des larmes noires que sa fille, emmitouflée dans une épaisse fourrure, recueillait en un chaudron de fonte. Oh, murmurait-elle, ô Yggdrasil, en ces jours sombres nous implorons ta clémence. Yggdrasil...

Les arbres sont les pensées du monde, disait un proverbe ancien. Mais cet arbre-ci *était* le monde.

Trente mille pieds ! On aurait pu tailler un navire dans chacune de ses branches.

Assise sur un tabouret d'argent, l'énigmatique Wyrd aux humeurs toujours changeantes faisait cliqueter ses aiguilles sans relâche, d'une main tenant ses trois fils et de l'autre, la toile déjà tissée, qui descendait sur le perron, traversait la pièce, dévalait les escaliers et occupait presque la totalité de la cour.

— Il arrive, mère.

Reah resta muette.

— Partout, poursuivit sa fille, les enfants de la Peur se déploient, partout leurs prophéties sont entendues, et les sages retournent aux textes anciens, la langue interdite est de nouveau déchiffrée, les gens... les gens prennent les armes et se prosternent et se frappent la poitrine... ils attendent les ombres, ils attendent...

Elle s'arrêta un instant de tisser puis, comme prise d'une inspiration subite, se leva et reposa ses aiguilles en croix. Lentement, Reah tourna la tête dans sa direction. Les larmes traçaient deux sillons noirs sur ses joues ridées.

Wyrd effleura la roche.

Le pouls du Dragon battait là, à peine perceptible.

— Pourrez-vous jamais nous pardonner ?

Une bourrasque de neige s'engouffra dans la gueule de pierre. La Faeder ferma les yeux. *Ce n'est rien*, disait la voix de Syd. *Ce n'est rien, il devait en être ainsi.*

— Oh, nos sœurs qui courent et s'agitent de par le monde. Comme ils sont douloureux, ces derniers soubresauts ! Comme il est dur de disparaître !

Elle retourna vers sa mère, s'agenouilla et enlaça ses jambes en fermant les yeux. La vieille femme ne cilla pas. Ses pupilles blanchâtres étaient toujours fixées sur Yggdrasil, ses mains s'ouvraient et se refermaient nerveusement, elle tremblait.

— Tu entends quelque chose, n'est-ce pas ?

Reah s'arrêta de trembler.

— Tu l'entends Lui ? Tu entends Sa voix ?

Silence.

Avec un soupir, la Faeder s'engouffra dans l'escalier de la tour Dragon.

Neuf cent quatre-vingt-dix-neuf marches.

Ses pas crissaient sur la toile qu'elle avait elle-même tissée. Wyrd et sa mère avaient toujours respecté l'Exeat, attendant patiemment que les choses arrivent. Et les choses arrivaient, maintenant. La Peur dispersait ses enfants aux quatre coins de Midgard.

Avec le temps, une sorte de trêve tacite s'était nouée entre les derniers Faeders d'Asgard et les quatre monstres pétrifiés sacrifiés par leurs frères. Tous se sentaient liés par une semblable fatalité. La citadelle vivait en sursis.

Arrivée dans la cour, Wyrd embrassa son œuvre du regard. La toile de la destinée recouvrait tout. Ses replis moirés flamboyaient sous le soleil d'hiver, et les flocons fondaient lorsqu'ils se posaient sur elle.

La Faeder se dirigea vers le donjon. Un escalier secret menait aux profondeurs de la forteresse. Là gisait le cœur d'Asgard : une mosaïque complexe de salles désertes et de temples obscurs, d'antichambres millénaires et de lacs sans fond où brillaient les feux pâles de torches bleu-orange.

Wyrd passa des portes de fer, closes depuis des siècles. Elle laissa sa main glisser contre les murs rugueux, dans un silence de tombeau. Par de minces ouvertures, des rais de lumière frappaient le sol de poussière.

La Faeder pénétra dans le sépulcre, s'arrêta un instant, puis s'inclina devant un vieux gisant de pierre. La statue figurait un homme de puissante carrure, allongé de tout son long, une épée posée sur le corps.

Tyr.

Tyr, la Justice, pétrifié par la colère de Wultan.

Wyrd se pencha sur le gisant et passa le dos de sa main sur sa figure.

— Comment vous sentez-vous, ô mon oncle ?

La statue fixait le plafond.

— Ils disent que la prophétie va se réaliser. Que rien ne pourra l'arrêter.

Elle renifla, regarda autour d'elle.

— J'ai peur, ô mon oncle.

Elle fit glisser sa main sur la garde de son épée.

— J'ai peur de disparaître.

Ses paroles résonnaient dans la solitude pierreuse. La Faeder se sentait seule, plus seule que jamais.

— Il n'y aura pas de justice, n'est-ce pas ?

Elle se mordit les lèvres.

— Pas de justice.

Les portes de la forteresse volèrent en éclats à l'instant même où les doigts du jeune homme se refermaient sur l'anneau. Sous les coups de bélier des fantassins de Nordheim, les battants de bronze avaient fini par céder, et la lumière du dehors s'était déversée avec eux comme un torrent.

Un bataillon de Dragons et de draakens se précipita à la rencontre des assaillants.

Le choc fut terrible. Les guerriers de Nordheim firent tournoyer leurs fléaux d'armes et enfoncèrent les armures des soldats de première ligne. Des lames scintillèrent, des membres furent tranchés. En un éclair, le grand hall fut empli de hurlements furieux, et le sang coula, le sang suinta entre les jointures des armures et goutta sur les dalles glacées.

Les Dragons se battaient sans armes.

C'étaient des spécimens chétifs comparés à leurs pères, le sang de leur race s'était dilué dans les lignées et les fratries innombrables, mais leur force n'en restait pas moins redoutable : de leurs griffes cinglant l'air, ils faisaient voler têtes et entrailles en une infernale sarabande.

Debout sur la terrasse, Aldrig et les siens avaient tiré leurs épées. Le maître d'Ardenaas se tourna vers Janes.

— Tu dois partir.

Le jeune homme acquiesça.

Il avait posé une main sur la poignée de sa lame et regardait le lac de lave crépitant, à quelque cinq cents pieds en contrebas. Une chance que Donn'r lui ait rendu son épée.

— Vois, poursuivit le draaken en désignant le cratère, un escalier descend à flanc de montagne et s'enfonce dans les profondeurs. Fineas ?

Un jeune Dragon se redressa parmi les gardes.

— Conduis notre hôte.

— À vos ordres.

— Et vous ? demanda Janes.

Aldrig fit virevolter sa lame.

— Nous ferons ce qui doit être fait.

Le jeune homme cligna des yeux. Le Dragon chargé de lui montrer le chemin avait déjà disparu. Il se lança à sa poursuite.

Un escalier en colimaçon menait aux étages inférieurs. Les pas de Fineas résonnaient dans la pénombre. Janes suivit leur écho et la porte se referma sur lui.

Bientôt, il déboucha sur une vaste pièce de forme octogonale, où trônait une statue de Dragon adulte. Le monstre était représenté aux côtés d'une réplique d'Ardenaas, édifiée à l'échelle. Il paraissait gigantesque.

— Par ici, souffla Fineas.

Il ouvrit une nouvelle porte, la verrouilla derrière eux et entraîna le jeune homme dans un dédale inextricable de halls, d'antichambres et de couloirs en trompe l'œil. À chaque détour, de larges plaques d'acier poli se dressaient tels de miroirs. Enfin, le Dragon fit coulisser une paroi en abaissant une torche fixée au mur, et attendit que l'humain arrive à sa hauteur. Il lui montra un dernier escalier qui disparaissait dans l'obscurité.

— À un moment, le chemin longe l'intérieur du cratère, et la chaleur est à peine supportable. Puis il repasse dans la montagne, quatre ou cinq heures de marche au moins.

— Et une fois sorti ?

Le Dragon haussa les épaules.

— Je ne sais pas.

— Bon sang, fit Janes en faisant glisser l'anneau à son doigt. Les montagnes doivent être truffées de soldats.

Il se tut.

Un grondement sourd se faisait entendre au-dessus de leurs têtes.

Fineas poussa le jeune homme en avant.

— Vite. Il n'y a pas une seconde à perdre.

Le jeune homme fouilla la pénombre du regard.

— Je n'ai pas la moindre chance.

Le Dragon posa une main sur son épaule.

— Tu te trompes, dit-il.

Et il le projeta dans les ténèbres.

Les oiseaux de malheur trouaient les nuages en hurlant. Les survivants levaient la tête à leur approche, puis retournaient à leur funèbre besogne. Oh, le ventre boursouflé de la nuit en flammes ! Le cratère était jonché de cadavres : à perte de vue, des corps entassés, jetés les uns contre les autres, formaient d'énormes tumulus, et une puanteur infernale s'élevait dans le sillage des porteurs de torches.

Deux des bataillons du Concordat avaient été littéralement décimés. Venus des montagnes voisines, les draakens avaient fondu sur leurs ennemis, dissipant dans le sang les effets d'un puissant sort de sommeil.

La bataille avait duré une journée entière.

De nouvelles légions humaines étaient arrivées en renfort. Les draakens s'étaient repliés avant qu'une horde de jeunes Dragons ne surgisse à son tour. En désespoir de cause, les officiers d'Elsnör avaient ordonné à leurs archers de tirer. Une pluie d'acier s'était abattue sur le champ de bataille, fauchant sans distinction Dragons, humains et draakens.

Puis un soleil exsangue avait basculé derrière les cimes, et les deux armées avaient battu en retraite. Avec satisfaction, les généraux de Wultan avaient constaté la disparition du soldat Noraek. Mais le Faeder n'avait guère eu le temps de se réjouir de la nouvelle. Sa fille Livia, en effet, s'était volatilisée. Et il avait eu beau lancer ses meilleurs limiers sur ses traces, elle était demeurée introuvable.

Un certain Davënger, l'un des compagnons de Janes, avait bien été aperçu aux alentours de la carriole, mais lui aussi était arrivé trop tard – et le maître des Faeders, après une violente escarmouche, avait fini par le terrasser. Que cet homme ait voulu ou non enlever la princesse ne changeait rien au problème.

Elle avait disparu.

Le lendemain, le combat avait repris, plus féroce que jamais.

Les généraux du Concordat s'étaient pourtant gardés de lancer une offensive trop massive. De nombreuses armées avaient été placées en réserve, des armées qui pénétraient maintenant dans les défilés rougeoyants et découvraient les cadavres de leurs prédécesseurs.

Des messagers avaient été dépêchés en Nordheim et en Elsnör. On avait doublé les primes des mercenaires d'Erland.

Dans un premier temps, cela avait semblé suffire. Submergés sous le nombre, les jeunes Dragons et leurs alliés draakens avaient reflué vers les hauteurs, brûlant derrière eux les corps de leurs ennemis.

Mais bien vite, des contre-attaques avaient été lancées.

Précédées par des éboulements, des cohortes de voortans avaient dévalé les pentes escarpées et s'étaient ruées sur les légions d'Elsnör et de Walrœk. Peu habitués à des chocs de pareille ampleur, les soldats du Kzaar Asraan, tétanisés, s'étaient contentés de baisser leurs visières, regardant approcher avec effroi ces terrifiantes créatures qu'ils n'avaient jamais connues qu'en cages.

Telles des sangsues, les voortans avides de chair s'étaient jetés sur leurs ennemis. Un vent de panique avait soufflé sur les armées du Concordat lorsque les premiers hurlements avaient retenti. La langue sanglante, les griffes luisant sous les feux du crépuscule, les voortans s'étaient repus de cœurs et de poumons avec de rauques gloussements de satisfaction.

Plus tard, un bataillon de cavaliers avait donné l'assaut et dispersé les monstres. Les fantassins de Walrœk et d'Elsnör en avaient profité pour s'égailler dans les montagnes. Montant à l'assaut des puissants contreforts, ils avaient espéré trouver refuge dans les étroits défilés des Crêtes de Sang.

Mais les jeunes Dragons les attendaient.

Des deux côtés, on commençait à comprendre que la bataille ne serait pas une simple bataille. Ce serait une guerre, une guerre totale et sans pitié.

En Nordheim, des ordres de mobilisation furent hâtivement placardés aux murs des grandes villes. Chargés de la conscription, des officiers vétérans frappaient aux portes des maisons, venaient chercher les recrues jusque dans leur lit. Debout ! Les Dragons sont de retour !

De fait, les espions du Concordat rapportaient des montagnes de fort inquiétantes nouvelles. Des frémissements avaient été perçus à l'est des Crêtes. En plusieurs endroits, la terre avait tremblé. Une légion entière avait disparu, engloutie par un gouffre, et une troupe de soldats hagards avait juré voir le ciel s'obscurcir, une chose énorme prendre son envol.

Les vieux Dragons.

Se pouvait-il que les monstres anciens se réveillent ?

* * *

Lorsqu'il eut vent pour la première fois de ces rumeurs, l'homme au grand chapeau noir, installé dans un camp de fortune édifié en lisière de montagne, entra dans une colère folle. Saisissant l'un des généraux de Nordheim par le cou, il lui broya les vertèbres d'une seule main. L'homme glissa au sol sous le regard incrédule de ses pairs.

— Où est passé le garçon ? demanda Wultan.

— Nos t – troupes d'élite sont parties à sa recherche, Monseigneur, l'une d'elles est ailleurs menée par votre f – fils, mais...

Le Faeder se retourna d'un bloc. Son regard était de braise.

— Mais *quoi* ?

— Nous attendons leur rapport.

— La forteresse d'Ardenaas ne tiendra pas très longtemps, Monseigneur. Nos émissaires sont parvenus à se procurer les plans adéquats et nous savons...

— Imbécile... lâcha Asraan, qui se tenait en retrait, les bras croisés dans l'ombre. Nos citadelles sont truffées de passages secrets, de chausse-trappes et de culs-de-sac. Pensez-vous sérieusement que ceux de notre race soient à ce point naïfs...

— Suffit ! tonna Wultan en brandissant un poing serré. Que m'importent ceux de votre race, Asraan ! Ce que je veux, c'est le garçon. Ce que je veux, c'est l'anneau. C'est pour cela que nous avons déclaré cette guerre...

— Dans ce cas, répliqua un haut dignitaire de Nordheim, accroupi devant le cadavre de son supérieur, pourquoi avoir lancé une offensive d'une telle envergure ?

Tous les visages se tournèrent vers l'impudent.

L'homme avala sa salive ; Wultan paraissait intéressé.

— Poursuivez.

— Ce que je veux dire, c'est que si les vieux Dragons se réveillent, nos armées ne pourront rien. Et vous le savez.

Le Faeder se caressa le menton.

— Suivez-moi, lâcha-t-il finalement.

Un silence de mort pesait sur l'assemblée.

Wultan sortit de la cahute en rondins, traversa la place herbeuse, passa les portes du fortin et fit quelques pas dans la plaine, avant de s'arrêter. Les généraux et les dignitaires qui l'avaient prudemment suivi (quelques officiers, avertis d'un bref claquement de doigts, ayant fait disparaître en un instant le corps du général occis) se figèrent à leur tour. Droit devant eux se dressaient les montagnes.

Le Faeder baissa son chapeau.

De son visage, on ne distinguait plus qu'une ombre.

Debout face aux contreforts, il ferma les yeux. Un feu liquide s'écoulait dans ses veines. Lentement, il leva un bras vers la masse rocheuse. On le vit remuer les lèvres.

— Nous... sommes... des Faeders, lâcha-t-il dans un souffle.

Autour de lui, la terre sembla se soulever. Des éclats de roche fusèrent. Wultan en appelait aux forces interdites de la terre.

Un éclair jaillit de sa main et vint s'écraser contre la base de la montagne, où il pulvérisa un rocher.

Une langue de feu s'éleva dans les airs.

— Des... combattants...

Le Faeder tremblait de tous ses membres, la terre vibrait autour de lui.

Bientôt, une nouvelle déflagration atteignit les contreforts. Une explosion rougeoyante illumina le soir, et l'écho se répercuta entre les monts voisins. Le feu dansait dans les yeux de Wultan. Plus rien ne pouvait l'arrêter.

— Nous... détruisons !

Boum. Boum.

Partout sur la montagne, des cratères fumants se formèrent, des crépitements ourlés de flammes, des éboulis furieux, et les généraux du Concordat se dévisageaient sans comprendre, se concertaient à voix basse, « il a perdu l'esprit, chuchotaient certains. Défier les vieux Dragons à lui seul ! » – « la question est, combien de Dragons ? répondaient les autres, sait-on seulement s'ils attaqueront, s'ils trouveront la force de se soulever de terre ? »

Pour finir, le Faeder leva les bras au ciel.

Deux filaments d'or liquide giclèrent vers les nuées et éclatèrent au-dessus du fortin. Wultan pivota sur ses talons et revint vers le petit groupe. Effrayés, les hommes s'écartèrent. L'homme au grand chapeau noir s'arrêta à leur hauteur. Son visage, creusé par la douleur, était devenu méconnaissable.

— Nous terrasserons les Dragons, affirma-t-il en les toisant. Moi et mes deux fils. Nous n'avons pas oublié ce qu'était que combattre.

— Mais nos armées...

— Vos armées se sacrifieront. Qu'est-ce que cent hommes ? Qu'est-ce que mille hommes ? Ne m'avez-vous pas assuré de votre soutien inconditionnel ? Ne m'avez-vous pas juré allégeance ?

— Les vieux Dragons vont détruire le monde, lâcha Asraan d'une voix sourde.

— Oh, vraiment ?

— Ils sont plus grands que les montagnes, ajouta un officier, caché derrière les autres.

— Peut-être, répondit le Faeder. Mais nous avons quelque chose qu'ils n'ont pas.

— Et qui est ?

— L'intelligence.

— Votre Magnificence...

— En attendant, cingla Wultan en écartant l'homme qui venait de parler, je vous conseille de ne pas oublier qui je suis. Ce que vous venez de voir, ajouta-t-il en désignant la montagne, n'est qu'une faible démonstration de mes pouvoirs. Je pourrais détruire ce fortin aussi facilement qu'on balaie un monticule de poussière. Je veux que vous doubliez les patrouilles de recherche et que vous retrouviez Janes Oelsen. Moi, je m'occupe du reste...

Un hurlement à glacer les sangs résonna dans les entrailles de la forteresse. Wyrd quitta précipitamment le caveau. Elle s'engouffra dans un long couloir sombre et traversa une cour glacée, ouverte sur un carré de ciel. Puis elle longea un passage couvert d'arcades et poussa une porte de bronze. Un nouvel escalier menait vers les profondeurs. Elle descendit. J'arrive, gémissait-elle en elle-même, j'arrive, oh, ne souffre pas !

Elle arriva dans une salle immense, décorée de colonnes nues. L'obscurité ne la gênait pas : elle connaissait cet endroit comme son propre cœur. Une humeur visqueuse couvrait le sol ; ses pieds s'enfonçaient avec des bruits spongieux.

— Fregh ?

L'air était confiné, irrespirable. Au milieu de la pièce, une créature sans âge, assise sur une simple chaise en bois, lui tournait le dos. C'était elle, c'était cette créature qui hurlait.

Wyrd se mordit les lèvres.

Elle contourna la chose et lui toucha l'épaule.

— Fregh ?

La créature s'était arrêtée d'un coup. La Faeder avança une main, toucha son visage. Il était couvert d'une matière nauséabonde.

— Fregh, je suis venue.

Un hoquet spectaculaire secoua le corps trop maigre de la chose. Elle vomissait. Sa tête basculait en avant, et elle se vomissait dessus : une chose noire, indescriptible. C'était cela qui recouvrait le sol.

Wyrd retira sa main au moment où la créature se penchait de nouveau et régurgitait sa bile. Le calme, l'abnégation qu'elle montrait rendaient sa souffrance plus poignante encore.

D'un revers de main, elle s'essuya. Puis sa voix s'éleva dans la pénombre.

— Wyrd...

Ni homme, ni femme : telle était Fregh.

— Oui. Je suis là...

— Ils ont recommencé, Wyrd.

— Qui ?

— Je... ne sais pas. Wultan sans doute. Ou l'un de ses deux fils. Peu importe.

— Souffres-tu ?

— (...) Bien sûr. Je... Je souffre le martyre chaque fois que l'un des nôtres utilise la magie. Je ne vois rien, je ne sais plus rien, il n'y a que la souffrance.

Wyrd plissa les yeux. Elle connaissait la cause de ces douleurs. Fregh avait donné la magie aux hommes, mais il n'avait jamais été question que les Faeders s'en servent.

— Le Ragnarök approche, ô Fregh.

— Je sais.

— Wultan veut faire la guerre aux Dragons.

— Quelle vanité.

La Faeder s'accroupit devant elle et lui caressa les jambes.

— Je suis désolée. Je sais que tu vas souffrir encore...

— Combien de temps, Wyrd ? Combien de temps avant que tout cela prenne fin ?

— Plus beaucoup. N'entends-tu pas la voix ?

Le silence retomba. Au-dehors, le vent soufflait des promesses glacées.

DES ÉCLATS DANS LE NOIR

Janes commença à descendre.

Son épée à la main, il était obligé de se tenir aux murs pour assurer sa marche : il faisait noir comme dans un four. Les échos de l'affrontement entre les draakens et l'armée des humains ne lui parvenaient plus. Seul. Il était seul avec lui-même.

Pendant une heure, deux peut-être, il se contenta de mettre un pied devant l'autre. Cette chaleur ! Plusieurs fois, il manqua se rompre les os. Où était-il exactement ? Øon le Dragon lui avait raconté des histoires terrifiantes sur ses ancêtres. Des monstres, des légendes, plus vastes que des montagnes, capables d'emporter le ciel d'un unique battement d'ailes. Peut-être avançait-il dans le ventre de l'une de ces créatures ?

Puis la chaleur se dissipa. Maintenant, Janes faisait jouer l'anneau à son doigt.

Les choses ne s'étaient pas passées comme prévu. Øon était mort, Livia et Davënger avaient disparu, et nul doute qu'en ce moment même, Donn'r et son père mettaient tout en œuvre pour le retrouver. La fuite, toujours la fuite.

Le jeune homme suspendit son pas.

Il lui avait semblé entendre quelque chose. Mais non. Ce devait être son imagination. Il s'apprêtait à repartir lorsque son tympan vibra de nouveau. Cette fois, il en était certain : des voix approchaient.

Qui arrivait ? Combien étaient-ils ? Janes serra plus fort la poignée de son épée.

Inutile de rebrousser chemin : rien de bon ne pouvait l'attendre là-haut. D'autant qu'il n'avait pas de torche et que...

Il se figea.

L'avait-on entendu ?

Devant lui, en tout cas, les voix s'étaient tues. Le jeune homme resta un long moment sans bouger. Bientôt, les soldats qui venaient à sa rencontre reprirent leur ascension.

Janes se colla au mur.

Ils étaient proches à présent. Il distinguait leurs chuchotis, leurs pas prudents dans l'escalier. Aucune lumière ne s'annonçait. Ils avaient dû éteindre leurs torches.

Le jeune homme se plaqua encore un peu plus contre la paroi.

— Ce n'était pas forcément lui, disait quelqu'un. Ça pouvait être n'importe qui.

— Et rien ne nous prouve qu'il était seul.

— Bah, il sera remonté, s'il n'est pas stupide. Qu'est-ce que nos torches...

— Silence ! tonna une voix que Janes connaissait bien. Silence : je sais qu'il est par ici.

Janes prit une profonde inspiration.

Donn'r.

Donn'r était venu le chercher.

Il était trop tard pour prendre la fuite.

— Sauf votre respect, Votre Excellence, il n'a jamais été prévu que j'ouvre la marche. Vous aviez dit...

— Je *sais* ce que j'avais dit. Maintenant, avance et tais-toi, si tu ne veux pas que je te coupe la langue.

Ils étaient là.

Janes ferma les yeux.

Le premier soldat passa devant lui sans broncher. Il avait tiré son épée et s'en servait pour éprouver le terrain. Le deuxième tentait de l'imiter, mais se montrait nettement moins habile. Sa main se referma sur le bras de Janes et le serra convulsivement.

— Hé, capitaine ! C'est vous ?

— Je suis derrière toi, répondit l'intéressé.

— Mais alors, qu'est-ce que...

La lame de Janes s'enfonça dans son abdomen et le transperça de part en part. L'homme émit un son inarticulé et sentit ses jambes se dérober sous lui.

— Alerte ! hurla le capitaine.

En un instant, l'obscurité se mua en un chaos de hurlements. Affolés, les soldats du détachement se mirent à frapper au hasard, malgré les injonctions de leur capitaine.

— Arrêtez ! Arrêtez !

Janes se baissa pour éviter un coup, écarta un soldat de son passage, et fit tournoyer sa lame. Un gémissement lui apprit qu'il avait fait mouche.

— Repliez-vous ! criait Donn'r, vite !

Ignorant l'ordre, un homme monta à l'assaut. Janes le repoussa d'un coup de pied en pleine figure. Des vertèbres craquèrent, et le soldat retomba sur les siens.

— Une torche ! Qu'on me donne une torche !

Un pâle sourire se dessina sur les lèvres de Janes. L'épée pointée en avant, il descendit prestement les marches en se coulant contre le mur. L'air siffla à ses oreilles. Il se porta sur le côté et enfonça de nouveau sa lame.

— Aaaah !

Un grésillement se fit entendre, et un halo de lumière jaunâtre troua l'obscurité. Cheveux dénoués, le redoutable Donn'r grimaça en reconnaissant le jeune homme.

— Ne fais pas l'imbécile, Janes Oelsen. Ils sont des milliers à ta recherche.

— Laissez-moi partir.

— Les hommes de mon père auront tôt fait de mettre la main sur toi. Ce n'est pas ton épée qui te sauvera.

Derrière le Faeder, les soldats se tenaient regroupés.

Il leur fit signe d'arrêter.

— Nous pourrions nous allier. Songe au pouvoir que tu détiens, Janes. Songe que tu es le fils des dieux.

Le jeune homme secoua la tête.

— C'est faux, dit-il. Et vous le savez.

Donn'r tendit la main.

— L'anneau, Janes. Donne-le-moi, et tu auras la vie sauve.

Pour toute réponse, le jeune homme brandit son épée.

— Venez le chercher.

Les yeux du Faeder se réduisirent à deux fentes. Épées levées, ses hommes attendaient en retenant leur souffle. Donn'r sortit une hache de sa ceinture et commença à monter les marches, sans quitter Janes du regard.

— Aidez-moi à le tuer, siffla-t-il entre ses dents. Qu'on en finisse avec ce chien.

SUSURRÉES

La nuit était pleine d'étoiles. Assis en cercle dans une tour à triple rempart, les gardes de Mondstadt faisaient rouler leurs dés avec force invectives. À tour de rôle, ils se relevaient pour jeter un œil à la plaine et tous les quarts d'heure, les beffrois du collège aveugle faisaient tinter leurs lourdes cloches : dong, dong – un rituel immuable qui rythmait les heures sombres, teintait les discussions de bronze. Quelqu'un entonna un couplet :

Dans les plaines du no-or-euh
Mon amour s'en est allé
Dans les plaines du no-or-euh
Sans se retourner.

— Alors, Hronlfur, tu les jettes, ces dés ?

— Minute : je réfléchis.

— Qu'est-ce qu'il y a à réfléchir ? C'est la mise qui te fait peur ?

— Écoute, fiston : je jouais déjà à l'attrape dans le lit de ta mère.

— Hé ! Ne t'avise pas de...

Elle aimait un géant de glace
Qui valait trois cents armées
Elle aimait un géant de glace
J'pouvais bien pleurer.

Les dés roulèrent enfin.

— Un trois et un six qui font neuf sec ! Hé, hé, par ici les écus ! Alors, mes amis ?

— Par les dieux, fit un perdant en se relevant, quelle fichue déveine !

Son compagnon le fixa avec sévérité.

— Parle pas des dieux, imbécile. T'entends pas ce qui se raconte ?

Un autre garde se redressa en s'étirant.

— Arrête avec ces sornettes, Haïder. Ceux-là de Holmstein, ils forcent trop sur la gnôle.

— N'empêche que moi, reprit le premier, mon cousin, il les a vus.

— Qui donc ?

— Les fantômes.

— Oh, ne charrie pas.

Puis un jour y a eu une bataille
Et le géant a crevé
Puis un jour y a eu une bataille
Une sacrée dég'lée.

— Et le prochain tour de garde, demanda le dénommé Hronlfur en s'approchant des remparts, pour qui c'est ?

Le soldat en faction montra la forêt.

— C'est bizarre, tu ne trouves pas ? Les brouillards ne se dissipent pas.

— Peut-être bien qu'il va neiger.

L'autre hocha le menton vers la nuit.

— Avec un ciel comme ça ?

Je croyais retrouver ma mie
Maint'nant qu'l'autre avait fondu
Je croyais retrouver ma mie
Mais j'ai tout perdu.

Hronlfur se massa l'arête du nez.

— Tu ne peux pas la boucler un peu ?

— Quoi ! ricana l'autre en ramassant sa lance. C'est pas passque monsieur a perdu à l'attrape que le monde va s'arrêter, que je sache.

— Tu sais très bien de quoi je veux...

— Hé ! Venez voir un peu !

Les soldats s'approchèrent gauchement.

— Eh bien quoi ?

— Là-bas ? Vous ne voyez pas ?

Les gardes se penchèrent au-dessus de la muraille. Là-bas, devant les portes de la ville, une mince procession humaine s'étirait sur la route.

— Qu'est-ce que... ?

— Il faut prévenir les autres.

— J'y vais, fit Hronlfur en s'éloignant.

Évitant les plaques de verglas qui s'étaient formées sur le chemin de ronde, il se mit à courir et à brandir sa lance en direction du poste suivant.

— Ohé, de la tour !

Personne ne lui répondit.

Hronlfur ralentit l'allure. Depuis quelques jours déjà, il se sentait habité par un étrange pressentiment.

— De la tour ?

Debout devant les mâchicoulis, les dix gardes postés en faction semblaient hypnotisés. Hronlfur monta les marches à leur rencontre.

— Qu'est-ce qui se passe ?

L'un des gardes se tourna vers lui et, sans un mot, prit le nouveau venu par le bras. Hronlfur se pencha.

Des centaines. Ils étaient des centaines, et leur file ininterrompue semblait sourdre des profondeurs de la forêt, à presque deux lieues de la ville. Le cœur du garde battit un peu plus vite. Les visiteurs n'étaient pas des hommes.

C'étaient des enfants.

Des enfants, et ils avançaient, capuchons relevés et bâton à la main, la plupart étaient vêtus de haillons et ils ne faisaient aucun bruit, ils ne levaient pas la tête vers la tour, ils arrivaient comme dans un rêve.

— Pourquoi vous ne sonnez pas l'alar...

Une main se posa sur l'épaule de Hronlfur. Le soldat qui se tenait derrière lui arborait un visage dénué de toute expression.

— Quoi ? *Quoi ?*

Sans un mot, l'homme lui fit descendre les marches et le conduisit au chemin de ronde intérieur, qui donnait sur la ville. Hronlfur retint son souffle.

Là, de l'autre côté de l'énorme muraille, la procession continuait, et les enfants s'éparpillaient dans le dédale des ruelles.

— Ils passent *à travers* les murs, fit le garde.

PLEINE ET BLANCHE

Elle était montée au sommet du donjon, la tour ouverte aux quatre vents, elle était montée, si haute elle-même ! tournée face à l'océan de glace, son visage à demi voilé par un capuchon de nuages, et Wyrd levait les yeux vers elle en soutenant sa mère.

— Nous avons agi comme nous le devions.

La moitié visible de sa figure formait un parfait croissant de lune. Jour après jour, elle écartait un peu plus son voile, et l'astre luisant s'épanouissait dans le ciel. Maan, Maan à la face d'albâtre – inspiratrice et magicienne...

Elle était si grande qu'il aurait fallu des années à un mortel chevauchant sans trêve pour parcourir la distance séparant ses pieds de sa tête. Mais les Faeders, eux, la voyaient telle qu'elle était en vérité : une femme douce et pensive, qui apportait consolation aux hommes, pouvoirs mystérieux à leurs sœurs.

— Nous faisons cela pour eux.

Son bras se tendit et effleura les villes et les villages en un ample faisceau laiteux. Elle était la compagne des sorcières. La lumière dans les ténèbres.

— Tout ça à cause de lui, murmura Wyrd. Son arrogance sans limites !

— Il devait en être ainsi, croassa Reah. Depuis le début, il devait en être ainsi.

— Nous ne mourrons jamais vraiment, ajouta Maan.

Wyrd referma sur elle les pans de son manteau.

— Crois-tu ? Il t'est aisé d'en parler, sans doute, parce que tu es la lune, un signe immuable pour les hommes, une énigme. Mais moi, moi qui me contente de nouer les fils sans relâche, qui se souviendra de mon nom ?

— Wyrd, ô Wyrd, susurra la lune en soufflant sur les nuages qui passaient à sa portée, pour les hommes, je ne suis rien d'autre qu'un disque dans le ciel, et ce que je signifie, ce à quoi je sers, personne ne le sait, il faudrait...

— Silence ! fit la vieille Reah en levant une main tremblante, au nom de ce qui est sacré !

Wyrd la tenait serrée contre elle.

— Mère !

— Je l'entends, marmonna la vieille. Je l'entends.

— Qui, mère ? Qui est-ce que tu entends ?

La Faeder se dégagea doucement et posa une main en cornet sur son oreille.

— Toc. Toc. Toc.

Maan baissa les yeux sur elle.

— Ça lui reprend ?

— Oui, fit Wyrd, elle est la seule à... percevoir les...

— Toc. Toc. Toc.

La déesse blanche se pencha vers les deux femmes et scruta le visage de la vieille avec une curiosité inquiète.

— Mère ? Est-ce que ça va plus vite, mère ? Est-ce que le temps passe plus vite ?

Reah ouvrit la bouche et happa une goulée d'air.

— Toc. Toc.

Faeder.

Faeder le Temps et son long bâton noir.

Seule son épouse se souvenait qu'il existait – il n'y avait qu'elle pour discerner les échos de son pas, le choc obsédant de son bâton sur les dalles d'Asgard.

LUMIÈRE

Janes se rua sur ses ennemis. Sa lame traça un sillon sanglant dans les rangs de ses adversaires, et deux gardes retombèrent en arrière, gorge tranchée.

— Tu n'iras pas loin, sourit Donn'r en s'avançant.

Janes porta un premier coup. Le Faeder esquiva, puis riposta. Sa hache manqua le jeune homme d'un cheveu. Derrière, les soldats encore valides arrivaient à son aide.

Janes frappa de nouveau.

Donn'r para avec adresse et riposta férocement.

Pendant un instant, les deux adversaires haletants se jaugèrent comme des fauves.

— Je ne vous veux aucun mal, souffla le jeune homme.

— Ah non ? Et cet anneau que tu portes à ton doigt ? Donne-le-moi si tu dis vrai !

— Jamais.

— Dans ce cas...

Le Faeder porta une attaque fulgurante.

Janes se fendit, mais un soldat brandissant un fléau arrivait par-derrière et le jeune homme fut contraint de baisser sa garde. La hache du Faeder entailla son épaule. Janes pivota pour parer le second assaut puis bondit par-dessus le corps d'un fantassin inanimé. Trois marches plus bas, il parvint à se rétablir. Un peu surpris, Donn'r descendit à son tour. Ramassé sur lui-même, il ressemblait à un serpent prêt à bondir. Son adversaire faisait passer son épée d'une main à l'autre sans le quitter des yeux.

— Tu n'as aucune chance, cracha Donn'r. Un nouveau détachement va nous rejoindre bientôt, et tu seras cerné.

Sans en écouter davantage, le jeune homme prit la fuite. Les quelques passes d'armes qu'il avait échangées avec Donn'r n'avaient que confirmé ses soupçons : le Faeder était un bretteur exceptionnel. Blessé à l'épaule, Janes n'était plus en mesure de se battre correctement. Son seul salut se trouvait au-dehors.

Il courait.

Dans l'obscurité, il manquait des marches, trébuchait, se heurtait aux murs.

On hurlait des ordres dans son dos. Donn'r et ses hommes s'étaient lancés à sa poursuite, et ils avaient des torches.

— Reviens, maudit ! Bats-toi comme un homme !

Janes porta une main à son épaule. La plaie était douloureuse, mais apparemment superficielle.

Il était sur le point de se retourner pour faire face lorsqu'un souffle puissant se fit entendre devant lui. Un froissement d'ailes ?

Des piaillements suraigus retentirent.

Le jeune homme leva un bras pour protéger son visage. Très vite, le souffle fut sur lui. Cela claquait de toutes parts, cela se cognait dans une explosion de plumes duveteuses et de serres acérées. Dix, quinze battements de cœur peut-être. Puis cela passa.

Janes se redressa.

L'ouragan était passé et, à présent, ses ennemis paniqués refluaient dans le tunnel. Ces cris ! Une armée de chouettes harfangs !

Seul Donn'r paraissait faire face. Hache à la main, il décapitait des oiseaux en plein vol, dispersait leurs rangs hurlants au mépris des serres féroces et des griffures. Mais il perdait du temps.

Et Janes était déjà reparti. S'il avait une chance de semer ses poursuivants, c'était maintenant qu'il devait la saisir.

Il continua à dévaler les marches. Au bout de quelques minutes, il sentit la terre meuble sous ses pieds. Il s'arrêta pour écouter. Les hommes de Donn'r avaient-ils abandonné la partie ? Il ne les entendait plus. Avec un soupir de soulagement, il se remit en route. Seul le bruit de son épée crissant contre le mur de pierre lui tenait désormais compagnie. Crrrrrrr...

Enfin, il aperçut un point de lumière. La sortie ! Elle était encore loin, mais se rapprochait vite. Le jeune homme rengaina sa lame et s'avança en clignant des yeux.

Le tunnel débouchait à flanc de montagne sur une corniche. Un escalier de pierre se perdait dans les replis rocheux. Droit devant, un traîneau à arceaux, flottant dans les airs, se balançait à même hauteur. Un attelage de chouettes harfangs, attachées par des fils de soie rouge, volait sur place avec impatience. La banquette était garnie d'une fourrure blanche, et les patins argentés étincelaient sous les feux du couchant.

Janes ouvrit la bouche. Une jeune femme d'une surprenante beauté le regarda approcher.

Le dos droit, les cheveux dénoués comme des traînées de soleil, elle lui sourit tristement et il sentit son cœur se briser à la vue de ce sourire.

Qui était-elle ?

Elle tapota la banquette à ses côtés.

— Monte, dit-elle simplement.

Janes s'inclina, la main sur son épée. Il se laissa tomber aux côtés de la dame, et elle passa une main sur sa joue.

Des centaines de petites fées de givre voletaient autour de l'attelage. Le traîneau s'ébranla et commença à s'éloigner de la montagne.

Quelques instants plus tard, Donn'r sortait du tunnel à son tour. Il était furieux, hors d'haleine. La main en visière, il regarda l'étrange équipage s'envoler, et brandit sa hache dans sa direction.

— On se retrouvera ! hurla-t-il.

Janes se cramponna au rebord du traîneau. Il était épuisé, il avait le vertige.

— Paix, fit la jeune femme en lui prenant la main. Paix, mon enfant !

Les yeux mi-clos, il se tourna vers elle.

— Êtes... Êtes-vous... ?

Le moment d'après, il tombait endormi.

GLISSEMENTS DANS LA NUIT

Partout, c'était la même chose. On frappait à la porte, quelqu'un se levait. « Qu'est-ce que c'est ? A-t-on idée, en pleine nuit... ».

Des bijoutiers. Des artisans. Des forestiers. Des parfumeurs. Des ouvriers. Des militaires. Des palefreniers. Des paysans.

On froissait les draps, on rajustait son bonnet, on saisissait une fourche, une chandelle, un tisonnier. On écoutait battre son cœur. On ouvrait la porte, doooucement.

Et ils étaient là.

Ils étaient là, dans les villes et dans les champs, dans les collines et dans le vent, ils étaient là, cheveux de crasse et rictus douloureux, ils s'avançaient sous les tempêtes de neige, passaient au travers des murs, se jouaient du feu, de l'eau, de l'acier, ils étaient là par centaines, ils étaient là par milliers, les petits prophètes de la Peur, et ils annonçaient le Ragnarök, la disparition des Dragons et la fin des dieux. « Plus de Faeders, un nouvel âge sans dieux, un nouvel âge... »

Les gens hurlaient. Les gens saisissaient leurs armes et les transperçaient de part en part. Cela ne faisait rien. On tombait à genoux, on implorait le pardon des dieux, oh, la foi a déserté le monde ! se lamentaient les ancêtres, nous devons nous repentir ! et partout, les cloches des tours battaient à la volée, mais les petits prophètes avançaient toujours, en croisade silencieuse.

D'où venaient-ils ? Des enfers, prétendaient certains. Du ciel, expliquaient d'autres – oui, nous avons vu voler des choses dans le ciel !

Nuits d'horreur. Nuits d'épouvante. Rien ne pouvait arrêter les enfants spectres, rien ne pouvait les faire taire, ils arrivaient de partout, rentraient dans les maisons, dans les temples et les auberges, et l'on clouait des planches de bois sur les fenêtres, et des soldats armés de piques misérables patrouillaient en tremblant.

Puis, au cœur du désordre, et tandis que le demi-disque de la lune soudain plein de mystères se masquait de nuages cendreux – il fallait voir ces poings tendus vers les cieux noirs, entendre ces supplications, ces femmes en pleurs bavant et délirant, des poignées de cheveux plein les doigts, oh, comme la terreur se frayait un chemin brûlant jusqu'au cœur des plus braves ! – au moment précis où Midgard semblait basculer sur son axe et la raison quitter les esprits, les enfants prophètes s'évaporaient, des foules entières disparaissaient au coin d'une rue ou bien dans quelque bois humide et subitement, il ne restait plus rien de leur présence.

Très vite alors, l'aurore fiévreuse allumait ses incendies sur la toile de la nuit, et les gens se laissaient tomber sur leur couche, hagards, les puissants agitaient d'antiques talismans, les pauvres se serraient les uns contre les autres, la rosée et la neige palpitaient de mille éclats dans les frimas de l'aube, et tout le monde se persuadait d'avoir rêvé ou, au moins, essayait.

* * *

Plus tard, le soir revenu, les hommes qui n'étaient pas encore partis à la guerre se retrouvaient dans les auberges, les gargotes, les tavernes, buvaient de la bière, du vin noir, du lait de lune, trinquaient bruyamment et se racontaient les histoires du moment, les dernières nouvelles. Nul n'ignorait ce qui se tramait dans les contreforts des Crêtes de Sang. Le draaken Aldrig et ses sbires reptiliens faisaient planer de très sérieuses menaces sur la quiétude des royaumes mitoyens. Il fallait l'anéantir, n'est-ce pas ? Ah, on rendait hommage à ceux qui s'en étaient allés, des chopes et des coupes se levaient, et toi, pourquoi ne t'es-tu pas engagé ? Raisons de santé. Ou bien : j'allais partir, justement.

Et puis toujours, quelqu'un parlait des Dragons, quelqu'un parlait des Faeders, et les langues alors se déliaient, les hommes se rappelaient ce qu'ils avaient entendu la nuit d'avant, ils osaient se le rappeler, ils se remémoraient les paroles des enfants prophètes. Et ils n'étaient pas les seuls. Les femmes aussi discutaient sur les marchés, et les enfants dans les cours ombragées. L'on devisait de Dragons en colère, de guerre dernière, de révélation, on disait que les armées du Concordat avaient provoqué la colère de monstres anciens et que bientôt, de gigantesques créatures d'écailles et de pierre feraient pleuvoir leur ire vengeresse en monstrueux jets de flammes sur les campagnes et sur les villes. C'était pour cela qu'il fallait se battre. Pour cela que la guerre était nécessaire. Parce que si les Faeders étaient vaincus, si le monde se retrouvait sans dieux, alors que se passerait-il ?

COÛTE QUE COÛTE

Entre les doigts agiles de Wyrd, les longs, interminables fils noirs glissaient comme des soupirs. Agenouillée aux pieds de sa mère, la Faeder regardait la vieille femme pleurer. Les larmes tombaient dans le chaudron avec de petits « ploc » réguliers et, à la surface, des images troublées prenaient forme.

— Oh, mère, faut-il vraiment en passer par cela ?

Wyrd se penchait, souffle retenu.

Aldrig.

Elle voyait le draaken, revêtu d'une armure de pourpre et de jais, distribuant de terribles coups de hache, et des têtes étaient arrachées, des corps décapités continuaient leur course, les fantassins de Nordheim refluaient en hurlant.

L'issue du combat ne faisait pourtant aucun doute. L'assaillant était dix fois plus nombreux, et les renforts arrivaient en nombre. Des bataillons d'archers avaient pris position sur les contreforts, et des pluies d'acier s'abattaient encore et encore, fauchant attaquants et défenseurs sans discernement. Visière baissée, les draakens cédaient peu à peu du terrain. Les jeunes Dragons, malgré tout, se battaient avec fougue, leurs griffes acérées traçant des sillons sanglants dans la meute humaine qui tentait de les cerner.

Aldrig avait pris le commandement d'une unité d'élite.

Les Dragons qui combattaient à ses côtés étaient des monstres, huit ou neuf pieds de hauteur. Indifférents aux coups d'épée et de hache, ils soulevaient leurs ennemis du sol et les projetaient au loin avec une telle violence que, souvent, les armures explosaient. Certains d'entre eux avaient été pris pour cibles par les archers d'Elsnör, et leurs corps étaient hérissés de flèches. Pourtant, ils semblaient animés d'une énergie indestructible. Et leur chef, sévèrement blessé à la cuisse et à l'épaule, continuait de faire tournoyer sa hache comme s'il s'était agi d'un simple jouet.

— Tuez-le ! hurlaient des officiers au cœur de la mêlée, coûte que coûte !

Les guerriers hésitaient. Plusieurs dizaines de leurs compagnons avaient déjà péri sous les coups du draaken, et ils ne tenaient guère à partager leur sort. Mais en définitive, galvanisés par le tumulte et l'odeur du sang, la plupart se lançaient tout de même à l'assaut, certains que leur ennemi finirait par ployer sous le nombre.

Aldrig combattait dos à une colonne.

Sur sa gauche, un jeune Dragon couvert de plaies avait fini par s'effondrer, sa patte griffue refermée sur la cotte de mailles d'un fantassin ennemi. Sur sa droite, un autre officier – un draaken celui-ci, venu courageusement lui prêter main-forte – se battait les yeux fermés, une masse d'armes dans chaque main, un carreau d'arbalète fiché dans l'épaule.

Ardenaas savait qu'il ne tiendrait plus très longtemps. Son existence ne défilait pas devant ses yeux, non, pas plus que le visage d'un être aimé, ou quelque détail étrange venu d'un lointain passé : seul comptait l'instant.

Et sur la surface tremblante de la bassine remplie de larmes, le visage de Wyrd se mêlait au sien, et elle pleurait elle aussi – et le draaken savait que tout était joué.

De seconds ordres furent donnés.

Des combattants en armure contournèrent les colonnes et prirent leur ennemi à revers. Leurs yeux étincelaient de lueurs meurtrières. Le draaken avait tué les leurs par dizaines, par centaines.

Aldrig hoqueta.

Une lame venait de se glisser entre deux pans de son armure. L'espace d'un instant, un voile noir dansa devant ses yeux. Puis il serra les mâchoires et frappa à nouveau : deux ennemis s'effondrèrent, littéralement coupés en deux. « Que les dieux nous viennent en aide », marmonnèrent les lèvres d'une jeune recrue qui avait échappé au carnage.

Le draaken se retourna.

Une énième lame s'abattit et l'entailla au niveau du poignet. Il lâcha son arme et n'eut que le temps de se retourner pour brandir son bouclier. Il vacilla, mais tint bon. Son bras se détendit. Il attrapa son premier assaillant à la gorge et broya ses vertèbres : l'homme s'affala au sol comme une poupée de chiffon. Deux autres guerriers se lancèrent à l'assaut. Le premier s'accrocha à son dos et entreprit de lui trancher la jugulaire. L'autre s'attaqua à sa jambe.

Fou de douleur, le draaken chercha son ennemi à tâtons et finit par trouver sa tête. Ses doigts s'enfoncèrent dans les orbites, et un hurlement effroyable lui apprit qu'il avait atteint son but. Mais l'autre soldat, celui qui se tenait à ses pieds, lui transperça la cuisse.

Aldrig poussa un rugissement de détresse.

Genou à terre, il attrapa son agresseur à deux mains et le frappa contre la colonne. La visière du casque s'ouvrit ; l'homme recracha un mince filet de sang et ses yeux devinrent vitreux.

— P... pitié, implora-t-il.

Le draaken frappa à nouveau : le crâne éclata comme un fruit trop mûr.

— TUEZ-LE ! répéta une voix, qui dominait toutes les autres.

Les yeux de Wyrd se fermèrent.

Une grappe de soldats se rua sur le dos d'Aldrig et le fit basculer à terre. Les mains du draaken labourèrent des chairs au hasard. On lui enfonça une lame dans le ventre. Un fléau d'armes s'abattit sur son pied, broyant chair et ossements. Le draaken amena l'un de ses ennemis à lui et, dans une sorte de frénésie meurtrière, entreprit de lui dévorer le visage. Tuer, tuer, tuer. C'était tout ce qui comptait à présent.

Des épées scintillèrent.

Aldrig sentit un millier de lames vicieuses pénétrer son corps, fouiller ses entrailles, percer son cœur et ses poumons. Son armure avait volé en éclats. Il ne savait plus s'il était mort ou vivant. Ses mains continuaient de battre l'air, et ses ennemis continuaient de tomber, face labourée, membres tranchés, crachant le sang.

Le Ragnarök. C'était cela, n'est-ce pas ?

Wyrd redressa la tête.

— C'est terminé, dit-elle.

Elle se releva, défroissa sa longue robe blanche, et fit quelques pas jusqu'aux remparts de la tour. La masse titanesque d'Yggdrasil, dont le tronc descendait vers Midgard, semblait figée dans un crépuscule perpétuel.

La jeune Faeder se pencha.

Le visage de la lune montait vers elle, remontait le long du mur comme un souffle, son corps se déployait avec une grâce magique, si long et si fin qu'il ressemblait à un fleuve. Bientôt, le disque laiteux parut à hauteur des murailles. On aurait dit qu'il souriait.

— Aldrig est mort, murmura Wyrd.

— Nous savions cela, répondit la déesse au visage de lune. Cela n'enlève rien à notre peine, mais nous savions cela. Quant à l'enfant...

— Pourquoi nous soucier de l'enfant ? L'enfant suit sa route, n'est-ce pas ? *N'est-ce pas* ?

— Wyrd, chuchota Maan en prenant de la hauteur, Wyrd, ô ma sœur (et dans un froissement de brume, son corps gracile s'élevait à toute allure vers le ciel), n'oublie jamais que nous faisons partie de l'histoire ; nous avons toutes un rôle à jouer, un rôle primordial, un sacrifice à accomplir. Alors, oui, je sais combien c'est injuste et difficile, et je sais que cela, d'une certaine façon, signifie notre fin. Mais c'est ainsi que les choses doivent être.

Elle continuait de parler, mais Wyrd ne l'entendait plus. Son babil cotonneux se perdait là-haut, tout là-haut entre les nuages, et l'opale de son visage, mangé à demi par un voile grisâtre, contemplait les étoiles avec un sourire énigmatique.

POURRISSEMENT

Ils s'étaient posés au sommet de la plus haute montagne. L'air était si pur et si froid qu'ils avaient du mal à respirer. Rien ne poussait ici, pas même les herbes folles, aucun oiseau ne s'aventurait à pareille altitude, le vent brûlait les poumons, emportait des nuages de poussière vers le ciel.

Janes était assis sur un rocher.

Emmitouflé dans une couverture de laine noire, il s'efforçait de se frictionner, les yeux fixés sur les montagnes en contrebas, les crêtes brunâtres qui, imaginait-il, résonnaient encore du fracas de la guerre.

La déesse aux cheveux d'or était repartie. Avait-il rêvé ? À un moment, semble-t-il, il avait ouvert les yeux et s'était redressé tandis qu'ils traversaient les brumes, la main posée sur la garde de son épée.

— Pai... avait murmuré la déesse en lui caressant le front, ne crains rien...

— Vous êtes...

Elle lui avait souri.

— Je suis celle qui veille sur toi. Depuis toujours.

Janes s'était penché au-dessus du traîneau. Ils avaient survolé une vallée profondément encaissée où coulait un fleuve noirâtre. Des armées avançaient le long d'une des rives, à l'ombre des montagnes.

— Tu te souviens ?

La jeune femme avait détaché un oiseau de son attelage et le lui avait tendu. Les serres de la chouette s'étaient refermées sur son bras. Il avait senti sa gorge se serrer. Elle ressemblait tellement à Flocon !

— C'était... Vous ?

Elle n'avait pas répondu. Debout à l'avant du traîneau, elle avait lancé une poignée de poudre vers les cieux avant de reprendre les rênes en main ; l'attelage avait lentement viré de bord, laissant derrière lui un sillage pailleté.

— Où me conduisez-vous ? avait encore demandé Janes.

Puis il avait respiré la poudre, et ses paupières étaient devenues trop lourdes.

De nouveau, le sommeil.

Lorsqu'il avait repris ses esprits, la jeune femme avait disparu. Il s'était levé, avait risqué quelques pas.

Oui, il se trouvait au sommet des Crêtes de Sang. Dans quelque direction qu'il se tourne, il voyait des montagnes. Impossible de descendre, évidemment.

Il avait ramassé la couverture dans laquelle il avait dormi, et l'avait posé sur ses épaules. Puis il était retourné au rocher, et s'était hissé dessus.

Et maintenant il attendait.

Ever.

C'était la Dame des Songes qui l'avait sauvé.

Le jeune homme frissonna. Le froid l'engourdissait. Était-on le matin ou le soir ? À l'horizon, un banc de nuages rosâtres dérivait au-dessus des vallées. Il n'y avait rien d'autre à faire qu'attendre.

Finalement, après ce qui parut des jours, un point brillant surgit dans le lointain. Le souffle court, Janes glissa de son rocher et mit sa main en visière. Le traîneau était de retour, avec des passagers

Le jeune homme s'avança au bord de la corniche. Un gigantesque précipice s'ouvrait devant lui. Il laissa tomber sa couverture au sol. L'attelage décrivit une courbe harmonieuse avant de se stabiliser.

La Dame des Songes fut la première à mettre pied à terre. Deux passagers l'accompagnaient. Janes les reconnut immédiatement. L'un était Davënger. L'autre Livia.

La jeune fille descendit et s'arrêta lorsqu'elle le vit courir vers elle.

Elle souriait gentiment.

— Livia...

Il n'osait pas la toucher. Vêtue d'une simple tunique et d'un manteau de fourrure neigeux, elle lui paraissait plus belle que jamais.

Il tendit une main vers son visage.

Elle la lui prit, et la posa sur sa joue. Le contact était brûlant.

— Livia... souffla Janes en la serrant tout contre lui.

Il n'avait vécu que pour cet instant.

Il ne s'était battu que pour cet instant.

Désormais, plus rien n'avait d'importance.

Il l'embrassa avec passion. Elle lui rendit ses baisers.

— Janes...

— Ne dis rien.

Le vent soufflait dans leurs cheveux.

— Janes ?

Le jeune homme releva la tête.

La Dame des Songes se tenait à trois pas, aux côtés de Davënger. Janes relâcha doucement Livia.

— Mon ami !

— Je dois te prévenir...

Le sourire du jeune homme mourut doucement sur ses lèvres. Il y avait, dans l'apparence de son vieux compagnon, quelque chose qui n'allait pas. Le forlanceur était blessé, oui. Son armure était maculée de sang, et son visage était anormalement creusé. Mais ce n'était pas seulement cela.

— Par les dieux, Davënger...

Le forlanceur ne prononçait pas un mot.

— Janes, poursuivit la Dame des Songes, il faut que tu saches...

— Quoi ?

Le jeune homme toucha son ami.

— Qu'est-ce que...

— Il a durement combattu, Janes.

— Davënger ?

Le forlanceur grimaça un sourire.

— Il s'est battu contre Wultan. Et il a payé le prix.

— Le prix ? répéta le jeune homme en portant une main à ses lèvres. Le prix ? Mais qu'est-ce qu'ils lui ont fait ? On dirait...

— Il est mort, Janes.

— Quoi ?

La Dame des Songes s'avança vers lui.

— Il est mort. Wultan l'a tué.

Le jeune homme blêmit.

— Mais... Il... Ce n'est pas...

— Ma sœur au visage blanc n'est pas venue le chercher comme elle aurait dû le faire, ce qui explique qu'il soit encore parmi nous. Malheureusement, personne – personne ne peut plus le sauver.

— Davënger ?

Janes sentit Livia se serrer contre lui.

Tout s'écroulait.

— Davënger... C'est impossible...

— Il faut que tu saches, commença Ever d'une voix très douce, que c'est une décision que nous avons prise ensemble, mes sœurs et moi, parce que nous pensons...

Le jeune homme secoua la tête.

— Taisez-vous.

— Au fil des jours, son apparence physique va se dégrader. Il va ressembler au cadavre qu'il est devenu. Il va commencer... Il va commencer à pourrir, Janes.

— TAISEZ-VOUS !

Les yeux du jeune homme flamboyaient de colère.

— Pourquoi faites-vous ça ? Pourquoi le maintenez-vous en vie ? Hein ?

Livia l'enlaça avec douceur.

— Chuut, fit-elle à son oreille, il va nous conduire...

— Nous conduire ? Nous conduire où ?

La Dame des Songes le regardait sans ciller.

— À travers les enfers.

L'un après l'autre, les vieux Dragons des Crêtes se réveillaient. Depuis l'Exeat, et pour certains bien avant, ils avaient dormi d'un sommeil si profond qu'ils étaient devenus des rochers et des montagnes. Mais l'heure était maintenant arrivée. Ils avaient entendu les plaintes de leurs fils, massacrés par les hommes, ils avaient perçu les échos des batailles livrées, et la voix de leur père s'était creusé un chemin jusqu'à leur conscience pierreuse.

Les signes, mes fils.

Tous les signes sont là.

Le Grand Dragon avait parlé : la guerre allait commencer.

* * *

Le sol devint plus chaud. Des éclaireurs, l'oreille collée au sol, perçurent des vibrations inhabituelles. Une charge de cavaliers ? Non, cela venait du tréfonds de la terre.

Des rivières s'asséchèrent.

Des rochers roulèrent des sommets.

Le souffle des vieux Dragons se mêlait aux brumes de l'aube en volutes safranées.

Un détachement de fantassins, commandé par un vieux général de Nordheim, et qui avait établi son bivouac sur les rives d'un lac d'altitude, se réveilla au petit matin pour constater que toute l'eau s'était évaporée. Un bourdonnement désagréable emplissait l'atmosphère. Devant sa tente, le général s'épongea le front avec un mouchoir. Un officier courut à sa rencontre. « Les chevaux sont très nerveux. Je pense que nous ferions mieux... »

Il ne termina jamais sa phrase.

Comme dans un songe, son supérieur tira son épée.

Des hommes hurlaient, lâchaient leurs armes et prenaient la fuite dans le plus grand désordre. Le général, lui, était tout simplement pétrifié. Là, à deux cents pieds à peine de lui, l'inconcevable était en train de se produire : un pan de montagne se soulevait. Cette cavité étrange, qu'ils avaient prise hier pour une formation rocheuse, un simple caprice de l'érosion, cette cavité étrange se révélait une gueule, et cette gueule se tournait maintenant vers eux, et chacun de ses crocs avait la taille d'un homme.

« Que les dieux me damnent », murmura le général.

La montagne vacilla sur ses bases.

Une aile immense se déplia. Son ombre, qui s'avançait sur le lac desséché, le recouvrit bientôt entièrement. Une gerbe de rochers explosa vers le ciel. Une patte énorme, aussi large qu'une maison, s'arracha aux contreforts rougeâtres et se posa au beau milieu des tentes, faisant trembler la terre.

Le général, son officier et tous les hommes qui se trouvaient dans un rayon de trois cents pieds furent renversés par le souffle.

Les autres tentèrent de s'enfuir.

Une deuxième patte suivit, cette fois *dans* le lac.

Le dragon se détachait de la montagne qui l'avait enfanté, secouait ses ailes dans l'air incandescent. Les hommes étaient balayés comme des fétus de paille. Les tentes étaient arrachées à leurs piquets et disparaissaient en tourbillonnant.

Le général serrait toujours son épée.

Il était fasciné.

Il était fasciné, parce qu'il savait qu'il allait mourir, et que sa peur de mourir était remplacée par quelque chose de plus immense encore. Une sorte de respect sacré.

Jamais de sa vie il n'avait vu une telle chose.

Oh, comme tous les hommes, il avait entendu parler des vieux Dragons. Enfant, il s'était délecté des légendes terrifiantes qui mentionnaient leur nom, il avait essayé de se les représenter, et il avait cru comprendre. Mais aucune description n'aurait pu rendre compte de la grandeur de ces monstres. Ce qu'il contemplait à présent dépassait ses craintes et ses espoirs les plus fous.

Très vite, le dragon s'avança au milieu du camp.

À chacun de ses pas, la terre palpitait, une foule de débris tressautaient en cadence, et les soldats fous de terreur s'enfuyaient en tous sens.

Le général parvint à se relever.

Dépliées, les ailes de la créature allaient presque d'une montagne à l'autre. Que faire face à une telle monstruosité, que tenter ?

Il n'y avait rien à faire. Il y avait juste à baisser la tête. Il y avait juste à s'incliner.

Éberlué, l'homme s'avança en titubant.

Le Dragon s'ébroua et se tourna vers lui. L'avait-il vu ? Ses yeux, en tout cas, brillaient d'un éclat singulier, et l'air qui s'échappait de son mufle était si chaud qu'il en tremblait.

« Quelle merveille... » songea le général.

Le monstre cracha sur lui un jet de lave épais comme un torrent. La douleur, inimaginable, ne dura qu'une fraction de seconde. La chair et les os de l'homme fondirent instantanément et très vite, il ne resta plus de lui qu'une vague odeur de brûlé – tout aussi bien aurait-il pu ne jamais exister.

PARMI DES MILLIERS

— Cela commence, chuchota Wyrd.

De petits nuages de vapeur s'échappaient de sa bouche. Assise à ses côtés, sa mère ne semblait pas ressentir les atteintes du froid. Le vent rabattait sa chevelure noire sur son visage émacié, et ses larmes continuaient de couler.

Là-haut dans le ciel, Maan ne disait plus rien.

La guerre.

La guerre dans les montagnes.

Au premier signe de réveil des Dragons, Wultan s'était redressé. « Malédiction », avaient murmuré ses lèvres. Car bien sûr, il n'avait pu s'empêcher d'espérer, et jusqu'au dernier moment, que le retour des monstres de pierre n'arriverait jamais. Les Dragons préféreraient toujours l'exil au combat, n'est-ce pas ?

Mais ses maudites sœurs les avaient dressés contre lui. Elles voulaient l'empêcher de récupérer l'Anthémion. L'empêcher de régner seul sur Asgard. Eh bien ! Qu'il en soit ainsi : il les détruirait, elles aussi.

Reah réprima un sanglot.

— Mère ?

Asgard souffrait, et la vieille Faeder sentait sa souffrance.

Dans les souterrains de la forteresse, Fregh s'était levée finalement, aux premières attaques du mal – des dieux se servaient d'elle, des dieux se servaient de sa magie –, et n'y tenant plus, elle avait quitté son sanctuaire, errant dans les corridors telle une pauvre âme en peine, flottant à un pied du sol, filant comme une flèche, et ses hurlements ! elle se cognait aux murs pour essayer d'atténuer la douleur.

Maudit sois-tu, Wultan. Maudit sois-tu, Donn'r.

À présent, les vieux Dragons se réveillaient les uns après les autres. Étourdis encore d'un sommeil millénaire, ils ouvraient les yeux, considéraient sans comprendre les armées grouillantes s'agitant entre leurs pattes, puis, d'un coup, lâchaient sur elles tous les feux de leur gorge rocailleuse.

Chez les humains, la panique était inexprimable. Jamais personne n'avait vu de tels monstres. C'était comme affronter des montagnes.

Aux premières attaques, les généraux en poste avaient immédiatement ordonné le repli : très vite, les contreforts des Crêtes de Sang s'étaient renvoyé les ululements des cors cuivrés en échos gémissants. Les rangs s'étaient rompus, les soldats s'étaient dispersés dans les vallées.

Puis Wultan entra dans la bataille.

Cela ne pouvait venir que de lui. Aucun homme sur cette terre n'aurait pu imaginer pareil stratagème.

Dans un mouvement massif et parfaitement coordonné, des armées entières furent diligemment massées autour des passes et des gorges les plus exposées. Les soldats avaient les yeux bandés. Ils étaient regroupés autour de lourdes catapultes, et avaient hissé des balistes à la hâte.

Ordre leur était donné de tirer au premier signal.

— Votre Altesse, si je puis me permettre...

Wultan souriait avec férocité.

— Je sais, général. Des milliers d'entre eux vont mourir en vain. Mais la seule chose que redoutent les Dragons, c'est qu'on ne les craigne pas. La pierre contre la pierre. Croyez-moi, ils battront en retraite.

Lorsque le premier Dragon se présenta, la manœuvre porta ses fruits – tout au moins en partie. Affolés par le grondement de leur ennemi, les soldats tirèrent un peu trop tôt. Une première bordée de flammes leur répondit sur-le-champ.

— N'ôtez pas les bandeaux ! hurlèrent les supérieurs, tirez, tirez ! Ceux qui ôteront leurs bandeaux seront abattus.

C'était un mensonge, bien sûr. Car dès qu'ils avaient aperçu le monstre, les archers eux-mêmes, postés sur les corniches environnantes, s'étaient immédiatement débarrassés de leur pesant attirail pour disparaître dans les montagnes. La plupart des soldats obéirent pourtant. D'une certaine façon, le bandeau les protégeait. Ils savaient qu'ils n'auraient pas supporté de le voir. Alors tirer, tirer ainsi à l'aveuglette, lancer des pierres vers le ciel en implorant les dieux, cela au moins semblait facile. Et quand la mort venait, elle était si rapide, si foudroyante, qu'ils n'avaient pas le temps de la craindre.

— Regardez, siffla Wultan.

Déstabilisé par la première salve de tirs, les pierres et les boules de feu s'écrasant sur sa peau craquelée, le Dragon s'immobilisa. Quelque chose d'anormal était en train de se produire. Les humains ne fuyaient pas à son approche. Les humains ne hurlaient pas.

Le monstre hésita.

L'indifférence de ses ennemis le blessait plus que n'aurait pu le faire la plus cruelle des armes. Les Dragons étaient des légendes. Ils ne vivaient que dans le cœur des hommes.

Un gémissement rocailleux s'éleva des profondeurs.

Les pierres continuaient de pleuvoir, les catapultes, mécaniques, se cabraient sans relâche, l'air sifflait partout. Il y avait ce Faeder, quelque part. Le Dragon ne le voyait pas, mais il sentait sa présence.

Lentement, il recula dans le défilé.

Des ordres insensés furent rapidement donnés. Chaaaaaargez ! L'armée des hommes se mit en branle et marcha à la rencontre du monstre. Il grogna encore. C'était tout ce qu'il était capable de faire. Lâcher son feu, lâcher la lave de ses entrailles sur ces troupes aveugles, impossible ! aucun Dragon ne pouvait se résoudre à cela.

— Voyez, souffla Wultan à son général, il se laisse faire, il est perdu, nous allons vaincre.

L'autre hocha la tête, stupéfait.

Plus tard, le Faeder lui-même se joindrait à la bataille. Des déflagrations assourdissantes résonneraient à travers les défilés et on le verrait, lui, le maître des dieux, debout au sommet d'une montagne, projetant ses éclairs aveuglants sur le monstre de pierre, et des bataillons suicides dévaleraient les pentes, résolus à se jeter sur la bête, résolus à mourir avec elle parce que c'était la dernière bataille, et que Wultan leur avait juré qu'ils siégeraient à ses côtés à Asgard ensuite, et jusqu'à la fin des temps.

— Il a perdu la raison, lâcherait Wyrd.

Mais ce ne serait pas vrai, elle ne le saurait que trop bien.

LA FUITE

Ils chevauchaient à travers la vallée. Ils laissaient derrière eux les montagnes et, avec elles, le fracas des armes et les monstres de pierre.

Ils fuyaient la guerre, ils fuyaient Wultan.

Ils venaient de quitter les Crêtes de Sang et traversaient maintenant une immense plaine australe. Les armées du Concordat ne semblaient pas s'être aventurées aussi bas. Pour quelque temps encore, ils étaient en sécurité.

Janes arrêta sa monture et se retourna pour contempler les montagnes. Les cimes majestueuses étaient noyées de nuages. De doux filaments blanchâtres parcouraient le ciel toujours bleu. Le traîneau de la Dame des Songes avait disparu pour toujours.

« Je ne pense pas que nous nous reverrons un jour, lui avait soufflé la déesse en lui frôlant le bras. N'oublie jamais qui tu es, Janes. »

Tu es le fils de la Nuit. Le fils de la Nuit et de...

Le jeune homme tira brusquement sur les rênes et fit volte-face. Il rejoignit Livia, et tous deux contemplèrent le panorama en silence. La plaine, à perte de vue, ressemblait à celle qu'ils avaient découverte quand ils étaient descendus de Darkwald : des roseaux à hauteur d'homme, une mer calme et ondulante et, plus loin, beaucoup plus loin, l'océan inconnu – les Archipels de Brume.

— Sais-tu comment on va là-bas ?

Janes plissa les yeux.

— Nous trouverons. En continuant vers le sud, nous finirons forcément par déboucher sur l'océan. Et une fois sur la côte...

« Fuyez, fuyez ! lui avait murmuré la Dame des Songes. Ne vous arrêtez pas, ne vous retournez pas, ne parlez pas aux étrangers, à aucun d'entre eux, ne dites pas qui vous êtes, où vous allez, ne prononcez jamais vos vrais noms avant d'avoir gagné les Archipels. »

Elle avait commencé à parler tandis que leur traîneau descendait vers la vallée et Janes l'avait écoutée, gorge serrée.

Il fallait détruire l'Anthémion.

Il fallait aller en enfer et remonter à la source du fleuve des Âmes.

Si Janes ne le faisait pas, alors Wultan gagnerait sa guerre, et les hommes seraient définitivement vaincus, le maître des Faeders régnerait sur Midgard, avec ses fils pour lieutenants.

Les enfers.

Winterheim, le royaume de la mort.

« Tu as ton épée, avait poursuivi la déesse. Tu es le fils des Ténèbres. »

Elle lui avait expliqué qu'il était leur seule chance, la seule chance des hommes. C'était une histoire très ancienne, et son destin...

Les chouettes avaient poussé des cris perçants.

— Mais Livia ? avait demandé le jeune homme. Si je détruis l'anneau, ne risque-t-elle pas de disparaître, elle aussi ?

— Ne te préoccupe pas de cela. Le moment venu, la princesse sera confrontée à un choix, et tout sera pour le mieux.

— Je... Je voulais juste vivre une vie... comme les autres, avait lâché Janes dans un profond soupir. La guerre, les Faeders, cet anneau... C'est trop pour moi...

— Je sais, avait simplement répondu Ever. Ce serait trop pour n'importe qui.

— Mais il faut que tu le fasses, avait insisté Livia en lui prenant les mains. Mon amour, il n'y a que toi qui puisses le faire...

— Pourquoi ?

— Parce que... Parce que...

La jeune femme avait cherché la déesse du regard – sa propre mère.

— Tu le sauras le moment venu, acheva la Dame des Songes. Pas avant.

— J'aurais tellement voulu...

— Fais-le, avait répété Livia, ô Janes, fais-le ! Nous avons tant besoin de toi !

— ...

— Détruis l'anneau, mon amour !

— ...

— Je n'en souffrirai pas, Janes. Je te le jure.

Ce regard implorant. Comment aurait-il pu résister ?

Il avait hoché la tête.

— D'accord. Si c'est ce que tu veux.

Elle l'avait embrassé avec passion et il avait fermé les yeux, ses mains refermées sur ses hanches, oh, ce parfum, cette douceur ! La pensée de la perdre une fois de plus lui était devenue insupportable.

À présent, les deux jeunes gens filaient côte à côte à travers les plaines herbeuses, et Davënger fermait la marche.

— L'une des entrées des enfers, avait continué la Dame des Songes en glissant à Janes une bourse remplie de pierreries, se trouve quelque part dans les Archipels de Brume. C'est celle-là que vous devrez emprunter. Là-bas, vous trouverez des alliés. Le quinzième seigneur de Balden, qui est acquis à votre cause, vous fera bon accueil. Lui et les Sœurs de l'Arbre. Il sera votre guide.

Le seigneur de Balden ? Les Sœurs de l'Arbre ? Janes s'était passé une main sur la nuque. Tant de questions restaient en suspens. Et pour commencer, quelle sorte de gens étaient les habitants des Archipels ? On les disait tapageurs, avides de ripailles et de joutes brutales...

— Ils sont différents, avait admis la Dame des Songes. Mais où est le mal ? Tu le comprendras lorsque tu parleras avec eux. À nos yeux, fils et filles d'Asgard, c'est vrai : ils paraissent terriblement étranges, et nombreux sont parmi nous ceux qui les craignent et les haïssent. Mais je gage qu'à tes oreilles, leurs paroles résonneront de plaisante manière. »

Qu'avait-elle voulu dire ?

Janes se posait encore la question lorsque la nuit arriva. Exténué, le petit trio choisit de faire halte sur les rives d'un minuscule étang. Le jeune homme et Livia attachèrent leurs chevaux. Davënger, lui, demeura sur sa selle.

— Davënger ?

Le forlanceur leva doucement les yeux. Son regard était vide, inexpressif.

— Il faut... Tu devrais descendre de cheval.

Comme à contrecœur, le fier guerrier mit pied à terre. Il émanait de lui une odeur assez désagréable.

Derrière eux, Livia préparait un repas frugal.

— Partageras-tu...

Janes n'acheva pas sa phrase.

Non, Davënger ne mangerait plus, plus jamais. Il était devenu quelqu'un d'autre.

LA PIERRE ET LE FEU

Les vieux Dragons s'étaient tous réveillés, et la plupart des draakens, même ceux qui n'entretenaient avec Aldrig que de médiocres relations, s'étaient joints à eux pour le dernier combat. Du côté des humains, les renforts affluaient en masse. Partout, de nouvelles recrues étaient enrôlées.

Les mercenaires d'Erland étaient les plus nombreux. Alléchés par le montant des primes, ils se présentaient d'eux-mêmes dans les bureaux de conscription, bousculant les autres sans ménagement. « Je veux me battre », disaient-ils. Ils n'avaient fait que cela toute leur vie.

À Elsnör et à Walrœk, des cavaliers aux ordres du Kzaar battaient la campagne à la recherche de jeunes volontaires. À Nordheim, on avait même fait appel aux moines du collège aveugle. Aucune alternative. C'était se battre, ou mourir.

En une dizaine de jours, les armées du Concordat avaient triplé de volume. Elles comptaient maintenant trois cent mille hommes, trois cent cinquante mille peut-être, et des offensives foudroyantes étaient menées sans répit.

La magie de Wultan et de son fils Donn'r galvanisait les troupes. Cachés dans les hauteurs, les deux Faeders faisaient pleuvoir sur les Dragons un déferlement d'éclairs meurtriers, et la puissance de leurs attaques s'avérait terrifiante. L'écho des détonations rebondissait entre les montagnes. Les roches vibraient, tressaillaient. Affolées, les créatures d'écailles tentaient de se défendre. Où était l'ennemi ? Dans leur panique, elles vomissaient des torrents de lave au cœur des gorges étroites, emportaient tout sur leur passage. Trente mille soldats avaient déjà péri.

Pourtant, le réservoir humain paraissait inépuisable.

Certes, les vieux Dragons ne pouvaient « mourir » au sens où les hommes l'entendaient. Mais ils pouvaient cesser de combattre. Ils pouvaient prendre leur envol, s'arracher aux montagnes, et disparaître vers ailleurs – le Clair-Obscur, par exemple, le paradis perdu que leur avait promis Ever.

Un soir, trois d'entre eux, des monstres d'une envergure de six cents pieds, s'en allèrent ainsi vers les nuées. Leurs bandeaux relevés, les soldats de Nordheim les regardèrent sans comprendre.

— Impossible, marmonna un général.

Wultan s'avança à ses côtés, accompagné de son fils. Les Dragons, dont la masse énorme avait presque obscurci le ciel, n'étaient plus que des points à l'horizon.

— Ils s'en vont. Ils savent que cette guerre n'est pas la leur.

Donn'r secoua son épaisse chevelure sombre.

— Se pourrait-il...

— Que nous ayons vaincu ? Oh, nous en sommes bien loin, mon fils. La bataille sera longue et meurtrière. Mais ce n'est pas les Dragons que je crains le plus. Ce n'est pas ici que se joue le sort du monde.

— Pas ici ? répéta Donn'r.

À dire vrai, l'ennemi montrait clairement des signes de faiblesse depuis la défaite des premiers Grands Dragons. Et la mort d'Aldrig n'était plus un secret. Les Crêtes de Sang finiraient par tomber, c'était inévitable.

Ailleurs, pourtant, et Wultan le savait, des forces anciennes se réveillaient et se préparaient à rejoindre le combat. Ailleurs, un jeune homme aux cheveux d'or courait toujours, un anneau précieux passé à son doigt.

— Tu l'as laissé s'échapper. Tu l'as laissé partir.

— Votre maudite demi-sœur...

— Je sais ! tonna le Faeder en se retournant vers lui, les yeux brillant de colère. Mais je t'avais confié une mission, mon fils. Et tu as échoué.

Donn'r avala sa salive.

À quelques pas derrière eux, le général de Nordheim, qui n'avait rien perdu de la conversation, ne savait plus s'il devait rester ou partir. Donn'r le toisa avec mépris.

— Et toi, qu'est-ce que tu attends ? Disparais !

— C'est que, Votre Grandeur...

— Disparais ! hurla le Faeder en marchant sur lui. Tu es devenu sourd ?

L'homme détala sans demander son reste. La mine sombre, Donn'r revint vers Wultan en éprouvant le tranchant de sa hache. Il ne cessait de penser à Hemd'l. Que faisait son frère en ce moment même ? Sans doute complotait-il encore – il avait déjà prouvé toute la rouerie dont il était capable –, oui, sans doute tramait-il quelque obscure machination aux côtés de ses tantes honnies tandis que lui-même, dieu de l'orage éternellement fidèle, continuait de ferrailler sans répit sous le regard sévère de son père...

— Je retrouverai Janes Oelsen. Je le retrouverai, dussé-je mettre les royaumes de Midgard à feu et à sang.

Wultan se caressa le menton.

Il observait le mouvement des régiments d'Elsnör, piques à la main, qui traînaient derrière eux de lourdes balistes luisantes.

— Je l'espère, mon fils. Ardemment. Car de sa capture dépend notre survie.

Donn'r étendit sa main gantée et écarta les doigts. Il tremblait légèrement : le soir précédent, son avant-bras était resté paralysé pendant trois heures. Moment de panique ! Il avait imaginé que le mal s'étendrait à tout le reste de son corps. Puis ses forces étaient revenues peu à peu et, à présent, l'incident lui semblait curieusement irréel.

— J'ai mobilisé une trentaine de détachements : des espions parmi les plus aguerris, et dans toutes les directions. J'ai dépêché des messagers. Ils détiennent son signalement. Il ne pourra pas se cacher éternellement.

— Il est peut-être déjà loin, fit Wultan, songeur.

— Et la Dame des Songes...

Le maître des Faeders rabattit la visière de son casque.

— Cesse de te préoccuper d'Ever, mon fils. Elle n'existe déjà plus.

RACINES

Un soleil froid se dressait au-dessus de la clairière enneigée. Le ciel était gris-bleu, des débris de nuages traînaient au-dessus des cimes, et la forêt retenait son souffle.

Les aulnes d'Erland tenaient conseil.

Ils étaient des milliers, massés autour de leur chef et sur les collines environnantes, et même au-delà, ils faisaient cercle autour de lui, écoutaient ses paroles et se les répétaient entre eux. Agitant frénétiquement ses branches, Ttrrnn'kk se tournait de tous côtés. Grognements, craquements, soupirs : aucun homme n'aurait pu le comprendre. Mais les aulnes, eux, l'entendaient parfaitement, et la plus proche habitation humaine se trouvait à une centaine de lieues au sud.

— L'heure est venue, mes frères. L'appel que nous attendions ! Les Dragons quittent les montagnes, les villes des hommes bruissent de sanglots apeurés. Il est temps pour nous de marcher sur l'ennemi.

Les aulnes ployaient dans le matin. C'étaient des arbres énormes, disgracieux, au tronc gonflé d'excroissances. Leurs racines humides glissaient sur le sol comme des anguilles. Leurs feuilles étaient sombres, presque noires. Ils remuaient leurs branches dans des mouvements pleins de colère.

— Oui, mes frères ! continuait leur chef au comble de la passion, la dernière bataille nous appelle ! Ce sera l'occasion de donner aux bûcherons du Sud la leçon qu'ils attendent depuis si longtemps. Ils nous attaqueront avec des haches et des torches, ah ! Nous les écraserons sous nos racines ! Nous serrerons leurs corps jusqu'à les faire exploser – qu'une sève impure s'écoule de leurs ossements brisés !

— Aaaaaurrh ! répondirent les aulnes.

Penchée sur le chaudron de sa mère, Wyrd observait la scène avec résignation et voyait ses angoisses prendre corps. Ce n'était pas seulement le désir de vengeance qui animait ces arbres et les poussait à quitter leur forêt. Les aulnes n'avaient que faire des Dragons et des Faeders, ils se moquaient de l'Exeat. La force qui les animait était autrement plus ancienne.

— Plongez vos racines jusqu'aux profondeurs obscures ! Appelez-en aux puissances infernales qui sommeillent sous la terre ! La guerre nous appelle, entendez-vous son souffle ?

Les aulnes cessèrent brusquement de s'agiter.

Une brise légère passait sur les collines, faisant frissonner leur feuillage.

— L'entendez-vous, ô mes frères ?

— Aaaaaurrh ! rugirent de nouveau les arbres.

Puis ils s'ébranlèrent, secouèrent leurs racines et se mirent en marche.

Wyrd se mordit les lèvres. La forêt commençait à bouger.

— Mère...

Reah continuait de pleurer. Ses larmes étaient de plus en plus épaisses, de plus en plus abondantes. Désormais, sa fille maniait les aiguilles avec une vivacité extraordinaire. Et dans la cour de la citadelle, la toile ne cessait de s'étendre.

La forêt tout entière paraissait ondoyer.

Les collines se dénudaient. Le souverain Ttrrnn'kk menait ses légions vers le sud, vers le domaine des hommes.

Les flancs de leurs montures étaient striés de sillons sanglants. La nuit, ils chevauchaient sans relâche. Le jour, ils se cachaient, s'arrêtaient dans des sous-bois, des champs ondoyants, des granges abandonnées.

Davënger ne dormait jamais. Assis à l'écart, il montait la garde, son épée sur les genoux, s'arrachant pensivement de minces lambeaux de peau. L'odeur qui se dégageait de son corps devenait pestilentielle. Dans un hameau de campagne au sud de Darkwald, Janes lui avait acheté un flacon de parfum, dont il s'aspergeait à présent continuellement.

— Crois-tu qu'il comprenne ce qui lui arrive ? demanda Livia un soir, tandis qu'ils se remettaient en route.

Janes haussa les épaules.

Courbé sur sa monture, le forlanceur ouvrait la marche, son épée pendant à son côté comme un trophée inutile. Le jeune homme se porta à sa hauteur.

— Pas trop fatigué ?

— Je vais bien.

— Davënger, je... Je voulais te dire que j'apprécie ce que tu fais... pour nous.

Le forlanceur esquissa un sourire.

— Est-ce que ta fiancée se porte bien ?

Surpris, Janes se retourna vers Livia. La jeune femme ouvrit de grands yeux.

— Oui. Enfin, je crois.

— Parfait.

Le forlanceur se gratta la joue et en détacha un long bout de peau morte.

Janes réprima un haut-le-cœur.

— Davënger ?

— Mm ?

— Comment est-ce arrivé ?

— Quoi donc ?

— Eh bien, la façon dont tu as été... tué...

Le forlanceur le foudroya du regard.

— Qu'as-tu dit ?

Janes se mordit les lèvres.

— Pardon.

Davënger continuait de le fixer.

— Je ne suis pas mort.

— Non, bien sûr...

— Je ne suis pas mort. Je parle, je respire, je...

Le forlanceur s'arrêta de lui-même. Aucun souffle ne passait entre ses lèvres. Désemparé, il lâcha les rênes, et laissa sa monture s'écarter doucement du chemin. Janes le suivit.

— Davënger ! Attends !

Bras ballants, tête penchée, le forlanceur se laissait porter par son cheval, menaçant à chaque instant de basculer sur le côté. Janes le rattrapa de justesse, saisit fermement ses rênes et les lui tendit.

— Hé ! Le chemin est par là.

— Écoute mon cœur.

— Quoi ?

Son visage exprimait un poignant désespoir.

— Colle ton oreille contre ma poitrine et dis-moi que je suis bien vivant.

Derrière eux, Livia avait fait halte et les observait sans mot dire. Le jeune homme sauta à terre.

— Descends, dit-il à son ami.

Le forlanceur posa une main sur sa selle et mit pied à terre à son tour. Janes entreprit de délacer les cordons de son armure.

— Ça ne sera pas long, expliqua-t-il.

Le forlanceur attrapa son poignet.

— Arrête. Tu n'es pas obligé...

Mais le jeune homme continuait et, bientôt, les dernières attaches cédèrent. Le plastron tomba dans l'herbe. Lèvres pincées, Janes essayait de ne pas respirer. Le surcot de son ami était imprégné d'une odeur écœurante. *Il pourrit*, songea le jeune homme. Avec un sourire, il remonta le vêtement. La peau était dure, blafarde.

— Janes.

Le jeune homme leva une main.

— Ton cœur bat, dit-il. Pas très vite, mais il bat.

— Janes !

Cette fois, c'était Livia qui venait de crier.

Le jeune homme se redressa vivement. La princesse montrait le bout de la route du doigt. Nuage de poussière : des cavaliers galopaient à leur rencontre.

— Il bat ? répéta Davënger, incrédule. Moi, je ne sens rien.

— Nous en reparlerons, répondit Janes en tirant son épée.

Abasourdi, le forlanceur se rhabilla en regardant les cavaliers s'approcher. Déjà, son ami remontait à cheval, lame au poing, prêt à en découdre.

— Janes... commença Livia, seule au milieu du chemin.

— Pars ! Va-t'en, ils ne passeront pas.

— Mais...

— Ne discute pas. Ce n'est peut-être rien, mais je ne veux pas prendre le risque.

Hochant la tête, la princesse passa devant le jeune homme et poursuivit sa route. Elle se retourna plusieurs fois.

Les cavaliers avaient ralenti l'allure. Ils étaient cinq, et ne portaient pas d'étendard. Janes devinait à leurs armures qu'ils venaient de Nordheim. Il fit signe à Davënger de se rapprocher.

— Tiens-toi prêt, lui glissa-t-il. Au moindre signe suspect...

Sur le sentier, le petit groupe s'était arrêté. L'un des cavaliers se détacha et trotta tranquillement à la rencontre des deux hommes.

— Salutations, étrangers. Nous recherchons...

Il s'arrêta, et considéra ses interlocuteurs avec une mine amusée.

— Cette jeune femme qui s'éloigne : est-elle avec vous ?

— Vous recherchez ? répéta Davënger d'une voix sourde.

Le messager braqua son regard sur Janes.

— Celui qui nous envoie vous veut vivants. Ne nous obligez pas à faire du mal à la jeune fille.

Le cheval de Janes poussa un hennissement. Le fils des Ténèbres pointa sa lame vers les cavaliers.

— Retournez chez vous ! clama-t-il. Nous ne vous voulons aucun mal.

— Ah, ah ! fit le messager en s'épongeant le front d'un revers de manche tandis que ses acolytes se rapprochaient, mais à qui donc crois-tu parler, mon ami ? Nous sommes cinq, vous n'êtes que deux, et ton compagnon ne m'a pas l'air bien en point. Je te conseille de lâcher cette épée *maintenant*.

Le jeune homme secoua la tête.

— Celui qui t'envoie aurait dû te mettre en garde.

— Nous allons te désarmer, répondit le messager avec calme. Puis nous disposerons de ta jeune amie selon notre bon plaisir, et tu l'entendras couiner comme une truie. Arbalètes au poing ! ordonna-t-il sans même se retourner.

Quatre cliquetis lui répondirent.

L'ATTAQUE DU PALAIS

Au passage du Dragon, l'ombre immense sur la plaine ! les hommes s'éparpillèrent en hurlant sur les rives de l'ancien cratère, et saisirent convulsivement leurs armes. Une nouvelle attaque ? Arcs bandés, les archers étaient prêts à tirer.

Un général leva les bras :

— Arrêtez, arrêtez ! Celui-ci n'est pas contre nous !

Les soldats échangèrent des regards incrédules. Pas contre nous ? Le battement des ailes pierreuses faisait souffler une véritable tempête, et le rugissement de la bête était si puissant que toute la vallée en tremblait. Pourtant, et si incroyable que cela puisse paraître, le général disait vrai : le Dragon s'éloignait bien vers le nord.

Légèrement rassérénés, les hommes regagnèrent leur campement à pas comptés, les yeux toujours levés au ciel. Le monstre disparaissait à l'horizon.

Un officier s'approcha de Donn'r.

— Votre Seigneurie ?

Hache sur l'épaule, le Faeder hocha la tête d'un air satisfait.

— Vous vous demandez ce qui nous vaut cette clémence, n'est-ce pas ?

L'autre balaya le cratère du regard.

Partout, les soldats couverts de poussière se congratulaient, emplis d'un soulagement rétrospectif. La venue du Dragon les avait pris par surprise : le ciel s'était obscurci, et ils s'étaient attendus au pire. Le feu, encore ! La fuite, les yeux bandés ! Puis la créature s'en était allée, aussi rapidement qu'elle était arrivée.

— Désormais, reprit Donn'r, peut-être comprenez-vous ce qu'est un dieu.

L'officier cligna des yeux.

Dans la lumière du soir, le Dragon n'était plus qu'un point sous les nuées.

— Je... Je ne saisis pas.

— Mon père, répondit le Faeder. Mon père a pris le dessus sur la bête.

Et c'était vrai.

Juché sur le crâne du monstre, une épée enflammée enfoncée dans la pierre à égale distance des deux yeux, le maître des dieux se cramponnait à sa garde en éclatant d'un rire sauvage. Oui, il avait terrassé le monstre !

Il était venu à lui au moment du réveil et, à l'abri d'une falaise, avait lâché sur sa tête une pluie d'éclairs enflammés. À moitié endormi, le Dragon s'était redressé, et avait d'abord tenté de riposter : la gueule ouverte, crachant des jets de lave noirâtre, il avait cherché son ennemi en vain. Des dizaines de soldats avaient péri, impuissants face à la fureur du monstre. Mais Wultan était demeuré à l'abri. Et ses attaques n'avaient nullement faibli, au contraire.

Puisant dans les ressources de sa nature divine, le maître des Faeders avait noyé son ennemi sous un déluge de feu magique. Des éclairs avaient jailli dans la vallée, le Dragon s'était cabré, les falaises toutes proches craquent et se fendent sous ses coups de boutoir désespérés. Ses rugissements avaient retenti à des lieues à la ronde. Tremblements, colère fumante ! Horrifiés, des soldats de Nordheim campant à une journée de marche s'étaient redressés pour écouter. Des rochers avaient jailli, comme sous le feu d'un volcan indomptable. Wultan s'était avancé à découvert. Adossé à la montagne, le Dragon l'avait regardé sans réagir. Les attaques de son ennemi l'avaient laissé sonné, à demi paralysé. Ses derniers jets de flammes, douloureux et imprécis, étaient devenus faméliques. Le maître des Faeders s'était approché avec un rictus de triomphe. Crains ma puissance, Dragon !

Le monstre de pierre avait gémi. Il avait gémi lorsqu'il avait senti le maître des Faeders se hisser sur son échine, sans pouvoir rien faire pour l'en empêcher. Il avait gémi lorsque les mains du dieu étaient devenues des mains de feu. Il avait gémi lorsque la lame flamboyante s'était frayé un chemin brûlant dans son front.

— Lève-toi !

Oh, cette voix, cette voix, et cette douleur dans sa tête !

— Lève-toi, Dragon !

Vaincu, terrassé par la volonté de son ennemi, le monstre s'était redressé sur ses pattes. Les montagnes s'étaient mises à tourner autour de lui. Le monde était devenu rouge.

— Avance.

Hébétée, la créature avait risqué quelques pas dans la vallée.

Les falaises avaient vibré sur son passage. Et les archers postés sur les hauteurs s'étaient frotté les yeux, certains de rêver.

Là-haut.

Là-haut, sur la tête du monstre.

— Prends ton envol.

Inimaginable, et pourtant...

— Regardez !

Murmure d'intense stupéfaction parmi les soldats.

Lentement, les ailes du Dragon s'étaient déployées. Leur masse ombreuse, leur envergure titanesque. Et le dieu, qui restait juché sur son crâne ! Sidérés, les archers avaient regardé l'animal s'arc-bouter sur ses pattes postérieures et agiter les ailes. Tempête de rage, hurlements ! À tout jamais, l'image resterait gravée dans leur mémoire. Ce moment précis, avant que le monstre s'envole.

Car il s'était envolé, oui.

Dans un saut prodigieux vers le ciel, il s'était arraché aux montagnes, tout plutôt que souffrir encore, et il s'était élevé au-dessus des Crêtes de Sang, son ombre démesurée recouvrant pentes rouges et vallées.

Il s'était envolé, et il avait quitté le vacarme de la guerre, filant à mille pieds de hauteur au-dessus des plaines et des forêts et, sur son passage, des villageois terrifiés étaient tombés à genoux, pensant leur dernière heure arrivée, et ils s'étaient relevés dans son sillage, abasourdis, frottaient leurs vêtements en le regardant s'éloigner, incapables de prononcer un mot.

Où allons-nous ? se demandait désormais la bête.

Enfoncée dans son crâne, l'épée du dieu fou lui dictait ses mouvements, et il était impossible de lui résister.

Pendant une centaine de lieues, le Dragon et son cavalier filèrent vers le nord. Puis, brusquement, ils bifurquèrent vers l'est. Le monstre ne pouvait rien faire. Tous les nerfs de son corps, toutes les veines de pierre portaient le même message : souffrance. Et c'était un message auquel on ne pouvait qu'obéir.

À la nuit tombée, le Dragon perdit de l'altitude.

Sous ses ailes majestueuses, les bourgs et les villes étaient comme des amas de lumières perdues dans la noirceur. La créature et son maître survolaient des forêts enneigées, transperçaient des nuages. Wultan gardait les mains crispées sur son épée. Un sourire cruel se peignait sur son visage. Le but était en vue.

Bientôt, le Faeder plissa les yeux.

En contrebas, plusieurs Dragons de taille respectable tournoyaient autour d'un château de cristal, dont les tours élégantes se dressaient comme des flèches. Agitant leurs ailes, les monstres se croisaient en hurlant, crachaient leur feu vers les hauteurs puis, d'un coup, disparaissaient.

La monture de Wultan ouvrit la gueule à son tour. Mais l'épée enflammée s'enfonça un peu plus dans son crâne, et elle la referma presque aussitôt.

— Descends, ordonna le Faeder.

Son sourire se mua en une grimace cruelle. Oh, tes frères essaient de s'échapper, n'est-ce pas ? Ma maudite sœur leur offre l'hospitalité de ses rêves, et ils pensent pouvoir quitter le monde ainsi, fuir le combat que leurs alliées ont elles-mêmes provoqué...

Il appuya un peu plus sur la garde de son épée. Répondant aux ordres de son maître, l'énorme Dragon piqua vers le château, les arcades et les tours de cristal.

Le refuge de la Dame des Songes ! Sous les nuages ventrus qui reflétaient la lune, les trois fleuves se déversaient en tourbillonnant dans le gouffre de glace.

Le Dragon fonçait droit sur les arches cristallines.

— Crache ton feu, ordonna le Faeder. Crache ton feu !

Il fit tourner sa lame. La bête tressaillit et lâcha un premier torrent de flammes aux abords du château.

Surpris, les autres Dragons relevèrent la tête. L'agresseur faisait au moins deux fois leur taille, mais il appartenait à leur race. Pourquoi les attaquait-il ?

Un premier monstre riposta. Son jet de lave manqua l'assaillant de très peu. Wultan sentit une chaleur infernale lui rougir le visage.

— Crache ! Crache encore !

Nouveau souffle brûlant. Une première tour s'effondra, suivie d'une autre. Sous les attaques de la bête, la glace fondait presque instantanément.

Un second Dragon tourna sur lui-même et planta ses griffes dans le dos du nouveau venu. L'autre répondit par un rugissement sonore, et répliqua avec hargne. À des dizaines de lieues de là, les échos de la bataille retentissaient au-dessus de la forêt, et des villageois se réveillaient en sursaut. Qui pouvait produire un vacarme aussi effrayant ?

Au-dessus du palais, la bataille atteignait son paroxysme. Des monstres longs de plusieurs centaines de pieds crachaient leurs entrailles en fusion, renversaient des tours et brisaient des ponts.

La monture de Wultan, qui avait repris de la hauteur, se contorsionna et descendit de nouveau. Elle esquiva une première attaque, puis se renversa sur le côté et coupa une flèche d'un coup de queue. Désarçonné par la violence du choc, le Faeder lâcha son épée et tomba à la renverse, s'abîmant dans les eaux glacées, à quelque trois cents pieds en contrebas.

Sa monture ne s'en était même pas rendu compte. Rendue folle par la douleur, elle continuait de tournoyer et de cracher du feu.

Un ennemi tenta de lui mordre le flanc. Il ne parvint qu'à attraper une patte, qu'il déchira à moitié. Une coulée de lave jaillit à gros bouillons de la blessure, aspergeant la nuit de traînées crépitantes.

Étourdi, Wultan battait des bras à la surface du lac.

Il vit le membre de pierre s'écraser dans les flots, et un épais nuage de vapeur s'élever des eaux sombres. Un instant submergé, il parvint finalement à s'éloigner en quelques brasses vigoureuses, et se hissa sur une berge. Là, il se retourna.

Le château de la Dame des Songes était en passe de s'écrouler. Les ponts étaient brisés. Les tours fondaient, s'affaissaient dans les profondeurs. Des myriades de fées de givre éperdues se cognaient les unes contre les autres dans un maelström de verre pilé. Leur bourdonnement était assourdissant.

Un Dragon s'écrasa sur la forêt ; des gerbes enflammées s'élevèrent au-dessus des cimes, et une pluie incandescente retomba sur le château. Un pan entier de l'édifice glissa comme un iceberg, et les débris se brisèrent au milieu de la cascade.

Dégoulinant, Wultan se releva. Un sentiment mystérieux l'envahissait. Des souvenirs remontaient à la surface. Il se revoyait, au temps des premières guerres, combattant parmi les glaces, faisant jaillir des éclairs de ses mains vigoureuses. Il revoyait les troncs fendus en deux, les murailles disloquées, le ciel empli de tumulte. De nouveau, il entendait le fracas des corps de pierre pulvérisés, les râles de détresse des monstres anéantis.

Cette fois pourtant...

Les choses étaient différentes.

Il ne s'agissait plus de tuer des Dragons, il ne s'agissait plus de combattre le feu. Il s'agissait de détruire les rêves.

Oui, oh oui ! songeait Wultan en regardant les dernières tours se fendre et les vestiges du glorieux édifice s'abîmer dans les flots, oui, les rêves se meurent, il n'est plus nulle échappatoire désormais.

Secouant les pans de son manteau de cuir comme les ailes d'un oiseau, le maître des Faeders aspergea l'herbe autour de lui. Haut dans le ciel, le combat faisait rage. Les nuages étaient illuminés de teintes sanglantes, et les Dragons s'entretuaient sans plus savoir pourquoi.

Le château d'Ever avait été le principal passage vers le Clair-Obscur. Les Dragons s'étaient précipités vers lui dans l'espoir de disparaître à jamais. Mais les manigances de la Dame des Songes étaient en passe de prendre fin.

Wultan serra les poings et regarda la lune.

ATTENDRE

Agrippée au chaudron, Wyrd se mordait l'intérieur des joues pour ne pas hurler. Du sang coulait sur son menton, et ses épaules étaient agitées de soubresauts convulsifs tandis qu'elle assistait à la chute du château.

Redescendu à hauteur des murailles, le visage de Maan était penché sur elle, mais aucune parole de réconfort ne s'échappait de ses lèvres.

La jeune déesse releva la tête.

— C'est lui, hein ? C'est ton époux qui a commis ce crime, c'est ce porc ignoble ! Pourquoi ne fais-tu rien ? Pourquoi ne fais-tu jamais rien ?

— Paix, ma sœur...

— Paix ? Mais il n'y a pas de paix, pauvre folle ! Ne vois-tu pas les larmes que pleure ma mère ? Ne vois-tu pas ce que ton Wultan a fait aux rêves des hommes ?

Elle secoua la tête.

À la surface du chaudron, tout ce qui restait du fragile édifice était un fatras de tours brisées, d'arches écrasées, de décombres engloutis. L'aube se levait à présent. Les fleuves emportaient d'énormes monceaux de glace au loin.

Wultan avait détruit le domaine d'Ever.

Plusieurs Dragons avaient réussi à passer avant que les portes du Clair-Obscur ne se referment mais les autres, dorénavant, étaient condamnés à errer à la surface de Midgard. S'enfuir ou être détruits : tel était le choix qui leur restait.

Quant aux esprits des hommes qui étaient partis cette nuit-là vers les contrées du songe, quant à tous les forlanceurs d'Yslen qui, comme à l'accoutumée, avaient chevauché vers la voûte bleu nuit, ils étaient maintenant pris au piège. Le matin venu, ils ne reviendraient pas.

— Je suis désolée, chuchota Maan en secouant les pans de sa robe, qui formaient des vagues grises dans le ciel. Il y a bien longtemps que Wultan et moi ne nous parlons plus.

Wyrd renifla.

Quelque part dans les entrailles d'Asgard, les hurlements de Fregh continuaient de retentir, et l'hermaphrodite se cognait aux murs dans sa course volante, les bras écartés, les yeux grands ouverts – l'image même de la douleur.

— Je suis désolée, répéta Maan.

La neige commençait à tomber. Une neige lourde, inhabituelle. Les flocons étaient énormes, voltigeaient lentement dans l'air glacé.

Des hurlements retentirent.

Wyrd se releva et marcha jusqu'aux remparts.

La partie supérieure d'Yggdrasil se dressait au milieu des ténèbres. Tout autour, la forêt couverte de neige étendait son royaume.

— Toi, siffla la jeune déesse, toi entre tous.

Une meute d'énormes loups blancs venait de sortir des sous-bois. Ils étaient une trentaine et avançaient en courant, museau à terre.

Wyrd se retourna vers sa mère adoptive.

— Hemd'l arrive. Il va nous dire qu'il nous aime, et qu'il combat de notre côté. Et nous allons faire semblant de le croire, n'est-ce pas ?

La vieille déesse ne montra aucune réaction.

Dans une plainte de cornes de brume, les immenses portes du château s'ouvrirent, et les loups haletants passèrent le pont-levis. Ils débouchèrent sur la cour principale, recouverte de toile noire, et s'allongèrent pour reprendre leur souffle.

Wyrd descendit à leur rencontre.

L'un d'eux, le plus gros, se redressa dès qu'il l'aperçut, et prit aussitôt forme humaine. Il était nu, entièrement, son corps semblait sculpté dans le marbre le plus pur, et une épaisse chevelure crémeuse s'écoulait entre ses omoplates. La déesse le regarda sans mot dire. L'homme éclata de rire.

— Wyrd, ah, Wyrd ! Je donnerais cher pour savoir ce que tu penses en cet instant.

— Qu'es-tu venu faire ici ?

— Oh ! répliqua le Faeder en flattant la tête d'un loup tout proche, la chaleur de ton accueil comble mon cœur de bienfaits !

— À quoi t'attendais-tu ? Un banquet en ton honneur ?

— J'appartiens à la famille, petite sœur.

— Ne m'appelle pas comme ça. Je ne suis pas ta sœur, et il n'y a plus de famille – si tant est qu'il y en ait jamais eu.

Hemd'l émit un bref ricanement.

— Les Ténèbres seraient sans doute ravies de t'entendre parler de la sorte.

— Qu'es-tu venu faire ici ? répéta la déesse.

— En toute honnêteté, soupira le Faeder en se caressant les épaules, je suis seulement venu vous voir. J'espérais que nous pourrions parler.

Wyrd tourna les talons.

— Le temps n'est plus aux paroles, lâcha-t-elle. Mais suis-moi, puisque tu sembles tant y tenir. Je gage que tu es venu te racheter, à l'heure où tout s'effondre et où chacun fait ses comptes...

Secouant la tête, Hemd'l lui emboîta le pas et la rattrapa en un instant. La saisissant par l'épaule, il la força à se retourner.

— Toi et moi, souffla-t-il, toi, tu sais ce que l'avenir nous réserve et moi, je veux tuer mon père – alors nous pourrions... changer le cours des choses et (il balaya la citadelle d'un ample geste) régner sur tout ceci, te rends-tu compte, nous pourrions...

Wyrd s'écarta doucement du Faeder.

Le sexe du loup blanc était en train de se redresser. Il respirait plus fort.

— Tu n'as pas changé, Hemd'l. Tu me dégoûtes.

— Personne ne change, petite sœur... Tu le sais bien.

— C'est bien pour cela que nous allons disparaître.

La jeune déesse reprit sa marche.

— Réfléchis ! cria le Faeder dans son dos. Réfléchis à ce que nous pourrions accomplir !

Wyrd s'engouffra dans la tour la plus proche.

Debout sur l'immense drap noir, entouré de ses loups, Hemd'l cligna des yeux.

EN PLEIN CŒUR

— Pour la dernière fois ! ordonna l'officier, lâchez vos armes, c'est un ordre !

Davënger semblait ne pas entendre. Son cheval fit quelques pas en avant.

— Ne fais pas ça !

Le forlanceur dégaina son épée.

— Tu l'auras voulu. Tirez !

Quatre carreaux d'arbalète sifflèrent.

Davënger esquissa un sourire douloureux. L'un des traits s'était fiché dans son épaule, l'autre dans son abdomen, le troisième dans son poumon gauche et le quatrième dans son cœur. Il vacilla un instant sur sa selle, mais il parvint à se maintenir.

Les soldats ouvrirent de grands yeux.

Sans attendre, Janes chargea.

L'officier eut tout juste le temps de lever son épée. Il para le premier coup du jeune homme mais tomba de son cheval.

Janes le regarda se relever.

— Attrapez la fille ! hurla le soldat.

Deux de ses hommes donnèrent de l'éperon.

Janes fondit sur les deux autres. Éclair d'acier, bruit sec : une tête roula dans la poussière. Le second homme, qui avait lâché son arbalète, tira sa lame à son tour et porta une botte en aveugle, au moment même où son adversaire faisait demi-tour. Il manqua sa cible de peu.

— À moi, Davënger !

Le forlanceur ne réagissait pas. Hébété, il s'était retourné pour voir les deux cavaliers restants galoper vers Livia.

— Davënger, qu'est-ce que tu fais ?!

Machinalement, l'intéressé brisa le carreau d'arbalète planté dans son épaule. Il ne paraissait pas ressentir de souffrance, mais qui pouvait dire ?

Janes eut tôt fait de se débarrasser de son adversaire. En un instant, l'homme se retrouva à terre, les mains serrées sur le bas-ventre, poissées de sang.

— Trop tard ! sourit l'officier en boitillant.

Janes se retourna.

Comme dans un cauchemar, il vit les deux cavaliers rattraper la jeune femme, la faire tomber de cheval, sauter de leur monture et l'entraîner à l'écart.

— Davënger !

— Je te conseille de te rendre, siffla l'officier dans le dos du jeune homme.

Les cavaliers avaient compris ce que leur chef attendait d'eux. Le premier avait tiré sa dague et l'avait posée sur la gorge de la jeune femme.

— Je te tuerai ! cracha Janes en pointant son épée sur l'officier.

— Lâche ton arme, rétorqua l'autre en pinçant les lèvres. Ou la jeune fille mourra.

Seul au milieu de la route, Davënger observait la scène avec détachement. Lentement, il baissa les yeux vers le carreau d'arbalète planté dans son cœur. Une tache de sang brun s'élargissait sur le poitrail.

— Qu'est-ce que... murmura l'officier.

Alors arriva quelque chose que ni lui ni personne n'avait prévu. Livia se dégagea brusquement. Les deux soldats poussèrent des hurlements de douleur. Un halo rougeoyant entourait la jeune femme. Elle fit un pas vers ses ravisseurs. La terre autour d'elle se gondolait comme du parchemin.

— Sorcellerie ! cria un soldat.

— Qu'est-ce que vous faites ? s'emporta l'officier. Ne la laissez pas...

Il se retourna avec vivacité.

Janes s'avançait vers lui, son épée à la main.

L'officier para un premier coup, mais n'eut pas le loisir de riposter. Le deuxième assaut arriva beaucoup plus rapidement qu'il ne l'avait pensé, et son adversaire le dominait de plusieurs pieds. Son épée se brisa sous le choc. Il se ramassa sur lui-même et fit face, un simple poignard à la main.

— Ce n'est pas équitable, dit-il dans un souffle.

— Exact, répondit Janes en retenant sa monture. Tu vas mourir.

Derrière eux, les deux arbalétriers s'étaient enfuis à travers champs sans demander leur reste. Ils n'avaient même pas tenté de tirer sur le jeune homme.

— Attends ! supplia l'officier.

Il trébucha, se releva précipitamment.

Janes plissa les yeux.

— Attends ! Je peux te dire qui nous envoie !

— Je t'écoute, répondit le jeune homme.

— Ce sont... Les ordres émanent directement d'en haut.

— Wultan ?

L'autre acquiesça.

— Je sais que ça peut paraître fou, mais les détachements d'éclaireurs sont placés sous ses ordres, je l'ai vu de mes propres yeux, il lance des éclairs de feu...

— Va-t'en, soupira Janes.

— Quoi ?

— Disparais. Va dire à ton maître qu'il est trop tard.

Il leva la main, doigts écartés.

— C'est cet anneau qu'il veut ?

Étonné, l'officier hocha la tête.

— Alors écoute : pour toi, et pour moi, et pour tous les hommes de cette terre, il vaudrait mieux qu'il ne le retrouve jamais.

— Je...

— Tu ne sais pas quelles forces tu sers, reprit Janes.

Estomaqué, l'homme s'éloigna à reculons, puis, lorsqu'il fut suffisamment loin, courut rejoindre ses arbalétriers.

Son adversaire le suivit longtemps des yeux.

— Janes ?

Livia titubait sur le chemin. Le jeune homme descendit de cheval et courut la prendre dans ses bras.

Il la relâcha immédiatement.

— Tu es brûlante ! s'exclama-t-il.

Les joues de la jeune femme étaient mouillées de larmes.

— Pardon, fit Janes en tendant une main vers elle, c'est seulement...

Livia ravala un sanglot.

— Je... Je ne sais pas ce qui m'arrive, balbutia-t-elle, j'ai senti... senti cette colère qui montait en moi et d'un seul coup, je... je...

Le jeune homme ravala sa salive.

— La colère des dieux.

Davënger revenait vers eux. Rênes enroulées autour des poignets, il était couvert de sang.

Janes rengaina son épée.

— Qu'est-ce que tu dis ?

— Rien, fit le forlanceur en descendant de cheval.

Son armure était hérissée de carreaux d'arbalète brisés.

— Souffres-tu ?

Le forlanceur eut un geste évasif.

— Tu m'as menti, dit-il.

— Quoi ?

— Quand tu m'as dit que mon cœur battait encore.

Ses doigts se refermèrent sur ce qui restait du carreau, et il le tira d'un coup sec.

— Je suis mort, maugréa-t-il.

DES FORMES ÉTRANGES

Le Grand Dragon, l'un des plus puissants de sa race gisait à présent sur les ruines du château, le museau plongé dans l'eau bouillonnante, la gueule ouverte, emplie de lave dormante. Il était mort, si tant est qu'un Dragon puisse mourir. Ses ailes de pierre étaient repliées, un sang brûlant continuait de s'écouler de ses blessures, et le feu liquide qui sortait de sa mâchoire formait des vapeurs au-dessus du lac.

Wultan contempla le champ de bataille et déplia son bras ankylosé.

Il avait gagné.

Tout fondait désormais, tout fondait inexorablement, deux Dragons avaient chuté, les autres s'étaient enfuis vers le nord et le Faeder savait qu'ils ne réapparaîtraient plus, ils s'en étaient allés vers le royaume des glaces.

Oh, comme Wultan aurait aimé voir sa demi-sœur en cet instant ! Il avait détruit son royaume, oui, son plan avait porté ses fruits au-delà de toute espérance, et la chaleur dégagée par le corps du Dragon envahissait le Clair-Obscur – il le savait, de funestes exhalaisons s'échappaient de la gueule du monstre et emplissaient le monde des rêves.

Soudain, le maître des Faeders tendit le bras. Sa main se referma sur une petite fée de givre affolée qui fondit instantanément. Wultan porta ses doigts gantés à ses lèvres et goûta les restes du bout de la langue.

Puis il s'enfonça dans la forêt.

Ses jambes et ses bras le faisaient toujours autant souffrir. Oh, sans doute, l'usage de la magie avait fait revenir un peu de force dans ses veines, et le sang du monde coulait en lui avec plus de vigueur. Mais cela, il le savait, n'était que momentané. Le mal progressait, inexorable. Il fallait retrouver Janes Oelsen. Quel qu'en soit le prix.

Le Faeder chemina pendant une bonne partie de la nuit.

Des myriades de pensées lui traversaient l'esprit. Il songeait à Fregh, seule en sa citadelle d'Asgard. Elle avait dû endurer un véritable martyre lorsqu'il avait invoqué le feu de Midgard pour combattre les Dragons ! Mais après tout, n'avait-elle pas donné aux humains un pouvoir sacrilège ? Quelques runes pour dompter les forces de la terre, quelques runes pour en appeler aux dieux, et chaque fois qu'ils faisaient cela, la famille s'affaiblissait. Non, Fregh ne méritait aucune pitié. Elle avait placé les intérêts des hommes avant ceux de la citadelle. Elle ne recevait que la monnaie de sa pièce.

« Et Hemd'l, père ? Savez-vous ce que trame Hemd'l ? »

La voix de Donn'r résonnait dans son crâne.

Hemd'l.

Le fils renégat, un de plus. Il lui avait donné sa confiance, et le loup blanc l'avait trahi. Un complot, un complot avec ses sœurs, oui, derrière les hautes murailles d'Asgard. Ah, le temps des félonies touchait à sa fin. Dès qu'il aurait retrouvé Janes, Wultan s'occuperait de son fils.

Les bottes du Faeder crissaient dans la neige. Tout le reste était silence.

— Quant à toi, mon épouse, ô, toi ! s'emportait le maître des dieux en suivant la lune des yeux entre les sapins, toi, traîtresse entre toutes ! je me chargerai de ton sort, tu peux me croire.

Seul dans la nuit profonde, il avançait sans se soucier du froid, et marmonnait entre ses dents, obstinément, une brise légère levant dans son sillage des tourbillons poudreux.

« ... les temps anciens reviendront, vous m'entendez ? Ce sera comme avant... courberez l'échine, vous m'appellerez maître... soumission, soumission... et lui, lui que vous avez osé dresser sur mon chemin, oh ! sa tête plantée au bout d'une pique... je dévorerai son corps... et vous cracherez le sang... impudents que vous êtes, tous, tous ! »

Rouge de colère, le maître des Faeders releva le menton et s'arrêta d'un bloc.

Il neigeait.

Il neigeait, et des formes étranges, tombées de la nuit, se posaient délicatement sur le sentier. C'étaient... C'étaient comme des amas de flocons, en forme de visages, d'objets, d'animaux ...

Wultan se passa une main sur la figure. Une chaise de neige venait de s'immobiliser sur le sol et s'affaissait sur elle-même. Plus loin, un ours atterrit sur le dos, les quatre pattes en l'air. Une princesse de givre apparut dans un silence spectral et tomba doucement à la renverse.

Le Faeder se retourna.

Partout, des formes arrivaient, flottaient entre les arbres, se dématérialisaient avec une lenteur majestueuse. On aurait dit un songe.

Wultan esquissa un sourire.

Le royaume d'Ever était devenu poreux. Les rêves essayaient de quitter leur domaine, ils pénétraient dans le monde physique pour achever leur existence.

Une épée de neige.

Un bataillon de courtisanes voilées.

Un dragon minuscule, tournoyant sur lui-même.

Des amas de flocons tranquilles, à l'envers, à l'endroit, perdus entre deux mondes.

Et tout cela scintillait d'un éclat léger, presque imperceptible, silhouettes irisées, silhouettes dorées, jolis sourires de poudre et féroces monstres fondants...

Wultan contempla le spectacle un long moment avant de se remettre en route. Tout au fond de son cœur, il sentait poindre comme un regret subtil, à peine tangible.

Il avait détruit le monde des rêves.

Rien ne serait jamais plus comme avant.

DANS LE CŒUR DES HOMMES

Debout au-dessus du chaudron, Hemd'l guettait les tremblotements de surface.

— L'œuvre de ton père, lâcha la jeune Wyrd en désignant les amas de flocons sculptés qui descendaient du ciel, les artefacts de neige, tous les rêves du monde fuyant leur royaume.

— Il a osé, murmura le loup blanc.

Il avait vu la guerre, bien sûr, il s'était attendu à ces batailles, les montagnes réveillées, la peur dans le cœur des hommes. Mais ce que son père avait fait aux Dragons ! Jamais il ne l'aurait pensé capable d'un tel exploit.

— Ooooh, gémissait Reah sur son tabouret, ooooh...

Hemd'l se racla la gorge.

— Elle souffre, expliqua Wyrd. Ne sois pas dure avec elle, elle voit tout ce qui va se passer, elle vit au cœur des choses.

— Balivernes, répliqua le loup blanc d'une voix dure. Je ne crois pas au destin. Nous pouvons changer le cours des événements, si nous mettons nos forces en commun, mon père n'est pas invincible, enfin ! Nous sommes tous contre lui !

— Tous sauf Donn'r.

— Ooooh, répéta Reah.

Hemd'l lui jeta un regard sévère.

— Notre place est en ce monde, reprit-il en balayant du regard la plaine couverte de neige. Chacun à son poste. Tout ce que nous devons faire, c'est débarrasser Midgard de ce tyran, et nous en débarrasser *nous*, par la même occasion. Nous n'avons pas besoin de lui.

— Personne n'a besoin de personne.

À la surface du chaudron, les aulnes d'Erland poursuivaient leur marche vers le sud et arrivaient peu à peu aux frontières de Nordheim.

— Qu'est-ce que ça signifie ? demanda le loup blanc.

— Le monde se réveille.

— Le monde ?

Sur les mornes étendues de la Désolation Blanche, des géants de glace hauts de trente pieds s'animaient eux aussi, grognant et soufflant sous la morsure de la tempête.

Hemd'l les regardait en essayant de réfléchir.

Il avait passé sa vie à trahir, à promettre, à mentir aussi.

Il ne valait pas mieux que les hommes. Mais lui détenait le pouvoir.

UNE SEULE PLUIE DE SOLEIL

Pour leur dernière nuit à terre – cette fois, ils avaient décidé de prendre vraiment du repos –, Janes, Davënger et Livia établirent leur campement à quelques lieues d'un village côtier. Du promontoire où ils avaient trouvé refuge, ils apercevaient le hameau en question : ses lumières clignotaient dans le couchant. Au-delà, c'était l'océan étal, l'étendue noire. La température s'était considérablement rafraîchie.

Les trois compagnons avaient pris place autour d'un feu. Un lièvre embroché achevait de ruisseler au-dessus des flammes. Janes regardait la mer.

— Demain, il faudra trouver un bateau.

Livia soupira et posa sa tête sur son épaule. Il l'enlaça.

Adossé à un arbre, Davënger faisait tourner un caillou entre ses mains. Un peu plus tôt, il leur avait confectionné un abri de fortune sous la ramure d'un chêne : quelques branches coupées, un peu de mousse, un tapis de feuilles mortes. Il n'avait plus dit un mot depuis l'épisode des arbalétriers. Dans un village presque désert, un forgeron avait extrait les carreaux de sa chair en se plaquant un mouchoir sous le nez. On lui avait acheté une nouvelle chemise, et une nouvelle armure.

— Tu devrais lui parler, chuchota Livia.

— Pour lui dire quoi ? répondit Janes en déposant un baiser sur ses lèvres. Quand je songe à l'homme qu'il était avant... Parfois, je préférerais ne jamais l'avoir revu.

— Ma mère prétend...

— Je sais.

Ils se rapprochèrent du feu pour détacher le lièvre et se partagèrent les meilleurs morceaux. Davënger les observa un temps, puis lança son caillou dans le ravin. Il déplia sa grande carcasse, s'avança au bord de la corniche, et sortit l'un de ses petits flacons de parfum. Tête renversée, il commença à s'asperger.

Un vent glacé se mit à souffler entre les branches. Leur repas terminé, les deux jeunes gens se retranchèrent dans leur cabane et s'enroulèrent dans leurs couvertures. Le forlanceur montait la garde, comme toujours.

Janes ferma les yeux en repensant à Yslen de Lys.

Le sommeil arriva très vite.

En pleine nuit, le crépitement de la pluie les réveilla. Des gouttes transperçaient l'épais treillis de feuillages. Janes se coula contre le corps tiède de Livia et passa une main sous sa tunique. Elle se retourna vers lui en souriant.

— Pas maintenant, mon amour.

Le jeune homme resta un moment à la regarder, jusqu'à

ce qu'elle s'assoupisse de nouveau. Puis il se leva et sortit pieds nus de leur abri.

Face à la mer, l'ombre massive de Davënger barrait l'horizon. Janes s'avança à ses côtés.

— Ça fait longtemps ?

Le forlanceur demeurait impassible.

— Ce n'est pas une pluie comme les autres.

— Non ?

Davënger passa un doigt sur sa joue trempée et le porta à sa bouche.

— Hmm.

Perplexe, Janes l'imita.

La pluie avait une saveur amère.

— Je ne comprends pas.

Il leva les yeux au ciel. Les nuages de la veille avaient complètement disparu. Le ciel était clair, palpitant d'étoiles.

— D'où tombe cette pluie ?

Le forlanceur allait répondre quelque chose lorsqu'un cri perçant s'éleva de la cabane. Janes se précipita.

Relevée sur son séant, la jeune princesse fermait convulsivement les yeux en se bouchant les oreilles. Le jeune homme lui prit les poignets.

— Livia ?

Elle le regarda d'abord sans comprendre.

— Livia ? C'est moi.

Le visage de la jeune femme se détendit un peu.

— Mon esprit... Oh ! Mon esprit errait sans but... Il y avait de la lave, partout, des torrents de lave, et les gens pleuraient, les gens m'appelaient...

— Là, là, fit Janes en la serrant contre lui, c'était un mauvais rêve...

La princesse se dégagea doucement.

— Ce n'était pas un rêve. Il n'y a plus de rêves, les gens ne rêvent plus, les esprits volent au-dessus des plaines, et il n'y a plus rien, tout est calciné, tout est en train de fondre.

Janes passa une main sur le front de la jeune femme.

Il était brûlant.

— Tu as de la fièvre.

Elle toucha ses cheveux, frissonna.

— Il pleut dehors ? Depuis combien de temps ?

— Chuut.

— Je veux sortir.

Le jeune homme l'aida à se redresser et posa une couverture sur ses épaules. Puis il la conduisit au-dehors.

Livia leva la tête et laissa la pluie ruisseler sur son visage. Janes se rendit compte qu'elle pleurait. Il la serra un peu plus fort. Un sombre pressentiment envahissait son âme.

— Mon amour...

Un mince sourire se peignit sur le visage de la princesse. Elle avalait ses larmes, elle avalait la pluie.

Combien de temps demeurèrent-ils ainsi ? Ils n'auraient su le dire. Trempés de la tête aux pieds, ils fixaient l'océan avec obstination.

Finalement, ils retournèrent à leur cabane.

La pluie gouttait entre les branches de leur toit. Ils s'enroulèrent dans leurs couvertures et se couchèrent, et Janes enlaça Livia. Nous sommes tout l'un pour l'autre, répétait-il à son oreille, nous sommes tout l'un pour l'autre, oui, oui, répondait la princesse en fermant les yeux, et rien ne nous séparera plus désormais, tu le sais, n'est-ce pas ? et ils s'endormirent ainsi, elle, bercée par ses paroles, souriant en son sommeil, et lui chuchotant toujours, toujours, jusqu'à ce que la nuit les emporte.

Le lendemain matin, un soleil radieux montait dans le ciel, et la clairière tout entière, ouverte sur la mer, étincelait d'un éclat irréel. Tout semblait poudré, couvert d'or. L'herbe et les rochers brillaient comme au premier jour.

— Incroyable, fit Janes.

Il avait dormi d'un sommeil sans rêves et à présent, le rêve était là, tout autour de lui, et même l'océan flamboyait.

Livia apparut à son tour.

Elle s'agenouilla dans la rosée et goûta de nouveau à la pluie. Janes la releva et la serra tout contre lui.

— C'est un jour neuf, sourit-il en l'embrassant.

Elle ne répondit rien.

Ils rangèrent leurs affaires et empruntèrent un chemin à flanc de falaise, qui descendait jusqu'au village.

Le hameau était réveillé depuis longtemps. Ils empruntèrent une ruelle étroite et arrivèrent sur une grand-place. L'esplanade faisait face à un petit port de pêche où s'activaient des hommes aux mines hâlées.

— Nous cherchons un bateau, déclara Janes.

Le pêcheur à qui il venait de s'adresser traînait derrière lui un filet à mailles étroites. Il se redressa pour jauger le trio et sa mine s'assombrit lorsqu'il remarqua Davënger.

— Qu'est-ce qu'il a, votre ami ?

— Il est malade. Vous savez qui pourrait nous louer un bateau ?

L'autre fronça les sourcils.

— Pour aller où ?

— Les Archipels de Brume.

— Quoi ?

— Nous avons de l'argent, précisa le jeune homme.

Le pêcheur s'éloigna sans répondre.

— Attendez, insista Janes en courant à sa suite, personne ne peut nous louer un bateau ?

— Non.

Le jeune homme s'arrêta et regarda l'homme disparaître.

Il posa la question à d'autres pêcheurs. Chaque fois, il reçut la même réponse. Non, personne n'avait de bateau à leur louer pour les Archipels. Pas même une barque. Et pourquoi tenaient-ils tant à se rendre là-bas ?

Janes retourna vers ses amis.

La mine sombre, Livia et Davënger observaient l'océan.

— Rien, déclara le jeune homme dans leur dos. Je me demande si nous n'allons pas devoir reprendre la route.

Il embrassa la grand-place du regard. Une vieille enseigne en bois, figurant deux poissons nez à nez, grinçait dans un silence de mort.

— Allons à l'auberge, d'accord ?

Le jeune homme se sentit soudain très seul.

— Où vont-ils ? se demandaient les soldats incrédules en regardant les Dragons disparaître vers le nord. Est-ce que la guerre est finie ?

La guerre n'était pas finie, non.

La guerre venait à peine de commencer.

Wultan avait mis les Dragons en déroute. Mais dans leur terreur, la confusion sanglante de leur réveil, les monstres d'écailles s'étaient dirigés d'instinct vers les cités de Nordheim et d'Elsnör, et avaient craché leur feu sur les demeures des hommes. En un éclair, une dizaine de villes et de villages avaient été rayés de la carte.

Désormais, les soldats angoissés pressaient leurs supérieurs de questions. Quelles villes ? Savait-on au moins les noms ? Et pourquoi les monstres de pierre avaient-ils attaqué ?

Les généraux n'avaient pas de réponses. Ils essayaient de calmer leurs hommes et de les rassurer. Mais les rumeurs se répandaient à toute allure. Chaque jour, chaque heure, chaque minute, une nouvelle cité était réduite en cendres. Bientôt, du sang pleuvrait sur les royaumes du Nord. Des patrouilles de Walrœk en reconnaissance sur les frontières nord du royaume rapportaient que des géants de glace avaient quitté leur banquise et descendaient vers le sud en détruisant tout sur leur passage. Et l'on murmurait que des armées de goules surgissaient des enfers pour...

— Votre Magnificence, devons-nous réunir l'état-major ?

Wultan avait hoché la tête.

Un conseil fut promptement mis sur pied et le maître des Faeders écouta avec attention le rapport de ses vassaux. La situation était nettement plus préoccupante qu'il ne l'avait imaginé. Les émissaires de Nordheim envoyés en Lys et en Dolor avaient échoué à convaincre leurs dirigeants de se joindre à la guerre. Eu égard aux pertes subies par leurs frères, on signalait des rébellions parmi les mercenaires d'Erland : ils réclamaient désormais le triplement de leur solde. Quant aux conscriptions lancées dans les villages d'Elsnör, elles étaient loin de rencontrer le succès escompté. De toute évidence, les incursions des enfants prophètes avaient jeté le trouble dans les esprits.

Wultan s'efforça de rassurer ses troupes. Les Dragons fuyaient le combat, assurait-il, ils fuyaient vers le nord, leurs attaques n'étaient que des manifestations d'angoisse sporadiques...

— ... qui ont déjà tué cinquante mille personnes, osa un capitaine.

— Simples supputations, répliqua le maître des Faeders. Et puis, que croyez-vous ? C'est la guerre, le sang coule.

Un silence pesant accueillit ses paroles. Les généraux échangèrent des regards lourds de sous-entendus.

— J'ai une pensée, chuchota le capitaine Vordhen à un haut dignitaire de Nordheim, pour les éternelles victimes de guerre qui attendent, dans l'ignorance et la terreur, que le ciel des dieux leur tombe sur la tête.

— Gardez ce genre de considérations pour vous, répondit l'autre en s'efforçant de sourire. On nous regarde. (Il poursuivit à voix haute :) En ce qui concerne Yslen de Lys, peut-être que d'anciens traités...

Wultan haussa un sourcil.

— Pourquoi ne pas annexer purement et simplement cette province ? suggéra le Kzaar Asraan. Depuis le temps que nous en parlons.

Des murmures réprobateurs accueillirent ses propos. Il feignit de les ignorer.

— J'aimerais que nous revenions aux Dragons, reprit un général de Nordheim. Que nous discutions du sort des armées massées dans les Crêtes de Sang.

— Les Dragons sont vaincus, répondit Wultan. Leur sort est inéluctablement scellé.

— Si j'ai bien compris, intervint un conseiller à la cour de Hjalmar Oonas, vous nous assurez que ces monstres vont cesser leurs attaques uniquement parce qu'ils répugnent à combattre ? Et vous prétendez qu'ils ne peuvent faire le mal sciemment ?

— Voilà certes une vision fort simpliste de la situation, renchérit un baron de Nordheim. Je me demande si elle satisfera pleinement les veuves de nos civils.

— Quant à moi, intervint un géant coiffé d'un casque à cornes, j'aimerais que l'on me dise quand les renforts arriveront dans les provinces du Nord. Plusieurs bataillons ont déjà été décimés en essayant d'endiguer la progression des aulnes d'Erland.

— Chaque chose en son temps ! tonna un conseiller de Wultan.

— Non, non, fit le Faeder en levant les mains. Laissez-les parler, la colère est souvent bonne conseillère.

— Mais colère contre qui ? demanda quelqu'un.

— Et puis il y a les goules, ajouta un mercenaire. Elles sortent par les trous des racines, lorsque les aulnes s'en vont. Ces arbres vont chercher leur suc en enfer, savez-vous ? C'est pourquoi un triplement de la solde ne me semble nullement usurpé.

De bruyantes exclamations retentirent. Plusieurs généraux firent à leur tour valoir le mérite de leurs troupes. Les flammes des braseros rougissaient leurs visages, déjà animés par la colère. Au-dehors, une pluie dorée mêlée de neige fondue tombait sans discontinuer. On l'entendait crépiter sur la toile de la tente.

— Ce que j'aimerais savoir, fit encore une voix, c'est qui est notre ennemi, hein ?

Avec un soupir, le capitaine Vordhen quitta la tente de l'état-major et sortit dans la nuit.

Un froid glacé faisait claquer les étendards. Dans le lointain, la ligne des Crêtes de Sang se devinait, ponctuée d'éclats de lumière.

Les armées du Concordat avaient pris position dans toutes les montagnes. Les draakens se rendaient, disait-on. L'un après l'autre, ils se ralliaient à la bannière du Kzaar Asraan. Bientôt, les derniers bastions de résistance finiraient de tomber, submergés sous le nombre.

Vordhen inspira une profonde bouffée d'air. À l'intérieur de la tente, la voix du maître des Faeders s'élevait au-dessus du tumulte.

Je vais déserter, songea le capitaine. *Cette guerre n'est pas la mienne.*

TU NE SAIS PAS TOUT

Ils avaient amené Tyr dans la grande salle du conseil. Raide comme une statue, le Faeder de la Justice gisait à même le sol.

Ils avaient fait venir Fregh aussi, épuisée par les attaques magiques de Wultan, l'utilisation insensée de ses pouvoirs, et Fregh n'était plus qu'un squelette maintenant, ligotée à sa chaise, un squelette qui se vomissait dessus et suppliait qu'on le tue.

Frêle dans une robe de soie blanche, Wyrd avait pris place sur le trône, ses jambes repliées sous elle. Debout contre un pilier, Reah continuait de pleurer, son éternel chaudron posé à ses pieds.

Hemd'l était là lui aussi. Il avait passé un long manteau de fourrure blanche sur ses épaules et se rongeait les ongles avec application tandis que, dans la cour abandonnée, ses loups n'en finissaient plus de hurler.

Plus loin, dans un couloir oublié, au fond d'un cachot peut-être, ou glissant contre les murailles, Faeder lui-même avançait toujours, frappant le sol de son éternel bâton. Et le « toc, toc, toc » de sa marche ne parvenait toujours qu'aux oreilles de son épouse.

— Attendre.

Drapée dans une immense robe grisâtre qui semblait faite de brume, Maan fixait le plafond en souriant.

— Attendre ? répéta Hemd'l, incrédule, voilà votre plan ? Attendre que notre cher frère, ou père, ou époux, que sais-je encore ? achève de réduire en poussière ce que nous avons si patiemment édifié, au prétexte que notre destin est écrit dans les larmes de... (Il se tourna vers Reah) : Ah, grand-mère, si seulement tu consentais à parler !

— Elle n'en a nul besoin, rétorqua Wyrd sur son trône. Nous savons bien ce qu'elle dirait si elle le pouvait, et ce que dirait Tyr aussi, qui connaît nos pensées les plus secrètes. Tu es un félon, Hemd'l ! Ton existence n'est qu'une succession de trahisons et de machinations perverses. Tu as été l'un des premiers à rompre l'Exeat.

— Ensuite, poursuivit Maan rêveusement, tout le monde t'a emboîté le pas.

Hemd'l triturait la boucle d'or de son manteau.

— Je suis de votre côté, lâcha-t-il. Je l'ai toujours été, mère. Quoi, êtes-vous toutes frappées de stupeur ? Je savais ce qui allait se passer. Je savais que la reine Eelen devait mourir, que Naewen devait être capturée, pourquoi pensez-vous que j'aie permis cela ? Ce que je veux, c'est la mort de mon père. Tout ce qui s'est passé jusqu'à ce jour nous conduit à cette conclusion. J'ai suivi le destin. Maintenant, je veux le dépasser.

Il marcha vers Reah, à genoux sur les dalles.

— Tu ne sais pas tout.

La lune esquissa un sourire.

— Toi non plus.

— Je suis le Messager, poursuivit le Faeder. Je suis le lien entre les membres de notre famille. À l'heure où nous parlons, mes oiseaux de malheur survolent le monde à la recherche du jeune garçon. Et je *sais* ce qui se prépare.

— Sans doute, répliqua Wyrd. Mais tu ne sais pas qui il est, lui. Tu ne veux pas le savoir.

À ces mots, Fregh éructa, et vomit de nouveau. Les yeux de Hemd'l flamboyèrent.

— Il faut mettre fin à cette tyrannie, déclara-t-il. Wultan foule aux pieds nos préceptes les plus sacrés. Les hommes ont besoin de nous !

— Que tu crois, mon fils.

Le loup blanc s'arrêta devant Maan.

— N'ont-ils pas besoin de toi ?

— Ils ont besoin de la lune, murmura la déesse. Pas de celle qui lui donne son nom.

— Stupidité, cracha le Faeder.

La déesse se redressa, ramenant sur elle les pans de son interminable manteau.

— Les dieux dépendent des hommes, reprit-elle. Ce sont eux qui croient en nous, pas le contraire. Le jour où nous disparaîtrons, ils découvriront ébahis que les choses que nous personnifions n'auront pas disparu.

— Tais-toi.

Le corps de la lune commença de s'allonger.

— La nuit existera toujours, nous disent les moines du collège aveugle. La peur existera toujours, et la mort aussi. La guerre, le rêve, la justice...

Hemd'l marchait vers elle.

— Tu sais cela, continua sa mère. Tu le sais, mais tu refuses de l'accepter.

Le loup blanc l'attrapa par un pan de manteau.

— Où sont les Ténèbres ?

Maan se dégagea doucement. Son visage flottait dans les hauteurs.

— Que crois-tu, mon enfant ?

Fou de rage, Hemd'l fit volte-face.

— Très bien, dit-il. Je vais aller trouver ce Janes. Je vais aller le trouver, et nous verrons bien qui aura raison.

Comme les autres ne répondaient rien, il s'éloigna à grandes enjambées.

Une heure plus tard, il quittait Asgard.

— Il reviendra, souffla Maan.

ADIEU

Ils s'installèrent à une table à l'écart. L'auberge était quasi déserte : seul s'activait, muni d'un balai de paille, un tenancier entre deux âges portant une queue-de-cheval. Son ménage terminé, l'homme s'approcha d'un pas traînant.

— Nous prendrons un cruchon de vin noir. Avec trois, non, deux verres, rectifia Janes.

Le tenancier haussa un sourcil.

— Vin noir d'Elsnör ?

Janes hocha la tête.

— Ça fera trois écus.

Le jeune homme délaça la petite bourse qu'il portait à sa ceinture et choisit le plus petit joyau qu'il pût trouver.

— Ça suffira ?

Le tenancier écarquilla les yeux.

— Si... Si vous désirez quoi que ce soit d'autre...

— Nous cherchons un bateau.

— C'est ce qu'on m'a dit.

— Mais personne ne semble disposé à nous en louer un.

— Parce que vous voulez vous rendre dans les Archipels de Brume.

— Cela pose un problème ?

Le tenancier lissa sa queue-de-cheval et partit chercher son cruchon de vin noir. Il fut bientôt de retour.

— Les Archipels sont peuplés de pirates. Si on envoie un navire là-bas, on est sûr de ne pas le revoir. Nos pêcheurs ne s'éloignent jamais des côtes.

— Je vois.

— Peut-être pourrions-nous en acheter un ? suggéra Livia.

Le tenancier considéra l'idée en se grattant le menton.

— Je connais peut-être quelqu'un. Le vieux Gustav...

— Vous pourriez nous emmener ?

L'homme haussa les épaules.

Quelques minutes plus tard, lui et ses trois clients se dirigeaient vers une modeste cabane de pêcheur située à flanc de falaise.

— Ce Gustav, précisa le tenancier en ouvrant la marche, sa femme Eina est venue me chercher cette nuit, parce que je suis soigneur aussi. Il y avait le bourgmestre, et d'autres pêcheurs – tout le village en ébullition.

— Que s'est-il passé ? demanda Livia.

— Il a poussé une espèce de grand cri pendant son sommeil. Eina s'est inquiétée. Elle a essayé de le réveiller, mais pas moyen.

— Il est mort ?

Le tenancier s'arrêta pour reprendre son souffle. En contrebas, l'océan s'offrait à leurs regards.

— Non. Mais c'est tout comme.

Le petit escalier rocheux longeait des massifs de buissons épineux, que le vent faisait vibrer par à-coups. Ils parvinrent à une sorte de terrasse semée d'herbes folles et marchèrent jusqu'au porche d'une masure de pierre grise.

Le tenancier frappa à la porte.

— Eina ? C'est moi, Ilmur.

Un verrou fut tiré, et un visage fatigué apparut dans l'encadrement.

— Comment va-t-il ?

La femme se voûta. Ses épaules étaient maigres, ses cheveux gris un peu trop fins, mais ses yeux d'un vert profond rayonnaient d'un éclat singulier.

— Toujours la même chose.

— Fais-nous entrer. Ces gens ont une proposition à te faire.

Eina considéra les visiteurs d'un œil soupçonneux, puis ouvrit la porte à moitié. Elle plissa le nez à la vue de Davënger.

— Malade ?

Le forlanceur ne répondit pas.

Allongé dans un coin de la pièce, un homme en chemise de nuit gisait les bras le long du corps. Sa respiration était anormalement lente.

— Gustav ?

La vieille femme se pencha sur lui et prononça son nom à plusieurs reprises.

— Gustav, nous avons des visiteurs.

Ilmur glissa à Janes un regard complice.

— Eina, ces gens sont venus acheter le bateau de ton mari.

La vieille femme se retourna.

— Il n'est pas à vendre.

— Ne sois pas ridicule, soupira le tenancier. Ton époux et toi, vous avez besoin d'argent, maintenant plus que jamais. Monsieur te paiera grassement.

— Pas question de vendre le bateau de mon Gustav. Lorsqu'il se réveillera...

Le tenancier soupira de plus belle.

— Eina, nous en avons déjà parlé. Nous ne savons même pas si ton mari sortira de son sommeil un jour. Pour être honnête...

— Vous permettez ?

Avec une infinie douceur, Livia écarta la vieille femme et s'agenouilla devant la couche du vieil homme. Inspirant profondément, elle caressa sa joue du dos de la main. Puis elle cessa de respirer et ferma les yeux.

— Qu'est-ce qu'elle fait ? demanda Eina.

— Je vais essayer de le sauver, murmura la princesse.

Elle se sentait autre, soudainement.

De toute évidence, cet homme était prisonnier de ses rêves. Oh, elle devinait ce qu'il ressentait. Quelque chose de très ancien se faisait jour en elle. Comme un savoir secret, enfoui dans les replis de sa mémoire.

Concentration.

Réveille-toi, Gustav. Réveille-toi, regagne le royaume des vivants.

— Vous croyez...

— Laissez-la faire, conseilla Janes. Elle a l'habitude.

— Est-elle... magicienne ? demanda Ilmur.

— Si l'on veut.

Derrière ses paupières closes, Livia disparaissait en elle-même. Le Clair-Obscur, le royaume de sa mère, oui : elle connaissait ce monde-là. Non pas ses villes et ses villages, non pas ses routes ou ses montagnes, car ce n'étaient jamais deux fois les mêmes – mais peut-être le parfum des sentiers égarés, la musique montant des fourrés, les ombres et les couleurs, caresse du vent sur une peau nue, Gustav, Gustav ? Est-ce que tu sens cette caresse toi aussi, est-ce que ma voix te parvient ? Reconnais-tu...

Oh, par les dieux !

Elle se releva d'un bond.

Janes se précipita et la prit dans ses bras. Elle tremblait de tous ses membres.

— Livia, Livia ! Qu'est-ce qui se passe ?

Elle enfouit sa figure au creux de son épaule. Eina et Ilmur se dévisagèrent avec inquiétude. Tapotant l'épaule de la princesse, Janes essayait de les rassurer.

— Ce n'est rien, ce n'est rien...

— Est-ce qu'elle a vu quelque chose ? demanda Eina avec inquiétude. Est-ce que mon Gustav va mourir ?

Lorsque Livia releva la tête, son visage était couvert de larmes.

— Occupe-toi d'elle, demanda Janes à Davënger.

Le forlanceur prit la jeune femme par les épaules et la fit sortir de la maison.

— Je suis navré, dit Janes.

Il détacha la bourse de sa ceinture, prit trois pierres parmi les plus grosses et les tendit à Eina. La vieille femme porta la main à ses lèvres. Bateaux compris, il y avait là de quoi acheter tout le village.

— Nous avons absolument besoin d'une embarcation, expliqua Janes.

L'affaire fut rapidement conclue.

Quelques instants plus tard, Eina et ses hôtes rejoignaient Livia au-dehors. Soutenue par Davënger, la jeune femme avait eu le plus grand mal à retrouver son calme. Mais elle allait mieux, et Janes l'entraîna à l'écart, tandis que les trois autres redescendaient vers le port.

— Qu'est-ce qui s'est passé ?

La princesse renifla.

— Je croyais que je pourrais sauver cet homme.

— Je le croyais aussi.

Elle lui adressa un regard plein de tristesse.

— Je suis la fille de la Dame des Songes. C'est vrai, n'est-ce pas ? C'est moi ?

— Oui, la rassura Janes en faisant passer ses doigts dans ses cheveux, oui, tu es sa fille, sans aucun doute.

— Oh, mon amour !

Elle s'accrocha à son bras, et ils gagnèrent la grand-place.

Eina les mena à un petit bateau de pêche amarré entre deux embarcations plus massives. Le navire en question était plutôt une grande barque, munie d'une voile unique, d'une paire de rames et d'un petit abri à provisions. Mais Janes savait que ce serait suffisant.

— Mon Gustav a voyagé vingt ans sur ce bateau, dit Eina. Et jamais un pépin.

Derrière eux, les autres pêcheurs du village s'approchaient en arc de cercle.

— Il vous portera chance.

Le jeune homme cligna des yeux.

Des vivres furent chargés, ainsi que deux tonnelets d'eau douce.

Un petit vent s'était levé. Au loin, un soleil gris-jaune jouait à cache-cache avec les nuages. La houle était modérée, mais l'océan avait perdu de son éclat.

Le jeune homme et les siens saluèrent les habitants du village, qui les observaient en silence. Ilmur leur serra la main avec gravité, puis leur prodigua quelques conseils.

Il fut le seul.

— Allons-y ! déclara Janes en sautant à bord.

Le jeune homme n'entendait pas grand-chose aux principes de la voile, mais il avait déjà navigué autrefois, sur le lac d'Yslen de Lys. « Espérons que cela sera suffisant », se dit-il en détachant la corde qui les retenait au ponton.

Davënger donna quelques coups de rame et commença à déplier la voile. Lentement, les pêcheurs s'en retournèrent. Janes les vit raccompagner Eina chez elle.

Seul sur le port, Ilmur restait à leur faire des signes d'adieu. Le soleil inondait la mer d'un poudroiement d'or malade. Livia ravala un sanglot et se tourna vers le sud.

— Qu'est-ce que tu as ? demanda le jeune homme en surveillant Davënger du coin de l'œil. Me le diras-tu ?

La princesse s'essuya le visage d'un revers de manche.

— Ma mère.

— Tu l'as vue ? Tu l'as vue lorsque tu fermais les yeux et que tu essayais... ?

— Je ne l'ai pas vue. Seulement entendue.

— Qu'est-ce qu'elle disait ?

Pas de réponse.

— Qu'est-ce qu'elle disait ? répéta Janes en enjambant le pont des rameurs.

C'était le genre de moment qui reste à jamais gravé dans la mémoire d'un homme. Un nuage cendreux passait lentement devant le soleil et des rayons obliques frappaient la mer, telle une lumière divine. Debout sur le port, le tenancier Ilmur agitait la main sans trop savoir pourquoi. Livia ferma les yeux et partit d'un petit rire nerveux.

— Elle me disait adieu.

HUITIÈME MOUVEMENT

LA FOI

AU QUATRIÈME JOUR

Ils naviguèrent trois jours et trois nuits sans voir la moindre terre. Ilmur leur avait donné une carte des Archipels, mais elle était fort approximative et ils se repéraient au soleil, quand ils parvenaient à le voir. Cap sud sud-est.

Emmitouflée dans sa couverture, Livia restait perdue dans ses pensées. Davënger, lui, tenait la barre jour et nuit. L'air marin rendait plus cruel encore le pourrissement de ses chairs. Il continuait à s'asperger de parfum, mais ses réserves touchaient à leur fin.

— La mort, répétait-il, quand viendra-t-elle me chercher ?

Janes ne trouvait rien à répondre.

Il essayait de réfléchir à ce qui leur arrivait maintenant, à tous les trois, en route pour un endroit dont ils ne connaissaient rien. « Je suis le fils des Ténèbres », murmurait le jeune homme en lui-même. Mais dans l'immensité de l'océan, cette assertion lui paraissait désespérément vide de sens.

Alors il faisait tourner l'anneau à son doigt. Il le faisait tourner sans relâche, et le regardait pour se rappeler les paroles entendues, les conseils prodigués, les prophéties et les menaces.

L'Anthémion.

Le sort du monde dépendait-il réellement de cette chose ?

La nuit venue, Janes ne parvenait plus à s'endormir. Collé contre Livia, il contemplait les étoiles en écoutant battre son cœur. *Mais il faut que tu le fasses, mon amour, il n'y a que toi qui puisses le faire...*

Au troisième soir, ils virent passer dans le ciel un énorme vol d'oiseaux noirs.

— Crois-tu que nous soyons encore loin des premières îles ? demanda Janes à Davënger.

Le forlanceur cracha dans la mer.

— Je crains que non.

Un soleil rougeoyant sombrait à l'horizon.

Cette nuit-là, dans une sorte de demi-sommeil, le jeune homme vit défiler devant lui tous les visages de ceux qu'il avait aimés, et qui n'étaient plus là. Ses parents, son frère, Flocon évidemment, et la Dame des Songes avec elle, Pyk, Sigrid, et le capitaine Vordhen, compagnons d'infortune, et puis Julea aussi, le vieil Orgen, Zephren la sorcière, et même Veijo, son petit leshy.

Certains étaient morts.

D'autres étaient sortis de sa vie.

Mais comme c'était étrange de les revoir tous, sous ce ciel constellé, comme c'était étrange de penser à eux en cet instant ! On aurait dit que quelque chose s'achevait désormais, qu'est-ce qui s'achevait ? et qu'est-ce qui venait ensuite ?

Au quatrième jour, une voile apparut à l'horizon. Janes se redressa.

— C'est un drakkar, fit Davënger. Quand ils ont levé l'ancre, j'ai cru qu'ils ne nous avaient pas vus. J'avais tort ; ils viennent vers nous.

Janes secoua Livia. La jeune femme plissa les yeux, sa couverture sur les épaules.

— Ami ou ennemi ?

— Nous n'allons pas tarder à le savoir.

Le drakkar approchait.

C'était un navire long et profilé, muni d'un éperon métallique extraordinairement acéré, qui le faisait ressembler à un monstre marin. Deux rangées de rameurs lui permettaient d'avancer. Au sommet du grand mât ondulait une bannière, figurant un corbeau et deux lances croisées.

— Janes...

Le jeune homme prit la main de Livia et la serra.

Bientôt, le drakkar se rangea sagement à leur côté. Une corde leur fut lancée, et ils s'amarrèrent. Puis on leur envoya une échelle.

— Montez ! leur cria une silhouette sombre par-dessus le bastingage.

Son épée d'or battant toujours à son flanc, Janes fut le premier à se hisser à bord. Il fut accueilli par une sorte de géant blond aux cheveux très courts et au regard bleuté, vêtu d'un uniforme de cuir noir. Plusieurs marins d'égale stature l'entouraient.

— Je suis le prince Ligùr, annonça l'homme. Et toi ?

— Mon nom ne vous dira rien, répondit Janes. Je ne suis qu'un simple voyageur.

— Égaré sur l'océan, hein ? J'aime savoir à qui je parle, fit l'autre en se rapprochant.

— Je m'appelle Janes.

— Janes comment ?

— Janes Oelsen.

Le prince Ligùr se tourna vers ses hommes. La plupart de ceux qui se tenaient sur le pont ressemblaient plus à des guerriers qu'à des marins. Ils portaient des colliers dorés et des barbes fournies, et des hachettes à double tranchant pendaient à leur ceinture.

Le maître du drakkar revint à son hôte.

— Seul sur une barque à deux jours de voile de l'île la plus proche ? Tu n'es pas des Archipels, hein ? Tu es de Midgard.

Janes opina du chef.

— Je cherche le quinzième seigneur de Balden.

Les paupières du prince se réduisirent à deux fentes.

— Tu le connais ?

Janes secoua la tête.

— Alors pourquoi le cherches-tu ?

— On m'a dit qu'il pourrait m'aider.

— Qui t'a dit ça ?

Le jeune homme voulut rejoindre le bastingage, mais le prince lui barra le passage.

— Réponds !

— Une... amie.

Le visage de Ligùr était tout proche. Sa respiration était nerveuse, ses lèvres légèrement blanchies. Et malgré l'heure matinale, son haleine empestait l'alcool.

— Donc, Balden est un ami pour toi aussi.

— Je suppose, reconnut Janes.

Le prince s'écarta.

— Faites monter les deux autres à bord.

Les marins s'exécutèrent. On s'agita sur le pont, des ordres furent criés. Et bien vite, Davënger apparut à son tour, suivi de Livia.

Intrigué, le prince détailla la nouvelle venue.

— C'est ta femme ?

— Non, fit Janes.

L'homme s'arrêta devant la princesse et soupesa une mèche de ses cheveux.

— Comment t'appelles-tu ?

Livia ne répondit rien. Elle se contenta de le fixer.

— Tu es idiote ? Tant mieux. Parce que tu es aussi extrêmement belle.

Tout sourire, il recula en s'inclinant.

— Vous êtes mes hôtes, déclara-t-il, mes hôtes de marque.

— Attendez... commença Janes.

— Toi, poursuivit le prince en pointant un doigt sur Davënger, tu me sembles bien mal en point. Mais tu ne pues guère plus, au fond, que mes autres rameurs. Si tu le veux bien, tu les accompagneras sur le pont inférieur. Egill ?

L'un des marins se redressa.

— Conduis donc notre ami, je suis certain qu'on lui trouvera une bonne place.

Le forlanceur se laissa emmener sans résistance. Ligùr pivota vers Livia :

— Quant à toi, chère enfant, et bien que je n'aie pas encore eu le plaisir d'apprendre ton nom, je dois avouer que je te trouve parfaitement à mon goût. J'aimerais faire de toi mon épouse, afin que tu me donnes un solide héritier. De quel royaume pourri viens-tu ?

La jeune princesse demeura muette.

— Quel caractère ! Quelle abnégation ! Ça me plaît, oh, ça me plaît énormément !

Autour du prince, aucun marin ne pipait mot. Ligùr semblait inspirer à ses hommes un respect teinté de terreur.

Il tendit une main au jeune homme.

— Donne-moi ton épée.

— Non.

Le sourire de Ligùr s'effaça instantanément.

— Je vois. Ainsi, j'avais compris, dès le début. Cette jeune donzelle est ton épouse. Et cet anneau que tu portes...

— Vous vous trompez, répliqua Janes. Nous ne sommes que de simples voyageurs, comme je vous l'ai dit, et...

Le prince fit signe à des hommes perchés dans la mâture.

Il étouffa un rot discret.

— Burp. Garde ton joli boniment, mon ami. Je vais te faire une confidence : qui tu es, ce que tu cherches, je m'en moque. C'est ta femme que je veux. Alors sois raisonnable, remets-moi ton épée. Tu ne voudrais pas que je te rejette à l'eau, n'est-ce pas ? Et je ne doute pas que tu sois... Qu'est-ce que tu fais ?

Janes venait de tirer sa lame.

— Dites à vos hommes de ramener mon ami, siffla-t-il, l'épée pointée vers le maître du navire. Et relâchez immédiatement cette jeune femme.

Le prince Ligùr blêmit.

Paumes levées, il approcha de Janes.

— Je ne plaisante pas.

— Ni moi non plus, répondit le jeune homme. Un pas de plus, et je vous transperce.

L'espace d'un instant, le capitaine sembla hésiter. Il croisa les bras et considéra son hôte d'un air amusé. Puis il avança d'un pas.

Janes réagit immédiatement.

Sa lame s'arrêta à un cheveu du prince.

— Ah, ah, ah ! Tu es complètement fou, ma parole !

— Laissez-nous repartir.

Ligùr leva un poing en l'air.

— Tu me fatigues, dit-il. Au revoir.

Il ouvrit la main.

— Janes ! hurla Livia.

Le jeune homme sentit une douleur fulgurante lui transpercer la nuque.

Il perdit connaissance.

Lorsqu'il rouvrit les yeux, Janes découvrit le monde à l'envers. Les marins allaient et venaient sur le pont, les pieds au ciel, la tête en bas.

Mais cela n'était rien.

Ce qui importait, la seule chose au monde qui existât vraiment, c'était la douleur : une douleur abjecte, comme un monstre accroché à son échine.

Janes hurla, et le monstre hurla en retour. Des poignards glacés lui vrillèrent l'échine.

Un marin s'approcha et s'accroupit pour l'examiner. Un sourire perplexe s'élargissait sur son visage.

— Incroyable.

Le jeune homme voulut articuler quelque chose, mais sa langue resta collée à son palais.

— À... oire...

L'autre poursuivit :

— Jamais vu ça en vingt ans de voyage. Y en a qui disent que tu es le Tresån, le messie. Il y en a qui disent que tu ne peux pas mourir. C'est vrai ? Pourtant, j'ai vu cette flèche te perforer la nuque. J'ai entendu ta femme crier. Tu es tombé en avant, et tu n'as plus bougé. Le capitaine a demandé qu'on te balance par-dessus bord. Alors on t'a soulevé. Et c'est à cet instant que tu t'es mis à revivre.

Janes cligna des yeux et passa sa langue sur ses lèvres craquelées. Tresån ? Ce mot évoquait de vagues souvenirs – réminiscences de discussions interdites avec Jellok, dans la bibliothèque de Walrock...

— ... oire...

— Tu as soif ? Je ne peux rien te donner.

Suspendu par les pieds, le fils des Ténèbres regarda le marin s'éloigner. Il tenta de rassembler ses souvenirs.

Tresån ?

Un hoquet lui déchira la gorge.

Il vomit sur le pont. Ses membres se raidirent.

Courage.

Oh, je voudrais mourir.

Il tremblait, à présent, il tremblait de tous ses membres, il puait, et il avait froid, et une aiguille rentrait dans sa nuque, sortait, et revenait encore et encore, pénétrait sa chair, délicatement, avec une infinie lenteur.

Courage.

Il était sans doute en train de devenir fou.

Il entendait cette voix lui parler dans sa tête. Il entendait cette voix.

Courage.

Elle résonnait jusqu'au le tréfonds de son être.

* * *

Le temps passa.

Combien – combien exactement ?

Il faisait jour, il faisait nuit, les ténèbres succédaient aux ténèbres.

Parfois, quelqu'un s'approchait, une cruche d'eau à la main, et on lui versait de l'eau dans la bouche, et des rigoles glacées coulaient sur son menton, et sa langue était comme un morceau de bois se ramollissant peu à peu.

— Encore !

Mais toujours, cela s'arrêtait avant qu'il eût étanché sa soif. Et dans son crâne, la voix murmurait sans répit.

Courage !

Qu'avaient-ils fait de Livia ?

Qu'avaient-ils fait de Davënger ?

Il faisait nuit, il faisait jour, la lumière du soleil l'aveuglait.

— Tu devrais mourir, grommelait parfois le prince Ligùr en empoignant sa chevelure. Aucun homme ne peut rester en vie aussi longtemps. Qui es-tu ?

Janes essayait de lui cracher au visage.

— Ils prétendent que tu es le Tresån ! Ah !

Puis il tournait les talons.

* * *

Les jours s'écoulaient sans pitié.

Janes entendait dire que la côte était en vue. Pour ce qu'il en savait, le drakkar de Ligùr avait déjà mouillé dans plusieurs baies désertes, des îlots dont il ne voyait rien mais qu'il devinait pleins de verdure et de sources fraîches et, parfois, leur navire glissait sous des ponts immenses, incroyables, des ponts de fer et de glace qui enjambaient l'océan, et qui faisaient comme des arches entre les nuages.

La douleur s'estompait, cédait la place à une sensation de malaise continu.

Janes ne dormait plus.

Ses pensées le torturaient. Livia ? Où était Livia ? Et puis ils l'appelaient le Tresån, et cela réveillait d'obscurs sentiments en lui, comme la prémonition de désastres, de souffrances à venir...

Ils avaient pris son épée, ils avaient laissé l'anneau à son doigt. Pourquoi ? Que voulaient-ils ? Quand ce cauchemar prendrait-il fin ?

De temps à autre, le jeune homme parvenait presque à somnoler. Mais cela ne durait jamais très longtemps : juste un battement de paupières plus long que les autres.

— Janes Oelsen.

Il ouvrit les yeux.

Le prince Ligùr se tenait debout devant lui, accompagné d'une Livia hébétée.

— Laissez-la... partir...

L'homme força la princesse à s'agenouiller.

— Sale brute !

— Je dois te dire, mon ami, que tu possèdes, enfin, que tu *possédais* une épouse particulièrement courageuse. Félicitations.

— Nous ne sommes pas mariés.

— Janes ! gémit Livia.

— Si, vous l'êtes. Il y a cet anneau à ton doigt, et notre chère enfant ici m'a expliqué en quelles circonstances elle avait perdu le sien. Vous êtes mariés, vous venez de Walrœk et vous travailliez tous deux à la cour du Kzaar Asraan.

— Nous...

— Chuut. Ne gaspille pas ta salive. Je ne pense pas que tu sois le Tresån, de toutes les façons. Le Tresån ne peut pas être forestier pour le compte d'un draaken. Mais même si tu l'étais... Bah ! J'ignore comment tu as survécu à cette flèche que j'ai fait tirer sur toi. Peu importe à vrai dire, je m'en moque. Je vais épouser ta femme, Janes. Et je vais te revendre à l'un de mes frères – certainement pas Balden, j'ai un vieux compte à régler avec ce scélérat – ah, je trouverai bien un imbécile que ton étonnante vitalité inspirera.

— Ce... n'est pas...

— Oui, oui, soupira le prince. Il y a des gens ici qui croient en Lui, que veux-tu que j'y fasse ? Tu sais qui Il est ? En tout cas, Il n'a jamais rien fait pour moi. Alors je me venge à ma façon, tu saisis ? Je refuse de lui donner ma foi.

— Pourquoi...

— Pourquoi je te raconte cela ? Parce que je veux que tu saches que nous ne sommes pas des faibles, comme vous autres, paysans de Midgard. Oui, j'ai entendu dire que les Dragons se réveillaient dans les Crêtes, et que la guerre déchirait votre monde. Mais nous autres, guerriers des Archipels, nous nous gaussons de vos Faeders et de votre soi-disant Ragnarök. Cela ne signifie rien pour nous, tu m'entends ? Je vais te dire une chose, mon ami : il n'y a pas de dieux. Il n'y a pas de créateur. Il n'y a pas de « Lui » ou de « Il », ou de force tapie dans l'ombre. Il y a nous, les hommes. Nous servons la loi du plus fort. Et c'est cette loi qui fait que je te tiens aujourd'hui à ma merci, que je peux disposer de toi comme je l'entends et que, bientôt, ta femme gémira de plaisir sous mes coups de reins. Tu comprends ça, Tresån ?

Janes ferma les yeux.

Dis-lui, criait la voix dans son crâne. *Dis-lui !*

— Je... vous... tuerai...

— Vraiment ? répondit Ligùr en relevant Livia. C'est curieux, mais j'ai beaucoup de mal à te croire. Regarde ta femme ! Un mot de plus, et je la livre aux murènes. Tu sais ce qu'est une murène, paysan ?

Janes hoqueta.

Dis-lui, répétait la voix.

— Ma douce, susurra le prince en collant son front contre celui de la jeune femme, tu sais fort bien pourquoi je t'ai fait venir ici, nous en avons discuté, n'est-ce pas ?

Livia détourna le regard.

— Tu vas dire à ton époux que votre mariage est terminé. Tu vas lui dire que, dorénavant, c'est moi, ton nouveau mari. Après tout, tu as déjà perdu ta bague, non ?

Il lui prit la tête entre les mains et la força à regarder Janes.

— Lâchez-moi, sale ivrogne !

— Ah, ah ! Et lui ? Vois ce qu'il est devenu. Je suppose que tu ne veux pas qu'il meure, hein ? Alors dis-le. Dis-lui que votre mariage n'existe plus.

Une lueur passa dans les yeux de la jeune femme.

— Jamais, souffla-t-elle.

Le prince Ligùr la relâcha.

— À ta guise.

Il claqua des mains en direction de ses hommes.

— Apportez le bassin !

Livia se précipita pour caresser les cheveux de Janes, mais le maître de navire la tira en arrière sans ménagement.

— Ne sois pas stupide.

— Qu'allez-vous faire ? demanda la princesse. Vous n'obtiendrez rien de moi...

Le prince lui tordit le poignet.

— Tais-toi, catin.

— Aaaah !

Bientôt, les marins réapparurent, traînant derrière eux un énorme bassin en fonte, si large qu'on aurait pu y faire tenir une famille tout entière. Livia tentait toujours de se dégager, mais Ligùr la maintenait fermement contre lui.

Une poulie grinça.

Le corps de Janes fut lentement remonté, et le bassin amené sous lui. L'un des marins tenait une cage en mailles de fer à bout de bras.

— Allez ! ordonna le prince.

L'homme s'avança, hésitant, et se pencha au-dessus du bassin. Des éclaboussures jaillirent. Le marin recula, visiblement effrayé.

— Veux-tu que je te jette dedans ? demanda Ligùr.

L'autre secoua la tête.

De nouveau, il se pencha, autant qu'il le pouvait. L'un de ses acolytes le retenait par les jambes pour éviter qu'il ne tombe. Quelque chose frétillait dans le bassin. Quelque chose de méchant. Quelque chose de cruel.

Arc-bouté, le marin lâcha sa cage et fut aussitôt tiré en arrière. Des applaudissements paresseux retentirent dans la mâture.

— Pile au milieu ! Bien vu, Sundas !

— Parfait, dit le prince.

Il donna un ordre ; la poulie se remit à grincer.

Janes ouvrit les yeux. Combien étaient-ils ? Combien étaient ces monstres ? C'était difficile à dire, ils remuaient tout le temps, ils ondulaient, frénétiques et barbares. Leur corps était gris, luisant, trois pieds de long, quatre peut-être. Et il se terminait par une gueule garnie de dents acérées, qui happait l'air avec voracité.

La tête de Janes plongea dans l'eau.

Autour de lui, derrière le mince grillage, se dansait un ballet furieux de mort. Des mâchoires claquaient avidement.

Les murènes.

Il pouvait presque voir leurs yeux. Il étouffa.

On remonta son corps hors de l'eau.

Son visage ruisselait, il toussait, il crachait.

— Tu sais ce qu'elles veulent ? demanda Ligùr.

On le redescendit.

— Dévorer ton visage.

Livia hurlait, Livia se débattait, les bras de Ligùr s'étaient refermés autour d'elle comme des étaux. Elle voulait mourir. Sauter dans le bassin avec lui.

— Alors, catin ? Tu as changé d'avis ?

— Non ! Non !

Elle essayait de lui mordre les mains. Non, je l'aime ! Non, il est mon mari ! Elle était comme une bête, une bête devenue folle.

Courage ! répétait la voix dans la tête de Janes.

On le sortait de l'eau pendant quelques instants : juste assez pour qu'il n'étouffe pas. Puis la poulie grinçait encore. Oh, ce grincement !

Et cela durait, cela durait éternellement, cela ne s'arrêtait jamais.

Livia hurlait.

Des images floues, des corps tendus, des mâchoires qui claquent. Et la colère des monstres, si proches de sa figure ! Leurs dents auraient pu se planter dans la chair et déchiqueter sans trêve, se disputer les lambeaux de peau ensanglantée, oh, elles en rêvaient, sans doute ! Leur rêve était un cri des profondeurs.

On le plongeait de plus en plus longtemps.

Tout ce qu'il voyait, c'était le visage de sa femme.

Sa femme ?

Elle se débattait, elle luttait de toutes ses forces entre les bras du capitaine, elle criait, non ! non ! vous allez le faire mourir, et Ligùr s'empourprait, devenait fou lui aussi, alors dis-le ! dis-le à la fin qu'il n'est plus ton époux, que tu n'es plus à lui, que c'est à moi désormais que tu appartiens !

Mais elle ne voulait pas.

Ils allaient la tuer, et elle ne voulait pas.

Pourquoi s'obstinait-elle de la sorte ? En quoi cet homme au torse nu, mis à la torture, en quoi cet homme au visage ensanglanté différait-il du garçon qu'elle avait connu, un certain soir d'hiver, dans une salle de la tour Tempête de Walrœk ?

— Arrête, gémissait Ligùr. Ne vois-tu pas qu'il va mourir ?

Ils le plongeaient maintenant deux, trois, ou quatre minutes. Il demeurait les yeux grands ouverts. Il voyait les murènes racler le treillis métallique de leur gueule furieuse, il voyait leurs dents, leurs yeux mauvais – la faim les rendait enragées. Il ne respirait plus. Cinq minutes. Six minutes.

Il aurait dû être mort.

— C'est... commença le prince, ce n'est pas...

Tout le monde, à présent, comprenait qu'il se passait quelque chose.

Le second s'approcha. Les marins descendirent de leur mâture. Les hommes du pont se regroupèrent autour du bassin.

Le ballet des murènes se poursuivait, de l'eau giclait sur le bois sec. Sept minutes. Huit minutes. Janes ne bougeait plus. On le croyait noyé, il ne pouvait que l'être.

Mais chaque fois que la corde remontait, ses yeux s'ouvraient. Et il parvenait presque à sourire.

Dis-le, répétait la voix dans son crâne.

Dis-le, ils t'écouteront.

Ligùr se rapprocha. Il avait confié Livia à deux de ses marins, et elle continuait à se tortiller, à hurler, vous ne le tuerez pas ! Fous que vous êtes ! Vous ne vous rendez pas compte ! Et le prince était ulcéré.

— FAITES-LA TAIRE !

Il saisit la tignasse de Janes et le força à relever la tête.

— Quand te décideras-tu à mourir ?

Le jeune homme lui rendit son regard.

— Quand, hein ? Quand ?

Janes se mit à rire.

— Crève ! hurla le prince en se penchant au-dessus du bassin, ses doigts crispés sur la chevelure blonde, mais CRÈVE !

Aidé par son second, il ôta la cage et la jeta par-dessus bord. Puis il fit signe au marin qui s'occupait de la corde de lui donner un peu de mou. L'homme demeura sans réagir.

— Descends cette corde ! aboya Ligùr, au comble de la colère. Vite !

La poulie grinça une dernière fois.

Janes Oelsen riait toujours lorsque l'eau rentra dans sa bouche. Il riait encore lorsque la première murène se retourna face à lui, et que la plainte désespérée de Livia parvint à ses oreilles.

Courage, répétait la voix dans sa tête.

Tous les marins retinrent leur souffle.

Il y eut un remous bruyant et le corps de Janes se raidit. Immédiatement, l'eau se teinta de rouge.

— Puisse-t-Il nous pardonner, chuchota quelqu'un.

— Il faut arrêter ça...

Les champs et les forêts sont Sa peau ; vallons et montagnes chantent les creux et les pleins de Son corps, et son Souffle est l'air qui nous donne vie... Nul n'a besoin de prononcer Son nom, car il est le sol où résonnent nos pas, le vent qui courbe la prairie et la neige si douce qui tapisse Midgard. Lui, l'Origine de toute chose.

La sarabande furieuse n'en finissait plus.

Le prince Ligùr était hypnotisé.

— Sauf votre respect, Votre Altesse...

Un homme lui attrapa le bras.

— Relevez-le, marmonna le prince.

Le préposé à la poulie céda à la panique. Dans sa précipitation, il laissa échapper la corde. Le corps de Janes tomba à l'eau. Il y eut des cris, des marins se précipitèrent.

À genoux sur le pont, Livia gisait recroquevillée.

— Vite ! Vite !

Des hachettes furent tirées. Tant bien que mal, on écarta les monstres. Des mains agrippèrent la corde et tirèrent.

— Ho, hisse ! Allez, plus fort.

Le corps de Janes apparut enfin. On le hissa hors de l'eau et il retomba inanimé sur le pont. Livia tenta de se redresser mais un marin l'emmena aussitôt à l'écart.

— Je veux le voir ! Je veux le voir !

Des hommes firent cercle autour du corps. Le dos de Janes était lacéré, couvert de sang. Un bras pendait, sévèrement entaillé.

Le prince Ligùr s'avança.

— Retournez-le, ordonna-t-il d'une voix blanche.

Un marin s'accroupit, et fit basculer le corps sur le dos. Un murmure de stupéfaction parcourut l'assistance. Le visage de Janes était défiguré. L'œil droit avait disparu : il avait été arraché, réduit à une bouillie sanglante.

Deux larges plaies étaient ouvertes sur le torse.

— Il est mort, fit une voix.

— Quelle boucherie !

Le spectacle était horrible à voir. Tout le côté droit de la figure semblait avoir été labouré au couteau, puis méticuleusement haché.

Un marin se baissa, qui devait être le second. Il plaça deux doigts sur la carotide.

Ses yeux s'écarquillèrent.

— Il vit encore, dit-il.

À ces mots, le prince Ligùr ôta une hachette des mains d'un marin, fendit la foule, et l'abattit sur le ventre du jeune homme.

Le sang gicla.

Janes revint à lui.

Un frisson de terreur s'empara des marins.

Le prince recula ; des hommes tombèrent à genoux, se frappèrent la poitrine, levèrent les yeux au ciel. Seul le second, toujours accroupi, demeurait près du corps. Le sang coulait à gros bouillon.

Dis-le, répétait la voix dans la tête de Janes. *Dis-le !*

Le jeune homme remua faiblement les lèvres.

— Nous sommes maudits, souffla un marin.

— Attends. Tais-toi.

Le second posa une main sur le front de Janes.

— Quoi ? Qu'est-ce que tu dis ?

— ... e ... uis ... e... ... an.

Le marin se releva, pâle comme un linge.

— ...

D'un geste calme, il défit son collier doré et le tendit à son prince.

— Je ne suis plus à vos ordres, dit-il.

Et il tourna les talons.

Ligùr considéra le collier sans réagir.

D'autres hommes s'avancèrent. Le prince se contenta de secouer la tête. En un rien de temps, il avait recueilli une dizaine de colliers.

Livia, elle, semblait privée de toute énergie. Ses jambes la trahissaient, ses paupières étaient rouges, un marin la soutenait avec peine.

Elle avait cessé de supplier.

* * *

De son œil unique, Janes observait le bleu du ciel. Au-dessus, dans leur bassin, les murènes dansaient toujours.

D'un pas chancelant, le second se dirigea de l'autre côté du pont et s'accouda au bastingage. Plusieurs marins le rejoignirent.

— Qu'est-ce qu'il a dit ? Qu'est-ce qu'il a dit ?

Tourné vers l'océan, l'homme plissa les yeux dans la lumière.

— Il a simplement dit, annonça-t-il d'une voix très douce, il a simplement dit qu'il était le Tresån.

DE PLUS EN PLUS VITE

Six mois.

Six mois s'étaient écoulés.

La guerre faisait rage dans tout Midgard, et plus de cinq cent mille personnes – femmes, soldats, vieillards et enfants – avaient déjà péri.

Des villes entières avaient été rasées. Des forêts réduites en cendres. Des montagnes fracassées. Des lacs asséchés, puis remplis de lave.

Les armées du Concordat avaient combattu vaillamment dans les Crêtes de Sang jusqu'à ce que plus aucun Dragon n'y subsiste. Elles s'étaient heurtées à une vive résistance de la part de certains seigneurs draakens, et la forteresse d'Ardenaas avait même été reprise un temps. Après quoi des renforts avaient été envoyés, et les défenseurs avaient fini par ployer sous le nombre. Les monstres d'écailles s'en étaient allés vers le nord, non sans avoir répandu leur feu meurtrier sur les habitations des hommes.

Les cités de Nordheim avaient fourni l'essentiel des hommes pour cette campagne. Aussi s'étaient-elles trouvées particulièrement désarmées lorsque les aulnes d'Erland, menés par leur chef Ttrrnn'kk, avaient fondu sur elles. Les flèches et les épées n'étaient d'aucune utilité face à ces monstres – les jeunes recrues appelées en renfort s'en étaient vite rendu compte. Seul le feu pouvait les détruire.

Des mois durant, de terribles batailles avaient été livrées. Morts par centaines, fuites éperdues dans les plaines ! Le sifflement des lames avait répondu au grouillement frénétique des racines. On avait allumé des incendies pour faire reculer l'ennemi, mais de nombreux villages avaient été dévastés, creusés de sillons terreux, et leurs habitants impitoyablement exterminés.

Puis étaient arrivées les goules.

Les prophètes des grandes villes l'avaient annoncé : « Les enfers vont s'ouvrir, avaient-ils prédit. À présent que les arbres maudits ont quitté leurs collines, des êtres de cauchemar vont s'extirper des marais spongieux et fondre sur les hommes pour dévorer leur chair. »

Et cela était arrivé.

Des créatures pourrissantes, venues des profondeurs de la terre. Des choses grisâtres et puantes, dénuées d'esprit, animées par une seule volonté : celle de faire le mal. De véritables massacres perpétrés dans les campagnes, des provinces entières ravagées avant que les cavaliers de Nordheim n'arrivent à la rescousse.

Ragnarök.

Ailleurs, les géants de glace étaient descendus sur Walrœk, détruisant tout sur leur passage. Des unités d'élite, conduites par des officiers du Kzaar, avaient été envoyées à leur rencontre. Les combats s'étaient révélés effroyables, particulièrement meurtriers. Les géants avaient abattu leurs poings sur leurs ennemis, les écrasant comme des insectes. Des étincelles de glace avaient jailli tels des poignards. C'est au cours de l'un de ces affrontements que le connétable Rauker avait perdu la vie.

* * *

Il y a quelques semaines, les serviteurs du château de Walrœk, ancien fief du roi Sigmun, s'étaient soulevés contre les soldats du Kzaar ; de violents affrontements avaient éclaté. Menés par un certain Grand Toqué, petit prophète claudiquant aux imprécations blasphématoires, les cuisiniers de la Fournaise avaient empoigné hachoirs et couteaux, et s'étaient rués sur leurs ennemis avec aux lèvres le goût de la liberté. Le château avait brûlé trois jours durant, et les militaires avaient fini par abandonner les lieux.

Sans prendre le temps de savourer leur victoire, le Grand Toqué et ses disciples s'étaient aussitôt enfoncés dans la forêt, longeant le fleuve Aasb-Erden en direction du sud. À présent, ils progressaient en rangs serrés et vers un but connu d'eux seuls, suivis (disait-on) par les armées du Baron Neuf de Gotgatan.

* * *

Quelque temps auparavant, des émissaires du Concordat s'étaient présentés aux portes des royaumes de Dolor et de Lys pour demander à leurs dirigeants de les rejoindre dans la guerre. Attablé devant une chope de lait de lune, le roi Novaalis avait patiemment écouté les ambassadeurs de Nordheim. Puis, leur discours terminé, il avait ordonné qu'on les raccompagne aux portes de la ville.

Les dignitaires étaient repartis en promettant au souverain des représailles rapides. Le roi s'était passé une main sur le visage. Des mois que lui et ses forlanceurs n'avaient pu se rendre dans le Clair-Obscur. Leurs montures dépérissaient. Les habitants d'Yslen de Lys étaient moroses. Partout dans le royaume, des hommes dormaient d'un sommeil de mort, leur esprit prisonnier d'un monde dorénavant inaccessible.

Le châtiment promis ne s'était pas fait attendre.

Trois jours plus tard, une armée entière pénétrait dans Lys via le royaume de Dolor.

Une nouvelle guerre éclata. Les natifs de Lys n'étant pas hommes à se rendre sans combattre. Tous ceux qui étaient en état de prendre une arme et de s'en servir montèrent dans les montagnes, laissant à l'envahisseur des villes et des villages déserts. La nuit venue, des attaques foudroyantes étaient lancées. Et les assaillants connaissaient le royaume comme leur poche.

Après qu'une série de vives escarmouches eut décimé aux trois quarts les deux bataillons qu'il y avait envoyés, Wultan décida de se rendre personnellement à Yslen de Lys. Évaluant rapidement la situation, il ordonna le doublement des troupes. Mais la tâche des armées du Concordat était loin d'être aisée. Des renforts inattendus venus des marais d'Abagaï leur compliquaient la tâche. Les sorcières, maudites filles de

Maan ! Et on disait aussi que des mercenaires arrivés de Walrœk louaient leurs services au plus offrant.

En Dolor, l'arrivée des armées du Concordat fut saluée par des suicides en masse. En Elsnör, des bataillons entiers de déserteurs se retournèrent contre ces mêmes armées. En Darkwald, des cohortes de leshys surexcités descendirent de leur cratère, chantant des hymnes en l'honneur d'un arbre géant, et rejoignirent les filles de Maan, qui abandonnaient leurs marais pour la première fois depuis des siècles.

Dans les hauteurs de la forteresse d'Asgard, les quelques Faeders encore valides s'étaient déjà retranchés en attendant la mort. Suivi par ses loups, et fermement décidé à tenter le tout pour le tout, Hemd'l avait quitté les provinces du Nord.

Personne ne savait ce qu'il était advenu des Ténèbres.

À présent, les branches du grand Yggdrasil remuaient avec lenteur. Plusieurs fois, Wyrd avait quitté la citadelle et s'en était allée prier entre ses branches. Debout au sommet du donjon, sa mère adoptive la regardait, impassible, les joues ridées de larmes noires. Le bâton du Temps frappait le sol si vite, désormais, qu'il était devenu presque impossible de discerner les intervalles.

La fin était proche, et les Archipels de Brume bruissaient d'étranges rumeurs.

Inéluctablement, Son règne arrivait.

Lui, l'Origine de toute chose.

SOMMEIL NOIR

Il revint à lui au dernier étage d'une tour blanche.

La citadelle dans laquelle il se trouvait était juchée au sommet d'une île montagneuse minuscule, quelque part au cœur des Archipels.

C'était le matin.

Une brise légère soulevait les rideaux de coton, et une fraîcheur délicieuse pénétrait dans la chambre. Sa tête reposait sur un oreiller gonflé de plumes. Une femme très douce, au visage voilé, appliquait des compresses humides sur son front.

— Loué soit-Il, dit-elle lorsqu'elle constata qu'il était réveillé.

Elle se releva et quitta prestement la chambre.

Janes essaya de se redresser, mais il était trop faible encore. Il regarda autour de lui. Sa chambre était sommairement meublée. Une chaise, une commode, des murs blanchis à la chaux. Combien de temps avait-il dormi ? Une heure ? Un jour ? Un an ?

Il ne se souvenait de rien, sinon de quelques bribes.

Sa vie s'était arrêtée au moment où la murène lui avait arraché le visage.

Alors, il avait sombré dans un gouffre sans fond. Mort ? Pas tout à fait. La voix l'avait suivi. *Cherche la lumière, Janes Oelsen. Cherche la lumière.*

Il n'avait pas rêvé – plus personne ne rêvait, désormais. Son esprit avait flotté en des contrées mornes et blanchâtres, jusqu'à ce qu'une ombre émerge, au-dessus de la banquise.

L'arbre brodé sur le voile de la nonne.

Yggdrasil !

Cela lui rappelait un songe, la réminiscence d'un songe. Images semblables, exactement. Il se trouvait à l'intérieur de l'arbre. Un livre était ouvert devant lui. Il parcourait ses pages, il les avait déjà parcourues, il caressait sa couverture et ses trois lettres scintillantes. C'était le même rêve, encore et toujours. Et il lui restait une chose à comprendre.

Une porte claqua, quelque part dans le château.

Comme un nouveau-né, Janes fit jouer les doigts de sa main devant son visage. Il ne voyait plus que d'un œil. L'autre était bandé.

Bientôt, des bruits de pas.

Un cliquetis se fit entendre, et la porte s'ouvrit.

— Janes ?

Un frisson de bonheur le parcourut.

Livia !

C'était Livia, vêtue d'une robe blanche aveuglante, magnifique. La nonne qui l'accompagnait demeurait en retrait.

La princesse s'assit sur le rebord de son lit et prit les mains de Janes dans les siennes. Des larmes coulaient sur son visage. Ses yeux étaient emplis d'amour.

— Mon trésor.

Elle fit glisser un doigt sur son front, descendit jusqu'à sa bouche.

— Combien... ?

— Six mois, répondit la jeune femme. Tu as dormi six mois. Nous pensions que tu ne te réveillerais jamais. Mais les nonnes t'ont si bien soigné.

— Les nonnes...

— Les nonnes de Château Balden. Nous sommes ici en parfaite sécurité.

Janes soupira.

En quelques mots, la princesse lui expliqua ce qui s'était passé sur le drakkar du capitaine Ligùr.

Après l'épisode des murènes, ils avaient vogué trois jours durant.

Janes s'était endormi.

Par superstition, et parce que le second était persuadé qu'il allait se réveiller, les marins avaient refusé que son corps fût jeté à la mer.

Au soir du troisième jour, un trio de goélettes rapides, menée par un drakkar, leur avait donné la chasse. C'était la flotte du quinzième seigneur de Balden.

Un bref combat avait été livré. Les marins de Ligùr s'étaient retournés contre leur maître. Le prince était mort.

— Et Davënger ?

Gênée, Livia se retourna vers la nonne. La nonne se pencha vers Janes.

— Votre ami est assez mal en point.

— Est-il... ici ?

Hochement de tête.

— C'est un mort vivant à présent. Nous avons tenté de le soigner lui aussi, mais il continue de pourrir. L'évolution de son mal est inéluctable.

— Et le seigneur de Balden...

— Il sait tout, reprit Livia avec un sourire, je lui ai parlé, et il sait tout. Nous attendions que tu te réveilles. Oh, je suis si heureuse !

Janes leva un doigt vers la nonne.

— Vous êtes... une Sœur de l'Arbre ?

— Reposez-vous, murmura la femme en posant une main sur son bras.

* * *

Janes dormit encore, des jours et des jours.

Lorsqu'il se réveillait, Livia se trouvait à ses côtés, et la nonne aussi. Elle lui administrait des potions apaisantes, des philtres de sa conception. Il reprenait rapidement des forces. Bientôt, lui disait-elle, vous pourrez recevoir des visites. De nombreuses personnes veulent vous voir. Mais pour l'heure, vous avez encore besoin de calme.

Janes posait peu de questions.

Les Sœurs de l'Arbre, placées sous la protection du quinzième seigneur de Balden, professaient des croyances étranges, oubliées sur le continent, ou relayées seulement, de loin en loin, par les augures de Freigard – obscure entité déchue et venteuse. Le jeune homme n'en avait jamais entendu parler, ou une fois, peut-être – il ne savait plus. En tout cas, les gens d'ici, les gens des îles, les seigneurs, tous frères, cousins, écumeurs, pirates, rejetaient les Faeders avec une même vigueur. Ce n'était pas qu'ils refusaient d'envisager leur existence. Simplement, ils croyaient en autre chose.

Il y a quelques mois, le seigneur de Balden avait reçu la visite d'une femme étrange, qui se prétendait Faeder justement, mais pas comme les autres, elle était (disait-elle) la gardienne du royaume des rêves. Elle et le seigneur avaient parlé trois jours durant sans manger ni dormir. Lorsque la femme était repartie, Balden avait donné des ordres, qui valaient pour tous. Oui, un jeune homme aux cheveux d'or allait bientôt venir. Oui, il devait l'accueillir et l'aider dans sa quête. Il en allait de l'avenir du monde.

— Je ne vous mentirai pas, expliquait la nonne derrière

son voile. Beaucoup ici pensent que vous êtes le Tresån de nos légendes, le fils de l'Arbre. Vous n'avez jamais connu vos véritables parents, je me trompe ?

Janes fit signe que non.

Tout se mettait à tanguer autour de lui.

— Je sais, répétait la nonne, je sais, c'est une charge qu'aucun homme sur cette terre n'accepterait de porter. Pour vous parler franchement, ma foi même est mise à l'épreuve. Je vous vois et...

Elle ne finissait pas sa phrase. Elle s'en allait et Janes restait avec Livia. Ce qui est arrivé sur le bateau, je ne saurais l'expliquer, disait la princesse. Il me demandait de renier notre amour et – oui, je pensais que tu étais mon époux, il n'y avait rien de plus important au monde, tu comprends, n'est-ce pas ?

Janes faisait signe qu'il comprenait.

Ils restaient de longs moments à se regarder, des moments interminables, hors du temps. Et puis la nonne revenait. Il faut vous soigner. Vous reposer.

— Je ne sais plus qui je suis, soupirait le jeune homme.

La nonne lissait son voile, et l'arbre sacré ondulait doucement. Les Sœurs de l'Arbre ?

— Au fond, reprenait la femme, il importe peu de savoir si vous êtes oui ou non le Tresån. Quelle différence entre la vie et les légendes qui l'habillent, les masques que les hommes mettent sur les mystères du monde ? Pour notre part, nous n'en faisons pas. C'est le sens de nos croyances. L'homme tient son destin entre ses mains.

Janes hochait la tête.

Il l'écoutait parler, et c'était tout.

Sa vie, ne lui appartenait plus. Il se sentait. Cette voix dans sa tête : était-elle réelle ? Quelle différence entre la vie et les légendes qui lui donnent corps ? Ils se perdaient dans des discussions théologiques interminables – oh, il était perdu, il était tellement perdu.

* * *

Un matin, il demanda à voir son visage.

Il se rappelait la morsure des murènes, et il n'ignorait pas qu'il avait perdu un œil : il y avait ce bandeau glissé dans ses cheveux. Alors, bien sûr, Livia le regardait avec amour, comme si rien n'avait changé. Mais il voulait savoir.

— Donnez-moi un miroir.

La nonne se leva, ouvrit un tiroir de la commode, et lui tendit ce qu'il demandait.

Livia s'écarta.

Le jeune homme prit une inspiration profonde et leva le miroir à hauteur de visage.

La princesse se mit soudain à sangloter, sans pouvoir s'arrêter. La nonne la prit par les épaules. Là, là. Vous n'avez aucune raison de pleurer.

Janes se regardait.

Lentement, il tourna la tête vers Livia. La jeune femme se mordillait les lèvres, essayait de sourire à travers ses larmes.

Il lui rendit le miroir et replaça son bandeau.

À l'exception de son œil, son visage était miraculeusement intact.

— À présent, lui dit la nonne, vous comprenez ce que ressentent les gens du dehors. Pourquoi ils croient que vous êtes le Tresån.

— Je suis mort...

— Non, lâcha la nonne. Vous êtes immortel. Rien, absolument rien ne peut vous tuer. Vous pouvez souffrir, oh oui ! vous *devez* souffrir. Mais ce qui coule dans vos veines n'est pas un sang ordinaire. Vous le savez.

Janes leva une main vers Livia. Elle pressa ses doigts contre sa joue, convulsivement. Couvrit son visage de baisers.

— Je suis comme toi, murmura le jeune homme.

De nouveau, les larmes coulèrent. La princesse tentait de sourire malgré tout, tais-toi, chuchotait-elle, je t'en prie, tais-toi, et ses paupières étaient si rouges ! Bientôt, nous descendrons, pensait-elle, et elle souriait toujours, elle essayait de ne rien montrer, toi et moi, mon amour, oh oui, nous descendrons, et c'en sera fini de nous.

Des visiteurs firent leur apparition.

Le premier à venir fut le seigneur de Balden, quinzième du nom : un immense gaillard à barbe grise. Son accoutrement rustique – un simple tablier de cuir et une cotte de mailles descendant à mi-cuisse – contrastait avec la noblesse fatiguée de ses traits.

— Voici donc notre fameux messie ! tonna-t-il, un petit verre d'alcool de bois à la main. J'ai bien cru que je devrais vous garder éternellement ici. Par ma barbe, mais vos blessures ont complètement disparu !

— Je ne sais comment vous remercier, dit Janes.

— Jamais de la vie, répondit l'autre. Vous accueillir en mon château est un honneur inestimable, et je constate en vous voyant que je ne m'étais pas trompé. Oui, les miracles existent. Et puis cela faisait si longtemps que je projetais d'en terminer avec ce serpent de Ligùr ! C'était, attendez un peu... le demi-frère de ma seconde femme.

Janes esquissa un sourire.

Tous les souverains des Archipels, et ils étaient plus d'une centaine disait-on, appartenaient à la même gigantesque famille. La plupart manifestaient un penchant démesuré pour la boisson.

— Si vous aviez pu vous voir, lorsque nous vous avons amené ici ! Votre figure n'était plus qu'une plaie ruisselante de sang.

Il termina son verre cul sec.

— Aaaaah. Votre œil n'est pas revenu, hein ? Mais vous, vous êtes bien là. La nouvelle de votre résurrection a fait le tour des Archipels. Le clan des fidèles est en ébullition, c'est toujours ainsi que les choses se passent. Savez-vous combien de navires mouillent dans notre petit port ? Plus de cinquante ! C'est bon pour nos auberges, mais nous ne trouvons plus à les loger. Ils veulent vous voir. Ils veulent absolument vous voir.

— Ils devront encore attendre, répondit la nonne en

aidant le jeune homme à se redresser, le temps de changer son oreiller de plumes. Janes est encore très faible.

Le seigneur de Balden se posta à la fenêtre en se grattant la barbe et poussa un grognement.

— Humpf. Combien de temps encore ?

— Plusieurs semaines.

— Impossible, répondit le géant. Il devrait être déjà parti. La guerre fait rage en Midgard. Des centaines de milliers de morts, et cela ne cessera pas. Nous portons une responsabilité considérable.

— Il a failli mourir, répondit la nonne en lissant les draps du plat de la main. Je gage que vous ne l'avez pas oublié.

L'homme se retourna et fit claquer sa langue.

— Bon sang, j'ai soif, grogna-t-il. Très bien, qu'il se repose, alors. Nous reparlerons de ça plus tard. Mais je compte énormément sur vous, ma sœur. Soignez-le, soignez-le de toutes vos forces, qu'on en finisse.

— Je ferai mon possible.

— C'est ça. Parce que, après, il y a le labyrinthe, et moi, j'ai donné ma promesse, vous comprenez ? Et puis tous ces gens dans mon port, ce n'est pas... enfin, je ne suis pas fait pour ça, il faut que nous... hum, à plus tard.

— À plus tard.

La porte se referma.

— Je suis désolée, fit la nonne. Ce n'est pas un mauvais bougre, comparé à ses frères. Mais l'alcool de bois... Il a peur, vous savez. Il ne le montre pas, mais il est terrifié.

— Peur ?

Janes se redressa sur un coude.

— Peur de vous. Peur de son rôle dans cette histoire. Ce n'est qu'un pirate, un chef de guerre, qui aime boire et s'amuser. Les questions religieuses réveillent en lui des sentiments qu'il préférerait garder enfouis. Il ne veut pas y penser. Peut-être qu'au moment de sa mort, il se posera enfin la question.

Le jeune homme hocha la tête.

Sur les Archipels de Brume, le sentiment religieux était une chose bien singulière, qui ne ressemblait en rien à ce qu'il avait pu connaître avant. Les gens ne vivaient pas dans la crainte des dieux. Ils révéraient le monde, le monde et son créateur, mais sans terreur, sans affectation. « Cela » faisait partie de leurs vies, rien de plus.

Son travail terminé, la nonne quitta la chambre.

* * *

Le second visiteur arriva en milieu d'après-midi, au moment où Janes se réveillait de sa sieste. Dehors, le monde paraissait merveilleux. On devinait le bleu profond de l'océan, les îles vertes posées comme des corolles, et le vent du large charriait des odeurs iodées.

Le jeune homme tourna la tête.

Quelqu'un se tenait sur une chaise à ses côtés, une sorte de moine vêtu d'une robe de bure, mais dont le capuchon relevé ne laissait rien voir du visage.

— Bonjour, dit Janes.

L'homme tenait une liasse de parchemins sur ses genoux. Il lui tendit le premier.

Je suis un moine du collège aveugle. J'ai fait vœu de silence.

Janes hocha la tête.

Le visiteur avait posé un petit encrier sur le rebord du lit, et glissé une plume derrière son oreille. Il prit une seconde feuille et commença à écrire.

Comment vous sentez-vous ?

— Bien, fit le jeune homme, un peu intimidé par le silence. Quelles sont les nouvelles de Nordheim ?

Le moine reprit sa feuille.

Mauvaises. Des hommes meurent, et d'autres mourront encore, tant que les Faeders marcheront sur cette terre. Mais à nous, frères du collège aveugle, les racines de l'arbre Yggdrasil ont enseigné patience et résignation.

Janes hocha la tête.

Il se souvenait des récits de Magnus Oktorp. Les frères du collège aveugle prétendaient lire l'avenir à même les fondations d'Yggdrasil, lesquelles affleuraient en certaines provinces marécageuses du Nord. La plupart étaient aveugles.

— Vous n'êtes pas aveugle, fit remarquer Janes.

Le moine parut réfléchir, et le jeune homme regretta aussitôt sa question. De nouveau, la plume crissa.

Êtes-vous heureux ?

Janes plissa le front avec perplexité.

— Heureux ? Je suppose. La femme que j'aime est en vie. Mais il se passe tellement de choses autour de moi. Je... je ne sais pas pourquoi je vous dis ça. Parfois, il me semble que je n'ai pas le droit d'être heureux. Trop de gens sont morts autour de moi. Ma famille...

Le moine leva une main.

Il gratta une ligne nerveuse, et la tendit aussitôt à Janes.

Je ne pourrai plus faire ceci très longtemps.

— Quoi ?

L'autre reprit le parchemin.

Si tu savais comme j'ai pensé à cet instant.

Jamais je n'aurais imaginé que les choses se passeraient ainsi. Je n'ai compris que très lentement. Je sentais que tu étais en vie, mais je n'ai compris que très lentement. Il y a eu ces rêves.

— Qui... qui êtes-vous ? balbutia le jeune homme d'une voix tremblante. Je voudrais voir votre visage.

Le moine lui retira la feuille des mains, et ajouta trois lignes encore.

Veux-tu être heureux un instant, Janes Oelsen ? Veux-tu que nous soyons heureux ensemble, l'espace de quelques battements de cœur ?

— Tu es...

Lentement, le moine ôta son capuchon.

Son crâne était rasé, et une terrible cicatrice ornait son visage : nul bandeau ne masquait l'orbite creuse et sèche de son œil manquant. Mais c'était bien lui, sans le moindre doute possible (et Janes sentit sa poitrine se gonfler d'une joie irrépressible), c'était bien lui, malgré les années, la douleur, la guerre et la confusion du monde.

Keÿdor.

Son petit frère.

* * *

Un long moment, ils restèrent serrés l'un contre l'autre.

Janes avait posé une main sur le crâne chauve de son frère, légèrement râpeux, et il le caressait comme on caresse un trésor, la paupière close, bredouillant des syllabes sans suite. Puis ils se regardèrent.

Un œil manquant tous les deux, les ravages du temps.

Ils étaient là pourtant, vivants, ensemble, ils étaient là après les courses folles de leur enfance, après Nartchreck et l'épée d'or, après Asraan et ses voortans.

— Raconte-moi, chuchota Janes.

Le moine sourit, reprit ses parchemins.

Il se rassit sur sa chaise et commença à écrire.

L'HISTOIRE DE KEŸDOR

Je crois qu'ils m'ont tout simplement oublié.

Tout le monde autour de moi était mort, des femmes, des hommes, des enfants, leurs entrailles sanguinolentes répandues dans la poussière. J'étais toujours attaché à ma croix, étouffant à moitié, et les voortans avaient été rentrés dans leur cage, et les gardes chargés d'achever les blessés avaient négligé d'inspecter mon allée une dernière fois, persuadés qu'il ne restait plus personne.

Combien de temps suis-je resté ainsi, priant pour que ma dernière heure arrive ? Je ne sais plus. Respirer devenait un calvaire, tous mes muscles me faisaient horriblement souffrir et pourtant, la mort ne venait pas.

Je suppose que tu sais ce qu'on ressent dans ces moments-là. Je n'ai rien d'un héros, Janes. Je n'ai pensé qu'à moi, à ma douleur, au malheur si lourd qui s'abattait sur nous.

J'ai maudit les Faeders.

J'ai maudit mes parents, pour m'avoir mis au monde.

Et je crois bien que je t'ai maudit toi aussi. Parce qu'ils ne t'avaient pas mis sur une croix. Parce que tu étais mon frère. Parce que tu étais toujours le plus fort, le plus malin, et qu'en définitive, c'est toi qui étais sauvé.

Au petit matin, les derniers soldats du Kzaar ont quitté Djoreng. Une dernière inspection a été ordonnée ; c'est là qu'un homme m'a trouvé. Ce devait être une jeune recrue, il y avait de la peur dans ses yeux, du dégoût aussi. Je me souviens qu'il portait ,une moustache, et que ses traits étaient fatigués. Lorsqu'il m'a vu remuer sur ma croix, j'ai cru qu'il allait défaillir. Il a regardé partout autour de lui d'un air affolé :

« Personne ne t'a vu ? »

J'ai secoué la tête. Je crois qu'il était tellement étonné de me voir encore bouger qu'il en a oublié qui il était, et ce qu'il était censé faire.

« Écoute, a-t-il commencé en sortant un poignard de sa gaine, je ne peux pas te détacher, sûrement pas. Mais je peux te laisser ce couteau. Je peux te le glisser et, une fois que nous serons partis, tu essaieras de te libérer tout seul. Ne me demande rien de plus »

Ne me demande rien de plus !

C'était presque comique. Naturellement, je l'ai supplié de ne pas m'abandonner. Naturellement, il est parti quand même, et aujourd'hui encore, je lui en suis reconnaissant parce que sans cela, nous serions probablement morts tous les deux.

Il a donc fait ce qu'il avait promis. Il m'a laissé son couteau, et je n'ai même pas attendu que les soldats disparaissent pour commencer à cisailler mes liens.

Ça n'a pas été une partie de plaisir. Seulement, c'était tout ce que j'avais à faire, ma survie ne dépendait que de moi. Je maintenais ma lame, coincée contre le poteau, et je frottais la corde contre le tranchant en attendant qu'elle cède. Je crois bien que ça a pris deux bonnes heures. Une fois que j'ai eu une main libérée, les choses sont devenues beaucoup plus faciles. J'ai fini par basculer en avant. Il m'a fallu tous les efforts du monde pour détacher mes pieds, mais j'ai fini par y arriver.

Je suis tombé comme une masse, et je me suis relevé très vite. Sauvé ! J'étais sauvé. Littéralement à bout de forces, aussi. J'ai fait quelques pas entre les premières rangées de croix, et je me suis effondré.

Lorsque je me suis réveillé, il faisait nuit, et les bâtisses noircies de Djoreng continuaient de fumer. J'ai récupéré quelques vêtements dans une maison, ainsi qu'une couverture et deux miches de pain, puis je me suis enfui vers la ferme des parents. Je ne sais pas ce que je croyais. Au fond de moi, j'étais per-

suadé que papa et maman allaient m'attendre là-bas, et que tout redeviendrait comme avant.

Ce n'était pas le cas, bien sûr.

Alors, et je crois que c'est seulement à cet instant que j'ai pris conscience de ce qui s'était passé, alors j'ai sombré dans le vrai désespoir. La vie, la mort : plus rien n'avait d'importance. Plus rien que mon chagrin.

J'ai marché sur les routes, indifférent au froid. J'ai traversé les montagnes, et je me suis dirigé vers Elsnör. J'ai longé la forêt. Je ne m'arrêtais que lorsque mes jambes refusaient de me porter. Le soir venu, ou le matin, en pleine journée parfois, je m'endormais d'un sommeil de mort.

J'étais hébété. Je me rappelais à peine mon nom.

Je vivais de rapines dans les villages, de mendicité aussi, je volais des poules, je mangeais des baies, des racines. Une fois, je suis tombé très malade après avoir bu l'eau d'un puits. Mes intestins se vidaient, j'étais très faible, fiévreux. J'aurais pu mourir. J'aurais dû mourir.

Et pourtant, j'ai survécu.

J'avais perdu tout espoir, toute envie. Je ne sais pas pourquoi je marchais. Je ne l'ai compris que bien plus tard.

Je suis arrivé en Nordheim. C'était un pays accueillant, le plus riche de Midgard, le plus puissant aussi. Je suis entré dans la capitale : Mondstadt. J'ai rejoint une troupe de mendiants. Ici, on ne me demandait pas qui j'étais, d'où je venais. Tout ce qu'on attendait de moi, c'était que je fasse pitié. Que je m'asseye à un coin de rue et que je tende la main.

Il me semble que j'étais assez doué pour ce genre d'exercice. Les écus tombaient dru dans mon escarcelle, je commençais presque à y prendre goût.

Et puis un jour, un moine s'est arrêté devant moi.

Je savais d'où il venait. Je connaissais le collège aveugle, de vue tout au moins. Sa silhouette simple et belle dominait la ville à flanc de colline. Le moine s'est agenouillé à mes pieds et il a abaissé son capuchon. Ses yeux étaient crevés.

« Pourquoi fais-tu ça ? » m'a-t-il demandé.

J'étais éberlué. Les moines du collège aveugle avaient fait vœu de silence, tout le monde savait cela en Nordheim, et lui...

« Je romps mon serment, a poursuivi le moine comme s'il lisait dans mes pensées, je le romps en ce jour conformément à notre tradition pour te demander à toi, qui cherches la lumière, de rejoindre notre confrérie. »

Peut-être auras-tu du mal à me croire, Janes, si je te dis que je l'ai fait. Il émanait de cet homme une telle force, une telle douceur, que je me suis levé dans l'instant et que je l'ai suivi. Le lendemain matin, ma nouvelle vie commençait.

Ce n'est pas forcément une vie très intéressante, quand on la regarde de l'extérieur. Les moines passent l'essentiel de leur temps à prier et à consulter des textes anciens. Ce sont des théologiens, plus versés dans la rhétorique que dans l'action. Pourtant, tu n'imagines pas à quel point ces années ont été aventureuses ! Et tu n'imagines pas les folles découvertes que j'ai faites.

Deux ou trois fois par an, certains d'entre nous partaient pour les marais du Nord, là où les racines d'Yggdrasil affleurent. Au cours de la première année, je n'y suis pas allé, parce que je n'étais qu'un novice – j'avais encore mes deux yeux, et n'avais pas fait serment de silence – mais lors de mon second hiver, j'ai entrepris le pèlerinage à mon tour.

Quelques mois auparavant, mes frères m'avaient arraché un œil. C'était le rituel. On ne voit bien qu'avec le cœur, disent nos textes. Et de toute façon, il m'en restait un : cela me suffisait amplement.

Si tu te demandes quelle douleur j'ai pu ressentir en cet instant, sache qu'elle n'était rien comparée à la tienne. Les frères nous faisaient boire d'énormes quantités d'eau-de-vie, jusqu'à ce que nous nous endormions, et lorsque nous revenions à nous, l'opération était terminée. C'est à ce moment-là que l'épreuve commençait. La lumière ne se faisait jour en nous que lentement, très lentement. Mais lorsqu'elle arrivait...

Enfin.

Je suis donc parti en compagnie de trois frères, dont deux étaient aveugles. Les marais de Nordheim couvrent une étendue immense et désolée qui jouxte les contrées d'Erland. Des miasmes fétides s'en échappent, et ils sont le refuge de nombreuses créatures décharnées, venues tout droit des enfers. Ces créatures ne nous attaquent pas, pauvres moines que nous sommes. Elles savent que nous ne leur voulons aucun mal. Nous n'allons là-bas que pour essayer de comprendre.

À quoi sert de rester, des jours durant, agenouillé devant une énorme racine, à palper le bronze de l'écorce, à écouter comme on écoute battre un cœur, à méditer dans la solitude de cavernes spongieuses, bordées de roseaux vénéneux ?

J'en sais beaucoup, Janes.

Ce n'est pas par hasard que je suis venu ici.

Je vais te le dire maintenant, parce que je n'aurai sans doute plus l'occasion de le faire par la suite, et que certaines vérités sont trop importantes pour être tues.

J'ai compris au moment où ils ont commencé à parler de toi, en Nordheim. J'ai compris, et j'ai failli devenir fou. Ta légende s'est propagée dans tout Midgard, sais-tu ? Avant même que tu la connaisses toi-même.

Tu es le Tresån, le fils du monde.

Ton nom est synonyme d'hérésie dans les contrées du Nord.

Les Faeders te haïssent à raison. Leur maître a fait partir d'innombrables patrouilles à ta recherche et tu as eu beaucoup de chance, si c'est bien de cela qu'il s'agit, d'arriver jusqu'ici.

Je dois te dire ce que nous enseignent les racines, Janes.

Je dois te dire, mais tu le sais déjà, que tu n'es pas mon véritable frère.

Je dois te parler des mythes interdits : ceux que nous, moines, n'étudions qu'en certaines nuits sans lune, à la lumière de bougies tremblantes, pour ceux qui ont encore un œil. Je dois te chanter ce que savent les hommes, mais qu'ils ont toujours préféré oublier.

Les Faeders ne sont pas les maîtres de Midgard.

Ils ne sont que les fils d'un principe.

Les enfants du monde.

Les habitants des Archipels prétendent que leurs îles n'appartiennent pas aux terres du Nord. Ils disent qu'ils sont « d'ailleurs ». En vérité, leur différence n'est pas essentiellement géographique – il est probable que les îles étaient rattachées au continent, il y a très longtemps : elle est surtout spirituelle. Les gens d'ici savent qu'il existe d'autres terres, au-delà de l'océan. Ils savent que le monde est infini, que ses enfants sont légion.

Et les Faeders le savent aussi.

Ici, sur les terres du Nord, ils se croient tout-puissants, parce que les gens les craignent et ont foi en leur pouvoir. Mais ailleurs, ils ne sont rien : ils n'existent pas.

Disparaîtraient-ils de ce monde que la lune continuerait de briller dans le ciel, que le voile de la nuit recouvrirait toujours nos plaines, que le glaive de la justice conserverait à jamais son éclat. C'est ce que disent nos textes sacrés. C'est ce que nous savons, et ce pourquoi nous sommes craints.

Pendant des siècles et des siècles, nous avons pensé qu'il était bon et même nécessaire pour les hommes de croire aux Faeders et de croire aux Dragons. Puis il y a eu la guerre. Puis il y a eu l'Exeat, et de nouveau la guerre.

Aujourd'hui, la preuve est faite : Faeders et Dragons nous ressemblent trop. Ils risquent de précipiter ce monde à sa perte. Nous devons nous débarrasser d'eux.

Je sais ce que tu penses, Janes.

Je sais que tout cela va à l'encontre de ce qu'on nous a toujours appris, de ce que nos parents eux-mêmes nous ont enseigné, de ce que les nôtres ont toujours feint de croire. Mais les temps ont changé, mon frère. Les Ténèbres ont forgé l'Anthémion que tu portes aujourd'hui à ton doigt, et la foi déserte Midgard. Dans leur sagesse, la Peur, la Nuit et la Mort ont forgé l'instrument de leur propre perte. Et c'est à toi que revient de mener leur œuvre à son terme.

Ici dans les Archipels, et dans nos vieux grimoires aussi, il existe une légende. C'est l'histoire du sauveur : l'histoire du fils du monde. Elle prétend que le Tresån arrivera un jour et délivrera le monde du joug des anciens dieux, pour mettre les habitants de Midgard sur la voie d'une sagesse nouvelle.

Le monde n'a pas besoin des Faeders.

Le monde a besoin des hommes.

Besoin de toi, Janes Oelsen.

Redressé sur son lit, la tête posée sur son oreiller, Janes regardait par la fenêtre et respirait le parfum de l'océan tandis que la nonne s'employait à remplacer des tiges d'ajonc dans un vase sur le rebord.

Livia était assise au bout de son lit.

Elle observait Keÿdor avec un mélange de tendresse et de timidité. « C'est mon petit frère, lui avait expliqué Janes. Mon petit frère, revenu comme moi d'entre les morts, et nous y avons chacun laissé un œil. »

Le seigneur de Balden était là, lui aussi : adossé à un mur, il sirotait son troisième verre d'alcool de bois et contemplait sa petite assemblée d'un air satisfait.

— Une semaine, hein ? Si vous lui donnez une semaine, alors ça ira. Vous comprenez, j'en ai plus qu'assez des fidèles qui débarquent dans mon port. Faites évacuer la taverne ! Les gens se battent, d'accord ? Ils veulent voir le Tresån. Nous leur expliquons que non, il se repose, et il n'y aura pas de miracles aujourd'hui, parce que les choses sont beaucoup plus compliquées que ce qu'elles paraissent dans les livres, vous ne me démentirez pas, hein, cher frère ?

Keÿdor hocha la tête.

— Il a fait vœu de silence, rappela la nonne.

— Je sais, je sais ! s'esclaffa Balden. Ouh, encore trois comme ça, et ma tête se détachera de mon corps. Vous n'en voulez pas un peu, Janes ? Ça vous remettrait d'aplomb en un rien de temps.

— Monseigneur ! le rabroua la Sœur.

— Désolé. C'est que je suis très... impressionné. Fortement marqué par... l'enchaînement des événements tels qu'ils se présentent et... Tout se déroule-t-il comme vous le souhaitez, Janes ? Ou devrais-je dire... ?

— Un roi ne serait pas mieux traité, le rassura le jeune homme en souriant. Savez-vous comment va Davënger ?

Le géant effleura sa barbe, et son bras retomba comme une masse.

— Jamais vu ça de ma vie. À vous glacer les sangs.

— Pouvez-vous lui dire...

— Que vous allez mieux ? Déjà fait.

— Plus rien ne semble l'atteindre, ajouta la nonne.

— Davënger, expliqua Janes à son frère, est un ami très cher qui m'a suivi depuis Yslen de Lys, et qui a toujours veillé sur... moi.

— Toujours, répéta Livia.

— Mais il est mort ! intervint Balden un peu brusquement. Oh, pardon.

— Il est mort, oui, reprit la princesse avec douceur, mais la mort ne veut pas de lui. Ma mère m'a expliqué qu'il nous serait indispensable parce que, étant mort, il connaît le chemin des enfers, et c'est lui qui nous mènera...

— Si vous le dites, fit le géant, soudain mélancolique. En tout cas, qu'est-ce qu'il pue ! Plus personne ne veut rentrer dans sa chambre. Même pas vous, ma sœur, hmm ?

— Monseigneur...

— Laissez-le en paix, dit Janes. Il a besoin d'être seul.

Ce que ce doit être, écrirait Keÿdor au beau milieu de la nuit, lorsqu'ils ne seraient plus que tous les deux, *de contempler le gouffre insondable et de ne pouvoir y plonger.*

Mais pour l'heure, le seigneur de Balden discourait sans trêve, et les petits verres vides s'alignaient devant le vase aux ajoncs, et le crépuscule tombait doucement sur les îlots des Archipels. Lorsqu'il se décida enfin à partir, le soir était déjà là. Peu de temps après, la nonne prit congé à son tour.

— Connaissais-tu les Sœurs de l'Arbre ? demanda Janes à son frère après qu'elle eut refermé la porte.

Keÿdor hocha la tête.

— Il y a tant de choses que je ne sais pas, soupira le jeune homme. Toutes ces croyances secrètes, ce monde dont tu parles. J'ai quelques souvenirs de mes lectures passées, mais c'est comme si le monde était frappé de léthargie, victime de quelque sortilège obscur. D'où vient que nous ignorons tout de ces voix souterraines, de cette langue qui nie les dieux ?

Il s'arrêta, regarda Livia.

La jeune femme avait les yeux perdus dans le vague.

— Livia ?

Il se pencha, la tira doucement à lui.

— Écoute...

Elle se laissa faire.

— Je ne crois pas que les Faeders doivent disparaître. Je crois qu'ils doivent simplement laisser leur place. Et puis tu n'es pas comme eux. Tu ne seras jamais comme eux. Donne-moi ta main. Donne-moi ta main, je veux juste... Qu'est-ce que tu as ?

La princesse tenta de se dégager, mais Janes la tenait fermement par le bras.

— Tu... Tu ne peux plus le bouger ?

Livia secoua la tête. Elle essayait de toutes ses forces de ne pas pleurer. Janes lui prit la main et déplia ses doigts un par un. Ils étaient rigides. Froids et sans vie.

— Livia ?

Keÿdor se tenait derrière lui. Il lui tendait une feuille :

Laisse-la.

* * *

La nuit était bien là.

Sur la mer, les îles étaient devenues des ombres.

Nulle lumière ne brillait plus dans la chambre de Janes. Le rideau blanc se soulevait comme un suaire et dévoilait un ciel piqueté d'étoiles.

— Je ne sais pas, murmurait Janes. Je ne comprends plus.

Livia avait regagné ses appartements, et seul Keÿdor demeurait à ses côtés. Les mains posées sur les genoux, il écoutait attentivement son frère.

— Il y a cette voix dans ma tête. Je ne me rappelle plus exactement quand j'ai commencé à l'entendre. Je croyais que je devenais fou. Aujourd'hui encore, je me prends à douter.

Le moine ne bougeait pas.

Silence...

Lentement, Janes Oelsen se leva de sa couche et risqua quelques pas vers la fenêtre pour humer un peu d'air frais. Keÿdor le laissa faire.

L'île d'en face était nimbée de brume.
— J'ignore où cela nous mènera, soupira le jeune homme.

* * *

Le lendemain matin, Keÿdor avait disparu.
— Il est au port, dit la nonne. Avec les fidèles.
Janes tenait à la main une feuille de parchemin que son frère avait laissée à son intention. Quelques lignes tracées d'une écriture ample, assurée.

Je crois en toi.

J'ai toujours cru en toi.

Tu ne sais pas si tu es digne de la mission qui t'a été confiée. C'est parfaitement compréhensible. Tu doutes de la voix. Qui peut être sûr de ce qu'il entend ? Mais songe au sens de l'appel, Janes. Songe à ce qu'a été ta vie.

Tu ne connais pas la peur.

Tu ne peux pas mourir.

La nuit est ton alliée.

Dès le début, j'ai su que tu étais différent.

La première fois que Flocon est descendue se poser à tes côtés, oh ! cela semble si loin à présent ! Puis, lorsque j'ai vu les squelettes t'emmener dans le jardin de ronces noires du château de Nartchreck. Et le regard du Kzaar, Janes, quand les hommes de Walrœk t'ont traîné devant lui, et que tu lui as tenu tête !

Tu ne connais pas tes parents. Tu as oublié qui tu étais.

Mais moi, je m'en souviens pour toi.

POUR LA VIE

La date du départ était maintenant connue : dans sept jours pas un de plus.
Les préparatifs allaient bon train. Janes avait récupéré son épée d'or, miraculeusement sauvegardée. Un armurier s'était

chargé de lui trouver le meilleur équipement possible : une cotte de mailles légère, un casque à pointe, deux poignards dans les jambières. Pour l'heure, lui et le jeune convalescent échangeaient quelques passes d'armes sur une terrasse inondée de soleil. Le seigneur de Balden, qui observait le combat en dégustant son cinquième verre du matin, adressait d'incessants clins d'œil à Keÿdor.

— Vrai ! Je n'ai jamais vu quelqu'un se battre comme ça. Qui lui a appris ? Vous ne direz rien, hein ?

Le moine restait impassible.

Debout à ses côtés, la nonne se tordait les mains.

— Ce n'est pas raisonnable.

— Laissez, répondait Balden. Moi, je vous dis qu'il est prêt.

La veille au soir, de nouveaux visiteurs avaient été autorisés à pénétrer dans la chambre de Janes. C'étaient des habitants des Archipels, des hommes pour la plupart. Leur visage était criblé de taches de rousseur, de longs cheveux clairs tombaient sur leurs épaules.

« Nous sommes venus voir le Tresån. »

Propagée par les marins de Ligùr, la nouvelle s'était rapidement répandue d'île en île. Les anciennes légendes ! Certains fidèles avaient amené des enfants malades, des vieillards à l'agonie. Un miracle, voilà ce qu'ils attendaient. Effaré, Janes les avait reçus assis dans son lit – que me veulent ces gens, que puis-je faire pour eux ? Pleins de confiance, les visiteurs s'étaient agenouillés respectueusement. « Bénis-nous, ô Tresån. »

Bénis-les, lui avait dit la voix. *Dis-leur*.

— Oui, avait murmuré le jeune homme en étendant les mains sur eux, oui, je suis celui que vous attendiez, je suis venu délivrer le monde.

Qui parlait ? Qui avait parlé ?

La nuit s'en était allée, et Janes était à présent occupé à parer les coups de l'armurier, mais il continuait de se poser la question. Était-ce la voix dans sa tête ? Et ces gens, tous ces gens, croyaient-ils de bonne foi qu'il était le Tresån ?

Le jeune homme se fendit, chassa le sol d'un pas rapide. *Et si c'était le cas ?* Une lame siffla à son oreille. *Livia me dit que la voix est réelle, il faut que je détruise l'Anthémion. Mettre fin à la tyrannie des Faeders. Elle m'a juré qu'elle n'en souffrirait pas. Je dois lui faire confiance.*

Il riposta avec fougue, et l'armurier esquiva en jurant. Le coup de son adversaire avait failli l'embrocher.

— Hé !

— Pardon, dit Janes.

Il se remit en garde.

Quatre. Ils seraient quatre à partir.

Lui.

Livia, bien sûr.

Davënger. Et Keÿdor.

Je n'ai pas fait tout ce chemin par hasard, lui avait expliqué son frère. *Je savais ce qui se trouvait au bout.*

Le duel se poursuivit. Janes se battait distraitement, et il faillit perdre l'engagement à plusieurs reprises. Il n'avait guère la tête à ferrailler. Après quelques passes, il fit comprendre à l'armurier qu'il en avait assez. La nonne se précipita, une compresse à la main.

— Ce n'est pas sérieux, dit-elle.

Janes se contenta de sourire. Elle le prit par le bras et le ramena vers l'escalier.

— Vous êtes tout pâle. Pardonnez-moi, mais j'ai tellement de mal à imaginer que vous êtes... celui qu'ils disent...

— Moi aussi, fit le jeune homme.

Ils étaient en train de descendre les marches lorsqu'un hurlement retentit.

— Livia !

Janes se précipita, la nonne sur ses talons.

Cela venait de la chambre de la princesse. La porte était entrouverte. Janes se rua à l'intérieur. Le spectacle qui l'attendait glaça la moelle de ses os.

Sa tunique relevée sur les hanches, Livia était étendue sur le lit et tentait de se débattre. Arc-bouté sur elle, Davënger lui maintenait les poignets. Il s'était défait de ses chausses, son sexe se balançait entre ses jambes.

Janes sauta sur lui comme une bête sauvage.

Plus rien n'existait : ni les sanglots soulagés de la princesse, ni les paroles douces de la nonne s'affairant, ni même les serviteurs alertés par les cris. Mâchoire serrée, le jeune homme frappait sans relâche le visage de celui qui avait été son ami. Le crâne heurtait le sol en cadence. Décharnée à l'extrême, la figure du forlanceur n'exprimait plus aucune émotion. Il se contentait d'encaisser les coups.

Des mains tirèrent Janes en arrière. Il voulait frapper encore. Effacer le souvenir de cette image.

— Arrête ! Arrête !

L'écume aux lèvres, le jeune homme se redressa.

On traîna le corps de Davënger à l'écart. Il était si maigre que les os saillaient sous la peau et semblaient sur le point de la percer.

— Janes.

Livia le regardait, incrédule.

— Il ne faut pas...

Il se précipita vers elle et la serra dans ses bras, de toutes ses forces.

— Oh, Janes !

— Raconte-moi.

— Ce n'est pas sa faute, Janes. Ne lui fais pas de mal.

— Quoi ?

— Il voulait juste... m'aider.

Le jeune homme relâcha sa compagne et se releva doucement.

— T'aider ?

Il recula d'un pas, et son pied buta sur un livre. Il se baissa pour le prendre. C'était un épais volume de cuir, aux minces pages emplies d'une écriture runique. Trois lettres d'or étaient entrelacées sur la couverture.

— C'est à toi ?

La princesse secoua vivement la tête.

— *Les Prophéties de l'Hiver*, fit une voix derrière eux.

Le jeune homme se retourna.

Souriant, le seigneur de Balden lui prit le livre des mains.

— Il appartient sans doute à votre frère.

— *Les Prophéties de l'Hiver* ?

— Des textes sacrés, dictés par le vent, prétend la légende. Freigard, si vous préférez. Ils sont écrits en hopelandic.

— La langue des dieux...

Janes avait déjà parcouru quelques pages de cette écriture – du temps de Walrœk.

Le seigneur de Balden jeta un œil aux serviteurs qui s'affairaient autour de Davënger.

— Vous n'y avez pas été de main morte.

— Il a tenté d'abuser de Livia.

L'homme se racla la gorge.

— Ce texte, fit-il en soupesant le grimoire à couverture de cuir, ce texte est interdit dans les royaumes de Midgard. Les Sœurs de l'Arbre en possèdent plusieurs exemplaires, mais celui-ci n'est pas à elles. J'en conclus donc que c'est votre frère qui l'a apporté.

— Sans doute, fit Janes. Mais il s'est passé ici quelque chose de très grave, et je ne vois pas ce que ce livre vient faire là-dedans.

Le seigneur de Balden s'agenouilla près du forlanceur.

— C'est un mystère, déclara-t-il. Cet homme a été votre ami avant de devenir ce qu'il est aujourd'hui. Non ?

Janes hocha la tête et retourna se rasseoir auprès de Livia. Davënger se recroquevilla sous le feu de son regard. Ramassé dans un coin, il refusait obstinément les soins de la nonne. C'était un squelette, à présent, un pantin décharné. Il tremblait de tous ses membres.

— Pourquoi as-tu fait ça ?

Les yeux du forlanceur étaient emplis de larmes. Dans ce champ de ruines qu'était devenu son visage, ils paraissaient le dernier signe de vie.

— Pourquoi, Davënger ?

Le forlanceur émit une sorte de croassement.

— Ça n'en vaut... pas la peine.

Janes sentait la colère l'envahir. Mais il éprouvait autre chose, aussi. Un sentiment d'impuissance incompréhensible.

— Quoi ?

— Ce qui doit se passer. Toi et Livia. Ça n'en vaut pas la peine.

— Qu'est-ce qui doit se passer, Davënger, hein ? *Qu'est-ce qui doit se passer ?*

Le forlanceur leva péniblement un bras et montra la princesse.

— Pourquoi tu ne lui demandes pas à elle ?

PUANTEUR DU PRÉSENT

Les hommes du Grand Toqué arrivaient dans les marais d'Abagaï. Des leshys sautillants inspectaient leurs armes, effleuraient leurs vêtements.

Les cuisiniers se dévisageaient avec inquiétude. Ils avaient tout quitté pour suivre cet homme et à présent, ils se demandaient s'ils avaient bien fait. *Ne vous inquiétez pas*, leur répétait à l'envi le capitaine Vordhen, ancien soldat des armées du Kzaar qui les avait finalement rejoints. *Nous nous sommes tous posé la question.*

Une vieille femme apparut sur un chemin bordé de roseaux. Le Grand Toqué s'avança.

— Nous sommes venus vous prêter main-forte, sorcières. Parce qu'en votre folie, vous êtes et restez les plus sages de ce monde.

— Terrassons les dieux anciens ! clama une voix derrière lui.

— Oui ! Enseignez-nous votre magie, et nous combattrons à vos côtés

— Silence ! tonna le Grand Toqué en levant son bras unique. Je demande du respect pour nos sœurs de la lune.

Au milieu du sentier, la sorcière le considérait avec calme. Tout autour d'elle, les leshys formaient une sarabande de génies turbulents.

— Je te reconnais, dit la vieille femme. Tu es venu nous voir il y a bien longtemps. Oh ! Tu avais encore plein de cheveux à l'époque. Mais tu étais déjà bien petit !

Elle émit un rire éraillé.

Les cuisiniers se tenaient cois.

— Suis-moi, ajouta-t-elle en frappant le sol de son bâton. Que ton troupeau reste ici pour l'instant, nous allons discuter.

Le Grand Toqué se retourna vers ses hommes et leur fit signe de ne pas bouger. Puis il rejoignit la sorcière. Avec un soupir de lassitude, les cuisiniers laissèrent tomber leur paquetage.

— Ton troupeau ? C'est de nous qu'elle parlait ?

La petite armée tournait sur elle-même.

— Où sont les autres sorcières ?

— Du calme. Le Grand Toqué va revenir. Nous ferions mieux de monter le camp dès maintenant, la nuit va être fraîche.

Des nuages prêts à craquer paissaient au-dessus des cimes. Le sentier où se trouvaient les hommes de Walrœk coupait la forêt de part en part et s'enfonçait vers le sud. Des milliers de sorcières hantaient ces bois.

Entre les branches, un vent glacé se mit à souffler. On les dressa en hâte.

— Ils disent qu'il y a un messie dans les Archipels. Ils l'appellent le Tresån.

Un petit rouquin cracha dans l'herbe. Il se tenait debout près de son ami, un grand échalas coiffé d'un casque d'officier, qui touillait le contenu d'une marmite.

— C'est des rumeurs, fit-il. Nous, on ne sait rien, on sera toujours les derniers à savoir. Ce qui est sûr, c'est que les Faeders mènent leur propre guerre, et que des millions des gens sont déjà morts à cause d'eux. Alors votre Tresån...

Son compagnon se releva en s'étirant.

— Je te trouve bien sombre, Pyk. Je suis sûr que le Grand Toqué sait ce qu'il fait.

— Oui, eh bien, je ne serais pas malheureux qu'il nous en dise en peu plus.

— Le Grand Toqué est un sage, fit Vordhen.

— Ou un fou.

— Quelle différence ? marmonna le rouquin. Il a parcouru le monde, lui. Il en a fait, des cartes, des livres. Parfois, je me demande ce que nous faisons ici. Tiens ! Nous devrions les rejoindre, ces fameux Archipels. On dit que la vie est douce, là-bas. Les pieds dans l'eau, à regarder la mer. Je l'ai jamais vue, moi, la mer.

Un concert de piaillements leur fit relever la tête.

Là-haut, au-dessus de la forêt, une traînée d'oiseaux noirs faisait route vers le sud.

* * *

— Voici ! déclara une sorcière en agrippant le bras du Grand Toqué. Tu vois cette eau noire et croupie ? Tu sens cette puanteur ? C'est la puanteur du présent, Magnus Oktorp. L'odeur des choses qui adviennent. Dans notre mémoire, le passé se pare de mille vertus et resplendit de feux trompeurs. L'avenir rayonne d'éclats chatoyants, car nous ne le connaissons pas. Mais le présent ! Le présent fermente et bouillonne sans cesse. Hmpf.

L'homme respira à son tour.

Il reconnaissait cette odeur. Il était déjà venu ici, du temps de sa jeunesse. Les sorcières d'Abagaï, qui avaient d'abord voulu le manger, avaient été séduites par sa gouaille et son courage. Elles l'avaient épargné, et il avait fini par gagner leur confiance. *J'écris un livre*, leur avait-il expliqué. *J'écris un livre sur le monde. Cela s'appellera* Les Royaumes de Midgard.

Les sorcières avaient ricané : *Crois-tu que le monde se réduise à ces quelques acres de terre, mortel ? Crois-tu connaître les frontières du monde ? Midgard n'est pas cela. Midgard est une tache d'encre sur la carte du vrai monde.*

Magnus Oktorp avait haussé un sourcil.

Bois l'eau des marais, avaient susurré les sorcières. *Mire-toi à leur surface, et tu verras le monde tel qu'il est. Ce liquide noir que tu vois, c'est le même qui coule des yeux de Reah. Nous veillons sur les larmes de Midgard, mortel. Et si tu t'y baignes...*

— Si tu t'y baignes, reprenait maintenant la sorcière, près de cinquante ans plus tard, si tu possèdes assez de cran pour t'y laisser couler, alors tu nous suivras dans les enfers pour le dernier combat, celui que nous devons livrer.

— Et que nous gagnerons, fit le Grand Toqué.

Une fois encore, les sorcières ricanèrent. Pourtant, nulle malice ne brillait dans leurs yeux mi-clos, nulle méchanceté ne tremblait dans leur voix. Combien étaient-elles ? Cent ? Mille ? Elles se tenaient là, silencieuses, tandis que ses hommes à lui, arrachés à leurs terres, se posaient d'angoissantes questions en scrutant la voûte du ciel.

— C'est le monde, déclara une sorcière en frappant un arbre d'un grand coup de bâton. C'est le monde qui décide.

Le Grand Toqué ferma les yeux. Il lui semblait ne jamais avoir vécu que pour cet instant. Mille contrées arpentées, mille voyages aussi. Des montagnes, des collines, des plaines verdoyantes. La neige sur son dos voûté. Il avait voulu embrasser le monde, mais le monde était bien plus vaste que lui.

Et en cet instant, sous la lune pâle d'Abagaï, eh bien ! C'était presque un bonheur de le savoir.

VÉNÉRATION, SILENCE

Après en avoir longuement discuté, ils décidèrent d'emmener Davënger avec eux.

— Vous aurez besoin de lui, avait conclu la nonne en tapotant le volume des *Prophéties de l'Hiver*. Et choquant son comportement vous ait-il paru, je peux vous assurer qu'il possède une explication.

Assis à même le sol, Janes l'écoutait avec attention.

Il était prêt à partir : son épée d'or était posée sur son lit, et un sac de toile contenant des vêtements et du matériel de survie venait de lui être apporté.

— Le hopelandic, fit le jeune homme en désignant le livre. Ces trois lettres sur la couverture, que signifient-elles ?

— Oh, je serais bien en peine de vous le dire, répondit la nonne. Le hopelandic est une langue mystérieuse, toute en circonvolutions et messages cachés. Chaque mot, chaque idéogramme possède au moins deux sens. Parfois plus.

— Et ici ?

— Passé, présent, futur ? Je ne sais pas, je ne pense pas

être la mieux placée pour vous répondre. C'est le lecteur qui donne son sens au texte.

— Mais il s'agit de Livia ! De Davënger.

— Je sais. Et ce qu'a fait votre ami est impardonnable... Cependant, vous devez comprendre que cela n'a rien à voir avec elle. Elle... elle se trouvait là, c'est tout.

— Il a dit : ce qui doit se passer, toi et Livia, ça n'en vaut pas la peine.

La nonne baissa la tête.

— Il est comme nous tous. Il a peur.

— Je n'ai pas peur.

— Je ne parlais pas pour vous.

Peu de temps après, Keÿdor arriva à son tour. Il s'inclina, et la nonne lui rendit son livre.

— Je dois vous quitter, fit-elle comme à regret. Nous nous verrons au moment de votre départ. En attendant, prenez soin de vous.

Elle ouvrit la porte, hésita un instant, puis se tourna vers Keÿdor.

— Puis-je vous parler en privé ?

Le moine hocha la tête.

Avec un regard intrigué, Janes les vit refermer doucement la porte.

* * *

Jour après jour, Janes retrouvait la maîtrise de son art.

La veille du départ, son armurier se pencha vers lui en essayant de reprendre son souffle.

— Tu es... le meilleur bretteur... que j'aie jamais vu.

Le soir même, un banquet fut organisé dans la salle de bal du château. Balden avait promis de ne pas boire. Il ne tint pas sa promesse.

— J'ai un lointain ancêtre qui s'est rendu en enfer, une fois. Son fils avait perdu la vie, ah ! une cruelle et bien belle bataille. Mais mon aïeul ne pouvait se faire à sa perte. Alors, il a décidé d'aller le chercher. Il est descendu, à l'endroit exact où nous allons vous mener. On l'a retrouvé deux mois plus tard au sud de Darkwald, errant comme une âme en peine. Il était devenu complètement fou.

Janes s'arrêta de manger.

— Le monde de Winterheim n'a rien à voir avec le nôtre, lui dit le seigneur.

— Je sais.

— Une fois qu'on y descend, on...

Le seigneur vida son verre et posa sa main sur celle du jeune homme.

— Vous êtes... si étrange.

Des larmes brillaient dans ses yeux.

— Ne vous inquiétez pas, murmura Janes.

Balden renifla, et se servit prestement un autre verre.

— Ah, la religion ! clama-t-il en sirotant son alcool. Le poids des croyances ! Nous autres des Archipels, nous essayons de vivre en harmonie avec ce qui nous entoure, la mer, le soleil. Il y a des vieux textes qui parlent de ça, vous savez, et je ne suis pas sûr...

Dis-lui.

— Nous pourrions fédérer les armées des Archipels, tous ensemble pour une fois, nous pourrions au moins essayer.

Dis-lui, Janes.

— Seigneur de Balden.

— Mmh ?

— Cette mission m'a été confiée par... ce que je dois appeler... des forces supérieures.

— Vous en êtes sûr ?

— Certain, répondit le jeune homme.

Sous la table, le pied de Livia rencontra le sien, et remonta le long de son mollet.

Janes se contenta de sourire.

Suis-je en train de mentir ?

* * *

Cette même nuit, la dernière qu'ils devaient passer à Château Balden, Janes rejoignit Livia. Il montra son anneau aux gardes, et ils le laissèrent entrer.

La princesse ne dormait pas. Vêtue d'une chemise de nuit en coton blanc, elle était assise sur son lit. Elle tapota la place à ses côtés.

Le jeune homme s'assit.

— Je savais que tu viendrais, murmura Livia. Tu as besoin de me parler, n'est-ce pas ?

— Je doute, reconnut Janes. Je doute d'être le Tresån, comme ils disent. J'ignore ce que cela signifie.

— Mais tu vas le découvrir.

— Je ne suis pas sûr de le vouloir.

Les yeux de la jeune femme brillaient dans la pénombre.

Janes prit ses mains dans les siennes.

— Tu sais, toi. Tu sais pourquoi nous sommes ici, toi et moi dans cette chambre, pourquoi le destin nous a réunis, dans quelle étrange aventure nous allons nous embarquer.

— Chuut.

Les paupières closes, elle posa ses lèvres sur les siennes.

Tout son corps frémissait.

Tu es le Tresån.

Janes aurait tout donné pour faire taire cette voix.

— Mon amour, murmura Livia.

Doucement, elle ôta son bandeau.

Je vois, songea Janes avec stupéfaction. Je vois, mon œil est revenu !

— Tu es le Tresån, susurra la princesse.

Elle l'embrassa de nouveau, avec passion. Ses doigts délacèrent les cordons de sa chemise. Ses mains se posèrent sur son torse. Son souffle se fit court, haletant.

— Janes...

Il la voulait, il la désirait plus que tout.

Il fit passer sa chemise de nuit par-dessus ses épaules.

De toute sa vie, il n'avait jamais possédé qu'une seule femme, et il n'en gardait que de vagues souvenirs – une émotion amusée, de la tendresse peut-être. Mais cette fois... Cette fois, c'était différent.

La perfection de cette poitrine. La blancheur de sa peau, sa pureté aussi. Jamais il n'avait contemplé un tel spectacle.

— Tu es...

Il ne termina pas sa phrase. Les mains de la jeune femme se posèrent sur sa nuque, et elle l'attira à lui, en douceur. Il embrassa ses seins. Chaque baiser était une brûlure qu'elle accueillait tête renversée, avec des soupirs d'extase. Il mordillait ses mamelons.

— Je t'aime, je t'aime.

Il pétrissait sa chair. Il se grisait de son parfum. Tu es mon trésor. Tu es ma vie. Il se défaisait de ses vêtements. Son sexe était devenu dur, dur comme de l'acier.

— Attends...

Il ne l'écoutait plus.

Il avait glissé une main entre ses cuisses, il caressait son intimité. Elle était tiède, humide. Il l'embrassa à pleine bouche, mêlant sa langue à la sienne.

Il voulut rentrer un doigt. Elle lui retint le poignet.

— Attends.

Attendre ? Impossible, il la voulait, il la désirait de toutes ses forces, il avait besoin d'elle, besoin d'entrer en elle...

— Janes ! Je t'en prie.

Elle posa sa main sur son sexe.

Il se lécha la lèvre, le front couvert de sueur.

— Qu'y a-t-il ?

— Nous ne pouvons pas.

— Quoi ?

La princesse se dégagea, se redressa un peu.

— Ne m'en veux pas. Pardonne-moi.

Il la regarda un long moment, puis se laissa tomber sur le côté. Elle se pencha sur lui, couvrit son torse de baisers légers.

— Arrête.

Elle continua pourtant, jusqu'à ce qu'il prenne son visage entre ses mains.

— Arrête.

Ses longs cheveux blonds caressaient sa poitrine. Elle souligna sa bouche d'un doigt léger.

— Tu es fâché ?

— Je ne comprends pas.

Elle se rassit avec un soupir.

— Il n'y a rien à dire. C'est ma faute.

— Ta faute ?

Elle se tourna vers lui, les yeux humides.

— Janes, nous n'avons pas le droit de faire l'amour.

— Quoi ?

— C'est ainsi. Ne me demande pas d'en dire plus.

Le jeune homme secoua la tête.

— Je ne veux pas croire...

— Je t'ai désiré, le coupa la princesse. Depuis le premier instant où je t'ai vu, je t'ai désiré de toute mon âme. Et toi aussi, tu me voulais. Dans les roseaux. Tu te souviens, dans les roseaux ? Ce jour-là, c'est toi qui n'as pas voulu.

Janes vacilla.

Les Monts Pétrifiés. Sur les berges du Souvenir, oui ! Juste avant que les hommes de Donn'r ne l'enlèvent. Cela le frappait comme une évidence, maintenant.

La première fois.

La première fois qu'il avait entendu la voix.

Ne le fais pas.

Elle avait résonné de si impérieuse façon qu'il s'était arrêté net, ses vêtements éparpillés dans les hautes herbes. Elle avait pris ses mains, les avait posées sur sa poitrine, et il l'avait caressée, longuement, fais-moi l'amour, fais-moi l'amour, et ensuite...

Le jeune homme frissonna.

— Je croyais être parvenu à oublier ce moment, dit-il. Mais qu'est-ce que ça signifie ? Livia ?

PARSEMAIENT L'OCÉAN

Le lendemain, ils quittaient l'île pour toujours.

Janes s'était levé à l'aube. Il avait regagné sa chambre au milieu de la nuit et il s'était allongé sur son lit tout habillé. Il avait vu le soleil se lever à l'horizon et les ténèbres se retirer, pleines d'une grâce brumeuse. Il s'était accoudé au rebord de la fenêtre.

La voix ne lui parlait plus. Il doutait qu'elle le fasse avant longtemps. Pour la première fois de sa vie, il avait prié.

Il avait prié ses parents et amis de lui donner la force.

Il avait prié Livia, il avait prié ceux qui étaient vivants, et ceux qui avaient disparu, il avait prié les forêts de son enfance, les lacs couverts de glace bleutée, forêts d'argent et furieuses cascades, il avait prié les nuages dans le ciel, les montagnes et les vallées, et le Grand Arbre aussi, le Grand Arbre Yggdrasil, pour qu'il lui donne la force.

Il s'était forgé un but, une volonté.

À présent, il en était sûr : il irait jusqu'au bout.

— Janes ?

On frappait à sa porte.

Il alla ouvrir.

Le quinzième seigneur de Balden, fièrement redressé, se tenait devant lui. Pour l'occasion, il avait revêtu sa plus belle armure, et une hachette argentée pendait à sa ceinture.

— Mon navire vous attend.

Le jeune homme s'inclina.

Il noua son propre ceinturon, y glissa son épée d'or et posa son sac sur son épaule.

— Je vous suis.

Ils partirent tous les deux.

— C'est une matinée splendide, commenta le maître des lieux en lui montrant les rayons de soleil qui passaient à travers les vitraux et faisaient voleter la poussière.

Janes sourit.

Livia et Keÿdor ne tardèrent pas à les rejoindre. Ensuite, ce fut Davënger, poings liés, et revêtu d'un lourd manteau de cuir.

Ils passèrent le pont-levis et s'engagèrent dans l'allée principale du village qui descendait jusqu'à la mer.

Ils étaient attendus.

Le jeune homme se retourna. Les hauts murs de Château Balden les surplombaient avec bienveillance. Partout autour, et jusqu'au sommet du piton rocheux, s'épanouissait une forêt ombrageuse.

— Regardez comme ces gens vous acclament, fit observer Balden en rajustant son armure.

Massée derrière des barrières de bois, surveillée par des gardes impassibles, une foule en délire lançait des pétales de fleurs sur leur passage.

— Gloire au Tresån !

Les gens tendaient les mains.

Ils imploraient son regard, ils l'imploraient, lui.

— Tu es le Tresån ! Tu es le sauveur du monde !

Janes leur rendait leurs saluts, hochait patiemment la tête, serrait leurs mains dans les siennes. Leur excitation en était décuplée.

— Les livres sacrés chanteront ta gloire, Janes !

— Mille louanges, enfant de Midgard !

Une vieille femme lança un rameau à ses pieds.

— La bénédiction de l'Arbre sur toi.

Le jeune homme sortit son épée et la brandit vers le ciel. Une explosion d'enthousiasme salua son geste.

Que fais-tu, Janes Oelsen ?

Le seigneur de Balden lui broya l'épaule.

— Il y a des gens du continent parmi eux. Vous voyez ces vêtements ? On m'a signalé des mouvements au sud de Darkwald. La population fuit les combats et vient se réfugier dans nos îles. Votre réputation s'est propagée à la vitesse d'un feu de forêt. Regardez ces hommes, ces femmes. Ils ne savent pas pourquoi ils vous aiment, mais le fait est là. Et la plupart d'entre eux n'ont sans doute jamais lu les *Prophéties de l'Hiver*.

Janes respira avec force.

Les habitants des Archipels l'acclamaient. Les gens continuaient de semer des pétales de fleurs dans son sillage.

Ils arrivèrent sur le port.

Là, sur la grand-place, s'élevait une statue du premier seigneur de Balden, illustre conquérant dont la lignée s'étendait, en des formes souvent bâtardes, sur toute la partie centrale des Archipels.

— Je suis le seul descendant direct, déclara le géant à barbe grise en effleurant de la main le pied de bronze de son ancêtre.

Un magnifique drakkar mouillait dans le port, au milieu d'une flottille de goélettes. Le *Venglar* ! C'était avec ce navire que Balden avait défait le prince Ligùr.

Le jeune homme se retourna vers Livia, qui lui adressa un petit signe de la main. Partout autour d'eux, des mains tendues, des vivats, des explosions multicolores.

Une passerelle descendait du navire.

Janes et les autres s'arrêtèrent.

La nonne des Sœurs de l'Arbre, entourée de jeunes novices, serra le jeune homme contre son sein, avant de se retirer gravement.

– Sachez... sachez reconnaître qui vous êtes, Janes. Vous pouvez sauver le monde.

Le jeune homme acquiesça, puis se tourna encore une fois vers la foule qui l'acclamait. Le seigneur de Balden le tira par un bras.

— Allez, dit-il.

Janes s'engagea sur la passerelle. Livia le suivait, Keÿdor venait ensuite. Flanqué de deux gardes en armes, Davënger fermait la marche.

Une fois à bord, le jeune homme embrassa la grand-place du regard. Perdues au milieu de la foule, une petite dizaine de nonnes avaient relevé leur voile et le fixaient intensément.

On leva l'ancre sans tarder. Bientôt, les barrières de bois se renversèrent, et la foule enfin libre se déversa sur le port. Désemparés, les gardes s'écartèrent.

— Gloire au Tresån !

— Janes Oelsen ! Le peuple de Nordheim est avec toi !

— Et celui de Lys aussi !

Janes tressaillit.

— Que les vents te soient favorables !

Des pétales de fleurs, par milliers, flottaient au gré des vagues, parsemaient l'océan. Un vent puissant gonflait les voiles du navire.

Janes traversa le pont et s'appuya au bastingage. Dans son dos, les cris de la foule se dissipaient. Livia s'approcha.

— À quoi penses-tu ?

— À rien.

— Menteur.

Il se pencha vers elle et passa une main dans ses cheveux.

— Tu m'en veux pour hier ?

— Sais-tu, répondit Janes comme s'il n'avait rien entendu, que le collège aveugle est un lieu de culte hors la loi ? Les autorités de Mondstadt tolèrent son existence parce que les gens craignent la magie, et que les moines sont des gens mystérieux.

— Et pacifiques.

— Et pacifiques, sans doute. Mais j'ignorais qu'ils professaient des théories à ce point éloignées des dogmes en vigueur. En vérité, ils ne révèrent nullement les Faeders. Ils ne l'ont jamais fait.

— Les Sœurs de l'Arbre non plus.

— C'est vrai. Mais les habitants des Archipels considèrent leurs croyances avec bienveillance et, même, les partagent – quand ils ne sont pas trop ivres pour ça. Alors que les moines du collège, demeurés en Midgard, sont vus chez eux avec la plus grande méfiance. Il y a tellement de choses que nous ignorons. Le hopelandic, *le Livre des Prophéties*... Les Faeders n'ont jamais souhaité que des intermédiaires se dressent entre eux et les hommes.

— Les Faeders... murmura tristement la princesse. Je *suis* une Faeder, moi, par le sang tout au moins. Mais je ne sais même pas ce que cela signifie.

Janes leva son visage face au soleil.

— Je ne t'en veux pas, dit-il.

Le vent jouait dans ses cheveux. Il porta une main à son visage. Ses yeux étaient intacts, toute cicatrice avait disparu. Il n'arrivait pas à s'y faire, non. Pas plus qu'il n'aurait pu se faire à l'absence de la jeune femme.

— Je t'aime, Livia. N'oublie jamais ça.

Ce que savaient les oiseaux, les oiseaux de malheur qui descendaient vers le sud, appelés par leur maître du sommet d'un rocher fouetté par les vagues, ce qu'ils savaient, ce que voyaient les petites billes bleuâtres qui leur tenaient lieu de regard, et sur lesquelles passaient des ombres mouvantes, des troupes en marche et des armées en déroute, c'était que la guerre ne finirait que le jour où le dernier des Faeders aurait cessé d'exister.

Mais Wultan et Donn'r étaient toujours là.

Et les hommes continuaient de se battre pour eux.

Les Dragons vaincus, de nouveaux ennemis s'étaient dressés : arbres vivants, géants de glace, goules féroces. On signalait des mouvements inhabituels en Abagaï, et le Kzaar Asraan avait été renvoyé dans son château de Walrœk pour y mettre bon l'ordre. Le royaume de Lys, lui, était en passe d'être annexé. Ses habitants étaient à bout.

À Mondstadt, le roi Einnar IV avait dû réprimer les débordements de colère de sa population. Épuisés par des mois de guerre, les habitants de la capitale avaient fait le siège du palais royal. *Tu n'es que le laquais des Faeders !* avaient-ils hurlé, galvanisés par les augures de Freigard. *Place au monde libre, place à un monde sans guerre.*

Saisi d'une sorte de fureur sacrée, épuisé par une campagne harassante, Einnar IV avait ordonné des perquisitions au sein du collège aveugle. Depuis longtemps, il soupçonnait les moines de sédition et de tromperie. De fait, les fouilles brutales de ses soldats, bousculant les novices et les sages, avaient permis de mettre à jour plusieurs centaines d'ouvrages interdits, hérétiques, contraires à la foi. En bon représentant de l'autorité divine, le roi avait ordonné l'arrestation des religieux, et ceux qui n'avaient pas eu le temps de s'enfuir avaient été jetés en prison, où ils croupissaient dans l'attente d'un jugement sommaire.

Retranchés dans une forteresse des Monts Pétrifiés où ils tenaient quartier général, Wultan et Donn'r avaient eu vent de ces affaires. À leur tour, ils avaient fait procéder à des arrestations iniques dans les royaumes de Walrœk, Elsnör, Lys et Dolor. D'antiques grimoires avaient été brûlés, des hommes jetés au cachot, des mouvements coupés à la racine.

Restait à capturer Janes.

Il y a six mois, la trace du jeune homme avait été perdue, à l'approche des côtes du Sud. Plusieurs témoignages concordants avaient indiqué que le fils des Ténèbres s'en était allé vers les Archipels. Mais les Archipels étaient vastes, et leurs princes, comtes et barons, tous vaguement frères, tous passablement ivres, ne reconnaissaient nullement l'autorité des Faeders, et encore moins celle du Concordat.

Leur existence même était un danger pour Wultan et les siens. Jusqu'à présent, les Faeders ne s'en étaient jamais inquiétés, dans la mesure où leurs habitants ne débarquaient que rarement sur les rivages de Midgard, et seulement pour affaires. Le problème était qu'ils abritaient aussi l'ordre des Sœurs de l'Arbre. Quelle aide le jeune Oelsen avait-il pu trouver là-bas ? Comment le dénicher, au milieu de ces îles innombrables ?

Après une longue et périlleuse enquête, les agents du Concordat avaient pourtant fini par retrouver leur ennemi. Un certain seigneur de Balden l'avait accueilli dans sa forteresse. Le jeune homme semblait désormais jouir dans les Archipels d'une réputation sans pareille.

On disait de lui qu'il était le Tresån.

— Le Tresån ?

Le maître des Faeders avait haussé un sourcil.

Cela faisait des siècles qu'il n'avait pas entendu ce mot. Fregh l'avait prononcé une fois, au cours d'un banquet en Asgard. Elle l'avait brandi comme un avertissement. Le temps viendra, avait-elle dit, le temps viendra, Wultan, où ta vanité sans limites trouvera sa récompense. Crois-tu que le Tresån soit un mythe ? Demande donc à ta mère !

La vieille femme s'était contentée de détourner la tête.

Elle savait, bien sûr. Elle savait tout.

Le Tresån !

Fils d'Yggdrasil. Le bourreau des dieux, celui qui montrait la lumière. Une vague menace, un accroc dans la toile. Mais qui pouvait un jour la déchirer tout entière.

Wultan tenta de se lever, et n'y arriva pas.

— Gardes !

Le Tresån.

Ever avait prétendu l'avoir vu une fois – en rêve.

Wultan et ses fils avaient ricané en vidant leurs verres quand elle le leur avait dit. Derrière les murs de la citadelle, le maître des Faeders avait montré l'arbre géant.

— Nous sommes Ses enfants. Ses seuls enfants. Jamais Il ne nous fera de mal. Ne sommes-nous pas ici pour réaliser Sa volonté ?

— Quelle volonté ? avait demandé Fregh, en essuyant le maquillage qui fondait sous ses paupières. Tu ne sais rien de ce que pensent les autres. Seul le pouvoir t'intéresse.

— Exact, avait répondu Wultan. Et c'est pour cette raison qu'Il me l'a confié.

La discussion s'était terminée là et, comme à son habitude, le maître des Faeders avait ignoré les regards haineux des autres membres de sa famille. Oui, il avait le pouvoir. Et personne ne le lui prendrait.

— Votre Magnificence ?

Des gardes se précipitèrent pour l'aider à se redresser.

— Attendez.

Les hommes s'écartèrent, incrédules. Wultan prit appui sur ses accoudoirs et, au prix d'un douloureux effort, se mit debout tout seul.

— Eh bien quoi ? Disparaissez. Convoquez mes généraux, immédiatement !

Les gardes ressortirent aussitôt. Occupés à discuter et à étudier de nouveaux plans de bataille, les chefs du Concordat relevèrent la tête à leur approche.

— Le maître désire voir Leurs Excellences. Sans délai.

Soupirant, les généraux arrangèrent leurs uniformes et rejoignirent la salle du trône. Wultan les attendait, appuyé sur une hache à manche d'or.

— Nous avons retrouvé celui que nous cherchions.

Les généraux étaient décontenancés.

— Il se trouve dans les Archipels de Brume, comme nous le soupçonnions. Il y a là-bas une porte qui donne sur les enfers. Nous ne savons pas exactement ce que ce jeune fou manigance, mais nous pouvons l'imaginer. Il n'est pas seul. Il s'est fait des alliés.

Un colonel de Nordheim lissa sa moustache.

— Des siècles, Votre Magnificence, voilà des siècles que nous aurions dû régler la question des Archipels de Brume. La plus grande impiété règne en ces contrées et...

— Croyez-vous que je l'ignore ? le coupa le Faeder. Ces hommes considèrent que leurs îles ne font pas partie de Midgard. Ils refusent de nous prêter allégeance. Mais nous allons les faire plier.

Un chef de mercenaires leva une main.

— Quoi ? aboya Wultan.

— Sauf votre respect, Votre Magnificence, avec quelle flotte ? Nous ne disposons que de quelques navires en Dolor, et la plupart sont en très mauvais état.

— Nos émissaires sont déjà à pied d'œuvre, répondit le Faeder. En ce moment même, des ambassadeurs du Concordat négocient la reddition des îles du Nord. Leurs chefs ne sont pas idiots. Malgré leurs croyances absurdes, ils savent que nous sommes les plus forts. Et, quoi qu'ils en disent, ils ne risqueront pas leur vie pour Janes Oelsen.

Les généraux opinèrent.

— Je veux que nous fassions descendre des renforts vers le Sud. Je veux nos meilleurs hommes, je veux que nous mettions les habitants de Dolor au travail dès maintenant, pour qu'ils nous construisent des bateaux.

Le feu de la grande cheminée faisait danser des ombres sur le visage des hommes. Peu à peu, Wultan reprenait confiance. Il savait où était Janes. Il pouvait l'arrêter.

Sans doute, le jeune immortel allait s'aventurer en enfer pour remonter le fleuve des Âmes, et ainsi détruire l'Anthémion. Pourquoi n'avait-il pas déjà commencé ? Mystère. Mais à présent qu'il l'avait retrouvé, le maître des Faeders ne le laisserait plus s'enfuir.

* * *

Au même moment, à quelques centaines de lieues de là, les oiseaux de malheur poursuivaient leur vol vers le sud. Quelques mois auparavant, grâce au concours d'un monarque sorcier, ils avaient échappé au contrôle de Wultan et s'étaient trouvé un nouveau maître.

Hemd'l ! C'était Hemd'l qui régnait sur les oiseaux désormais, c'était bien lui qui commandait leur vol et voyait par leurs yeux – en échange d'un serment solennel fait au roi-malheur de Ddor, la promesse inespérée d'un prochain retour en grâce.

— Je régnerai sur Asgard, avait affirmé le loup blanc. Je tuerai mon père de mes propres mains, et mon frère avec lui. Avant peu, tes tourments prendront fin. Tu as ma parole.

Le roi-malheur l'avait regardé, le menton tremblotant.

Devait-il le croire ? Devait-il croire qui que ce soit, lui le Faeder déchu, lui que ses frères avaient exilé, des siècles auparavant, au terme d'une sombre querelle, et qui n'avait jamais retrouvé le chemin d'Asgard ? Ah, qu'avait-il à perdre ?

Et tandis qu'il priait, priait ses ancêtres à en perdre la raison, les oiseaux de malheur, survolaient la forêt d'Abagaï, les sorcières et la croisade, les soldats du Baron Neuf, et ils s'éloignaient à tire-d'aile, tels des messagers portant le deuil, ils filaient sous les nuages, poussaient des cris à vous glacer les sangs.

Bientôt, sans doute, ils repasseraient au-dessus de Dolor, et le roi-malheur lèverait les yeux vers eux, oh, il ne pourrait s'en empêcher ! avant de retomber dans sa morne méditation. Puis ils mettraient le cap sur les îles, et ce serait l'océan, la mer immense et ses ponts suspendus, ses îles par centaines, la fin d'un interminable voyage, et Hemd'l saurait enfin ce qu'il voulait savoir.

PLUMES DE SANG

Allongée sur sa couche, Livia ne trouvait pas le sommeil.

On lui avait conseillé de se reposer, et elle n'y parvenait pas : elle ne pouvait s'empêcher de penser à ce qui l'attendait. Bien sûr, elle avait fait son choix, et depuis le début. Mais cela ne rendait pas les choses moins difficiles.

La vie s'éloignait pour les Faeders.

Seul Wultan avait osé en appeler à l'énergie divine, infligeant à Fregh d'atroces souffrances. Et pour les justes, comme elle, il ne restait qu'une pâle colère, une brûlure. C'était cette brûlure qui lui avait permis de repousser ses ravisseurs dans les plaines au-delà de Darkwald. Un résidu de puissance divine, rien de plus.

— Navires à bâbord !

La jeune princesse se redressa et quitta sa cabine.

Sur le pont, les marins couraient en tous sens. Le quinzième seigneur de Balden se grattait la tête en observant les nouveaux venus : deux drakkars battant pavillon noir, au large d'un chapelet d'îlots désertiques.

— Mauvaise couleur, renifla le géant. La couleur de la guerre.

Janes se tenait à ses côtés.

— Vous les connaissez ?

— Mmh ? Oh, Gerdur, et Kurran. Des cousins par alliance.

— Se dirigent-ils vers nous ? murmura Livia.

— Assurément. Voyez, ils ont mis leurs rameurs au travail. Ils seront sur nous dans moins d'une demi-heure.

Keÿdor s'avança à son tour.

— Que faisons-nous ? demanda Janes.

Le quinzième seigneur de Balden détacha la hachette qui pendait à sa ceinture et inspecta attentivement le tranchant de la lame.

— Que voulez-vous que nous fassions ? marmonna-t-il. Nous allons nous battre, une fois de plus. De toute évidence, c'est après vous qu'ils en ont.

— Comment pourraient-ils savoir...

Le seigneur leva sa hachette et se tourna vers le grand mât, où était suspendue une cible de liège destinée à l'entraînement. Des marins s'écartèrent.

— Tout se sait, lâcha Balden.

L'arme siffla et vint se planter en plein cœur de la cible.

Janes partit chercher son épée d'or dans la cabine qu'il partageait avec Livia.

Le navire était arrêté. Les rameurs quittèrent leur poste, et des hachettes leur furent distribuées. Une vingtaine d'archers prit position. Bientôt, Davënger apparut sur le pont. Il était entouré de deux soldats qui hésitaient encore sur la conduite à tenir.

— Donnez-lui une arme, dit Janes. Qu'est-ce que vous croyez ?

Une lueur de reconnaissance s'alluma dans le regard du forlanceur. On lui rendit son épée.

Les archers s'agenouillèrent entre les boucliers attachés aux flancs du navire. Leurs carquois étaient remplis à craquer.

— Manœuvres d'approche, expliqua le seigneur de Balden. Je vous conseille de mettre votre princesse à l'abri – il y a des cachettes dans la cale, mon second va vous montrer.

Un gaillard efflanqué claqua des talons. Olafson était l'un des seuls hommes à bord à se battre à l'épée, il avait toute la confiance de son seigneur.

— Ne vous inquiétez pas, fit-il en prenant doucement Livia sous son aile.

— Nous avons l'habitude de ce genre d'escarmouches, poursuivit Balden en leur montrant ses goélettes. Voyez ! Notre flottille se déploie, elle fait mine de se disperser, mais nous allons prendre le navire de Kurran en tenailles. Je le connais, ce bâtard arrogant. Passé le premier échange de flèches, il détalera comme une anguille. À ce moment-là, nous engagerons son cousin.

— Et derrière ces îlots ?

— Pas de danger. Gerdur et Kurran ont peu d'amis dans les Archipels. Venez, maintenant : il faut nous mettre à l'abri.

La stratégie des goélettes était parfaitement rodée.

Janes et Keÿdor observaient leur manœuvre derrière un bouclier. Décrivant une large ellipse, deux des navires de Balden pointaient en direction du premier drakkar. Les drakkars ennemis ne déviaient pas de leur course. Le *Venglar* prêtait flanc à l'attaque. Janes vit les archers encocher leurs flèches.

— À mon commandement... hurla le seigneur lorsque l'adversaire arriva à sa portée, prêts... Tirez !

Une bordée de traits fila au-dessus des eaux, et toucha le navire ennemi de face. Plusieurs silhouettes s'écroulèrent. Les archers encochèrent de nouveau, cependant que le drakkar de Kurran se laissait dériver, ayant visiblement compris le manège de ses adversaires. La troisième goélette, qui avait fait mine de s'éloigner, repiquait déjà à bâbord.

— À mon commandement... répéta Balden en plissant les yeux... ATTENTION !

Tout le monde se baissa.

Contre toute attente, une volée de flèches s'était élevée en cloche du navire de Kurran. Elle retomba dans l'eau à quelques pieds du navire, et une dizaine de traits vinrent s'écraser contre la coque. À cette distance, ils ne pouvaient guère faire de dégâts, mais le drakkar de Gerdur avait profité de l'attaque pour virer brusquement de bord.

Les archers de Balden commençaient à peine à se redresser lorsque ceux d'en face se levèrent, et tirèrent.

Une pluie de traits enflammés s'abattit sur le pont.

— Malédiction ! jura le seigneur en s'aplatissant de nouveau.

— De l'eau, vite !

Déjà, des flammes s'élevaient dans les cordages.

— Jamais de feu, siffla Balden. C'est une règle entre nous. Ils ne sont pas seuls !

À l'autre bout du pont, Olafson agita un bras. Le seigneur leva une main en retour et courut le long du bastingage en criant ses ordres.

— Les rameurs regagnent leurs rangs ! En arrière, toute !

Janes lui emboîta le pas, suivi de Keÿdor. Courbés en deux, les hommes de bord filaient vers les foyers les plus dangereux et tentaient de les éteindre à coups de sandales.

Des seaux d'eau passèrent de main en main.

— Vous avez de drôles d'amis, glissa Balden au jeune homme en regardant les rameurs se précipiter vers le pont inférieur. Regardez !

Cachés derrière les îlots, trois nouveaux navires venaient de faire leur apparition. Deux d'entre eux faisaient voile vers la gauche, pour régler leur sort aux goélettes. Le troisième fonçait droit vers le *Venglar*.

— Vous voulez dire...

— Ce ne sont pas des natifs des Archipels qui nous attaquent. Ce sont des hommes de la côte. Nous n'avons pas le choix : nous devons battre en retraite.

À peine avait-il prononcé ces mots qu'une nouvelle volée de flèches s'éleva du navire adverse. Des traits enflammés se fichèrent dans le pont. On entendit des cris. Le *Venglar* virait mollement de bord pour essayer de prendre le vent, mais le temps jouait contre lui. Le drakkar de Kurran fonçait à toute allure, soulevant un sillage d'écume.

Une quatrième bordée de flèches s'abattit sur le *Venglar*. Le navire avait presque fini de se retourner, mais il était clair qu'il n'échapperait pas à ses poursuivants.

Janes tira son épée et jeta un œil à Keÿdor.

Armé d'un simple couteau, ce dernier gravait des runes en hâte sur le plancher du pont arrière.

— Qu'est-ce qu'il fait ? demanda Balden.

— Runes de protection, expliqua Janes un peu ébahi. Cela pourrait les retarder un peu.

Plus loin, les trois goélettes faisaient demi-tour elles aussi. Plus légères et plus maniables que le drakkar, elles avaient une bonne chance d'échapper à l'ennemi.

La proue du navire adverse était maintenant toute proche. Redoutablement effilée, elle était conçue pour perforer les coques ennemies. Massés sur le gaillard d'avant, les féroces guerriers de Kurran brandissaient leurs lames en rugissant.

Au loin dans l'éclat du midi brillait une silhouette argentée – un pont, gigantesque ! Le jeune homme était hypnotisé.

— Janes !

Un choc terrible se fit sentir. Par bonheur, l'homme de barre avait eu le temps d'anticiper la manœuvre. La proue ne traversa pas la coque ; elle en arracha seulement un pan.

L'équipage du *Venglar* tomba à la renverse. Il se releva promptement, mais trop tard ! Déjà, des grappins fusaient et s'accrochaient au bastingage.

— Coupez les cordes ! hurla le seigneur de Balden.

Ses hommes sortirent leurs hachettes et entreprirent de sectionner les filins. Il y en avait trop, beaucoup trop. Vifs comme l'éclair, les premiers guerriers de Kurran sautèrent sur le pont et se lancèrent à l'assaut.

La moitié au moins des assaillants était des guerriers de Nordheim, des mercenaires d'Erland venus des lointaines contrées du Nord. Ils se battaient avec des épées, et non avec des haches. Le feu s'était déclaré en plusieurs endroits du navire. Les défenseurs tentaient de parer au plus pressé.

— C'est lui ! cria un officier de Nordheim en pointant son épée vers Janes. Il nous le faut vivant ! Vivant !

Plusieurs soldats se précipitèrent. Le jeune homme serra plus fort son épée. Une force mystérieuse descendait en lui. Au-dessus du pont, des grappins continuaient de fuser. Leurs pointes acérées se plantaient dans le bois, emportaient des panneaux entiers en se détachant.

Un tumulte indescriptible régnait sur le navire. Une hache dans chaque main, Balden faisait face aux assaillants avec une fougue prodigieuse. Galvanisés par son exemple, ses hommes repoussèrent plusieurs ennemis à l'eau, dans le mince espace qui séparait maintenant les deux drakkars.

Janes accueillit son premier adversaire avec calme.

Il se ramassa sur lui-même et, d'une détente foudroyante, bondit sur le côté en laissant traîner sa lame. L'homme s'effondra, la jambe tranchée à hauteur du genou.

Une série d'explosions bleutées secoua le pont arrière. Des soldats ennemis tombèrent à la renverse.

Keÿdor !

Janes sourit, puis effectua un rapide moulinet.

Une brute au crâne chauve fonçait vers lui en agitant ses deux haches. Son premier coup fut habilement dévié. Avant d'avoir pu porter le deuxième, il gisait sur le pont, les mains crispées sur ses entrailles.

Un troisième soldat s'avança. Janes reconnut l'écusson d'Erland sur sa cotte de mailles, et s'avança avec un rictus féroce. De toute évidence, son adversaire hésitait.

— Ils disent que vous êtes...

— Va-t'en. Va-t'en, je ne te ferai pas de mal.

Il pivota juste à temps pour esquiver l'attaque traîtresse de deux officiers de Nordheim. Parant un premier assaut il tourbillonna sur lui-même et, plongeant entre ses deux adversaires, enfonça sa lame sous l'armure du premier. L'homme poussa une sorte de glapissement. Pris de panique, son acolyte frappa à l'aveuglette. Son épée ripa sur l'armure de Janes. Le jeune homme riposta d'un coup d'estoc. L'officier recula, une main sur la poitrine. Du sang coulait entre ses doigts.

Janes reprit son souffle.

La jeune recrue d'Erland avait disparu.

Pour le reste, la situation n'était guère brillante. L'une des goélettes de Balden avait pris feu, et les deux autres faisaient voile vers le sud, pourchassées par un drakkar ennemi. Le couple de navires restant se dirigeait vers le *Vengler*, accompagné de celui de Gerdur.

Quatre contre un !

Les hommes de Balden se battaient avec l'énergie du désespoir. La plupart des guerriers ennemis ayant pris position sur le pont du navire, c'était désormais un combat au corps à corps qui se livrait. Les hachettes répondaient aux épées, et une mêlée furieuse s'était engagée sur le pont arrière, un magma de corps mêlés d'où émergeait parfois l'éclat brillant d'une lame meurtrière. Massés sur leur gaillard d'avant, les archers de Kurran tiraient à présent au hasard. Des corps basculaient, criblés de flèches. Quelqu'un s'attaquait au grand mât à coups de hache, une voile était en train de prendre feu. Les rameurs du pont inférieur arrivaient en renfort. L'épée de Janes traçait des sillons dévastateurs dans les rangs ennemis. Mais était-il encore temps ?

Les autres drakkars étaient tout proches.

Titubant au pied du grand mât, Davënger distribuait des coups terribles, indifférent à ses propres blessures. Avec son corps décharné, couvert de sang, il ressemblait à une goule sortie des enfers. Janes vit une lame s'enfoncer dans son corps et en ressortir presque blanche, cependant que le forlanceur continuait de frapper.

Balden se battait toujours, lui aussi, et il avait déjà repoussé un nombre incalculable d'assaillants à la mer. Mais son second était mort.

Janes para un coup d'épée et riposta d'estoc. Il pensait à Livia. Il ne pouvait penser qu'à elle. Si par malheur il lui arrivait quelque chose...

— Janes ?

Le jeune homme fit volte-face.

Apparition irréelle ! La frêle princesse, toute de blanc vêtue, se tenait au milieu de la mêlée, indifférente au combat qui faisait rage autour d'elle. Elle levait les yeux au ciel.

Janes voulut courir vers elle. Il s'arrêta net.

Une pluie battante s'était mise à crépiter sur le pont. Effarés, les soldats cessèrent de combattre. Puis levèrent la tête. L'azur était vierge de tout nuage.

Un homme accroupi toucha le bois et porta un doigt à ses lèvres. Il se tourna vers les autres, pâle comme un mort :

— C'est du sang !

Les autres se regardèrent, interdits.

La pluie continuait de tomber : une véritable averse. Des flaques écarlates commençaient à se former sur le pont.

— Du sang ! reprit quelqu'un, malédiction, la malédiction est sur nous !

Debout sur le pont avant, le seigneur Kurran observait le phénomène avec une totale incrédulité. Les autres navires étaient épargnés. La pluie ne tombait que sur le *Venglar*.

Des mains s'ouvrirent ; des armes tombèrent au sol. Une rumeur de panique parcourut tout le navire, et la robe de Livia se teinta doucement de rouge.

Keÿdor apparut à son tour. Janes le vit relever son capuchon et montrer le ciel. Quelque chose d'extraordinaire était en train de se produire. Des plumes ! Des plumes blanches tombaient du ciel. Par milliers ! Et le sang continuait de pleuvoir. Et les plumes virevoltaient, légères, et il n'y avait aucun nuage, et les plumes se mêlaient au sang, et le sol se couvrait d'une mixture écœurante.

Janes tenait toujours son épée.

Des regards insistants étaient posés sur lui.

Éberlué, le seigneur de Balden le suivit des yeux tandis qu'il fendait la foule, sa lame levée vers le ciel. *Qui êtes-vous ?*

Le jeune homme monta sur le pont avant. La voix ne lui disait plus rien. La voix n'était plus nécessaire. Tout le monde attendait qu'il parle.

Il s'avança, solennel :

— Hommes des Archipels, et vous qui pensez combattre pour une juste cause – la cause des Faeders –, je vous demande de quitter ce navire et de reprendre la mer. Il ne vous sera fait aucun mal. Vous avez ma parole.

Autour de lui, les plumes continuaient de voleter, mêlées de sang frais.

Des hommes se mirent en devoir de couper les cordes qui reliaient les deux navires. Le Tresån, murmuraient-ils emplis de crainte. Il est le Tresån !

Le seigneur Kurran ne disait rien. Il resta muet lorsque ses premiers soldats regagnèrent le pont avant.

Les marins de Balden, quant à eux, s'étaient regroupés en silence autour de leur chef.

La bataille était oubliée. Un officier voulut donner un ordre, mais ses paroles moururent sur ses lèvres. Comme tous les autres, il était couvert de plumes et de sang, et une bouillie pelucheuse maculait son uniforme.

On jeta des draps blancs sur les morts. On emmena les blessés à l'écart.

Seul au milieu de l'agitation, Davënger demeurait, telle une figure de tragédie. Ses doigts décharnés étaient serrés sur la garde de son épée.

Au loin, un vol d'oiseaux noirs explosa vers les nuées. Le pont argenté scintillait toujours. Les drakkars ennemis, lancés à la poursuite des goélettes, s'étaient arrêtés en pleine course. Les navires de Balden revenaient vers le *Venglar*.

— Ils s'en vont, murmura le quinzième seigneur en regardant les derniers soldats de Kurran regagner leur navire. J'en ai douté, je dois le reconnaître. Mais la preuve est faite, désormais : vous êtes le Tresån.

Janes rengaina son épée.

Il descendit sur le pont central et courut rejoindre Livia. Elle se jeta dans ses bras et il la tint un long moment ainsi, serrée contre lui.

Tout autour d'eux, les plumes et le sang n'en finissaient plus de pleuvoir.

— Ma mère, chuchota la princesse.

Peu à peu, le sang et les plumes cessèrent de tomber.

Le drakkar du quinzième seigneur de Balden allait terminer sa route en solitaire : les trois goélettes chargées de l'escorter étaient rentrées au port, sur les conseils de Janes. Nous ne risquons plus rien, avait lâché le jeune homme.

Dorénavant, les hommes d'équipage exécutaient ses ordres sans discuter. Janes Oelsen les avait sauvés. Pour tous désormais, il était le Tresån.

Enveloppé dans une voile à demi calcinée, le corps d'Olafson fut jeté à la mer. Les marins ne firent pas de prière – ils n'en faisaient jamais. On dénombrait une quinzaine de morts et le double de blessés.

Debout sur le pont avant, Janes gardait les yeux fixés sur l'horizon. Il savait très bien que ce n'était pas lui qui avait fait pleuvoir le sang et les plumes.

Ever !

Ever lui avait sauvé la vie, une fois de plus.

Mais pourquoi perdre son temps à expliquer cela aux hommes de bord ? De toute façon, ils ne l'auraient pas cru.

— Pensif ?

Le jeune homme sursauta.

— Quel est le nom de ce pont ? demanda Janes en désignant l'immense ouvrage au-dessous duquel ils passaient maintenant.

— Leftur Nakkin, répondit Balden. Du nom des deux îles qu'il relie. Il doit faire près de deux mille pieds de long, et c'est loin d'être le plus grand.

Janes opina.

L'ouvrage était magnifique. Aucun pilier pour soutenir cette arche d'argent pur – le pont enjambait la mer comme un arc-en-ciel, et les deux îles, de chaque côté, semblaient liées par un serment de cristal.

— Qui a pu construire de pareilles merveilles ? demanda le jeune homme en découvrant, à l'horizon, une construction identique s'arrêtant à mi-parcours.

— Aucune idée, reconnut le seigneur. Mais nous savons qui les a parfois détruites : les hommes. Les hommes ne reconnaissent la beauté que lorsqu'ils l'ont perdue.

Le *Venglar* poursuivait son périple.

De temps à autre, un nouveau pont apparaissait, majestueux et gracile. Les îles étaient les grains d'un chapelet vert forêt éparpillés à la surface de l'océan. Des nuages blanc coton s'accrochaient au sommet des montagnes.

À bord, l'activité avait repris.

Les hommes nettoyaient le pont avec ardeur, jetant par-dessus bord des paquets de plumes poissées de sang. Ils considéraient Janes avec une sorte de respect craintif.

Le soir arriva.

Davënger s'adossa au bastingage. Personne n'avait songé à le rattacher après le combat, ni à lui confisquer l'épée qui lui avait été donnée. Et pour cause.

— Tu as bien combattu, fit Janes en s'approchant.

Le forlanceur lui adressa un regard fatigué. Son apparence était plus cadavérique que jamais.

— Et toi, répondit-il en montrant le ciel, tu as accompli un beau miracle.

Le jeune homme se passa une main dans les cheveux.

— Je ne crois pas...

— Je sais.

Ignorant la puanteur qui émanait du guerrier, Janes s'installa à ses côtés. Il tira son épée et fit jouer ses reflets dans les lueurs rougeâtres du couchant.

— Tu ne me diras rien, n'est-ce pas ?

— À quel propos ?

— *Les Prophéties de l'Hiver.* Ce livre que tu as emprunté à mon frère.

— Il n'y a rien à dire.

Janes toussota.

— J'ignorais que tu lisais le hopelandic.

— La langue secrète des moines et des poètes, soupira le forlanceur. Ce sont les maîtres d'Yslen de Lys qui me l'ont enseigné.

Ses traits se figèrent en un rictus de douleur.

— Davënger ?

— ...

— Pourquoi as-tu fait cela à Livia ?

— Je ne peux pas te le dire.

— Je croyais... Je croyais que tu étais mon ami.

Le forlanceur lui attrapa le poignet. Ses yeux étaient enfoncés au fond de ses orbites, mais une flamme ténue y brillait encore.

— C'est bien la raison.

* * *

L'équipage du *Venglar* passa une nuit agitée.

Les hommes étaient nerveux, ils pleuraient leurs morts. Janes et les autres s'étaient réfugiés dans leurs cabines.

— Je ne pourrai plus jamais dormir, murmurait le jeune homme, allongé sur sa couche et Livia tout contre lui.

Les yeux grands ouverts, la princesse l'écoutait en fixant la lumière tremblante d'une lampe à huile. Elle sentait son souffle sur sa nuque.

— Ils me veulent. Ils me cherchent, ils n'abandonneront pas, jusqu'au dernier moment, le monde est vaste mais ils me trouveront, ils m'ont déjà trouvé, ils iront me chercher jusqu'en enfer. Cette cause, la voix dans ma tête, ça me dépasse et pourtant c'est en moi maintenant.

La jeune femme se mordillait les lèvres. Son âme aussi était agitée de questions douloureuses. Mais elle ne pouvait s'en ouvrir à lui. Elle n'en avait pas le droit.

— Tout ce que je veux, continuait Janes, c'est qu'il ne t'arrive rien. Parce que je sais, je sais que tu me caches quelque chose.

Sous les ponts d'argent, le drakkar filait solitaire à travers la grande nuit froide. L'espace d'un instant, le jeune homme se souvint. Une autre nuit, plus froide encore. Et de la neige, de la neige à perte de vue...

Il neige et il neige
Sur des ponts silencieux,
Des ponts que les autres ignorent.

— Entends-tu ?

Janes dressa l'oreille.

La princesse s'était relevée, inquiète. On s'agitait au-dehors.

— Sortons, fit le jeune homme.

Ils quittèrent leur cabine.

Sur le pont, le brouillard s'était levé.

Ce n'était pas un brouillard léger comme en croisaient souvent les marins des Archipels. C'était la brume la plus dense, la plus opaque qu'on ait jamais connue. On ne distinguait rien à dix pieds.

Janes s'avança, se cogna à un homme.

— Désolé.

— Que se passe-t-il ?

— Le brouillard nous est tombé dessus d'un coup. Nous n'avons rien vu venir.

— Où est le seigneur de Balden ?

— Sur le gaillard d'avant, je crois.

Janes et Livia s'accrochèrent l'un à l'autre.

L'atmosphère était irréelle. Des hommes émergeaient soudain de l'ombre, des halos lumineux perçaient l'obscurité, des torches grésillaient çà et là. Sur les mâts, les voiles repliées ressemblaient à des fantômes.

L'ancre avait été jetée.

À l'avant du navire, un bras derrière le dos, le quinzième seigneur de Balden était perdu dans ses pensées.

— Capitaine ?

— Ah, c'est vous.

Il tenait un petit verre à la main et son haleine empuantissait l'alcool.

— Savez-vous ce qui se passe ?

Le seigneur étouffa un rot, suivi d'un ricanement amer.

— Je pensais vous demander la même chose.

— Je ne comprends pas.

— Alors personne ne comprend. Les plumes qui tombent du ciel. Une averse de sang, un vol d'oiseaux noirs. Vous, le Tresån.

Janes serra la main de Livia un peu plus fort.

— Des oiseaux ?

— Ils nous ont suivis pendant une bonne heure. Puis ils s'en sont allés vers l'est.

L'homme vida son verre d'un trait et le jeta par-dessus bord.

— Voyez-vous, Janes, je ne suis pas un homme de foi. C'est à l'initiative de ma première femme que nous avons accueilli un couvent des Sœurs de l'Arbre sur notre île. Mais bien qu'il me répugne de le reconnaître, je crois que je commence à changer. Les signes se sont multipliés depuis votre arrivée. Même avant, peut-être. Comment appelez-vous cette déesse, déjà, celle qui tisse la toile de...

— Wyrd, fit une voix dans leur dos.

Les trois autres se retournèrent.

Davënger se tenait devant eux, son épée à la ceinture. Livia se blottit contre Janes.

— Wyrd, oui, poursuivit le forlanceur, celle qui sait tout, et qui ne peut rien faire.

— Comme toi ? hasarda Janes.

Davënger baissa les yeux.

— Les choses étant ce qu'elles sont, murmura-t-il, je pense que nous n'aurions pas grand-chose à perdre à lever l'ancre et à laisser le *Venglar* dériver.

Janes cligna des yeux.

— Croyez-vous ? demanda Balden après un silence. Après tout, pourquoi pas ? Si le destin nous protège, si la dame aux chouettes veille sur nous – si ma femme a raison, que toutes les femmes ont raison... Qu'en dites-vous, Janes ?

Le jeune homme avala une goulée de brume.

Livia venait de lui lâcher la main.

— Pourquoi pas ?

* * *

Le lendemain matin, le brouillard était toujours là, plus épais que jamais, et il faisait un froid de loup. Tous les membres de l'équipage se tenaient à leur poste. Il était difficile de savoir si le *Venglar* avait vraiment avancé.

Debout sur le pont arrière, Janes et Livia observaient les marins allant et venant.

— Ils ont peur, dit la princesse en soufflant un petit nuage de vapeur. Ils ne savent pas ce qui se passe, ils ne savent pas qui nous sommes.

— Je les comprends.

Les jeunes gens redescendirent vers le grand mât, et prirent les bols de bouillon brûlant que le cuistot leur tendait.

— La poisse, hein ? fit Balden.

Ils le regardèrent s'éloigner sans rien ajouter, et attendirent qu'il fût hors de portée.

— J'ai parlé avec Davënger, annonça Janes.

— Oh.

— Je ne sais toujours pas pourquoi il a tenté d'abuser de toi.

— ...

— Peut-être que toi, tu as une idée ?

La princesse secoua la tête.

— Évidemment, fit le jeune homme.

Il termina rapidement son bouillon.

— Quand tout ceci sera fini, annonça-t-il, nous reviendrons ici tous les deux, et nous nous installerons sur l'une de ces îles. Qu'en penses-tu ?

Livia acquiesça avec mélancolie.

— Quand j'étais petit, poursuivit Janes, mes parents me disaient que les Archipels étaient un endroit maudit. Ils prétendaient que leurs habitants n'avaient aucun respect pour les puissances, c'est comme ça qu'ils les appelaient, « les puissances ». Étrange, tu ne trouves pas ?

— Un peu, fit la princesse.

— Ma mère – je devrais dire la mère de Keÿdor, plutôt – était une femme très douce et très bonne. Mais elle craignait le ciel, et la terre, et ce qu'il y avait sous la terre.

— Ce sont les Faeders qui rendent la terre effrayante.

Janes posa un baiser sur ses lèvres.

— Toi, chuchota-t-il en souriant, toi, tu ne me fais pas peur.

— Rien ne peut te faire peur, Janes. Tu es...

— Terre ! Terre en vue !

Tout le monde leva la tête. Les marins ne voyaient rien mais, là-haut, le poste de vigie disparaissait dans les nuages. Et la voix qui en descendait paraissait pleine d'espoir.

— Terre !

Alors, comme par enchantement, le brouillard se dissipa à toute allure. Et bientôt le *Venglar* à la vigueur retrouvée s'extirpa de son halo de grisaille et jaillit en pleine lumière.

Le soleil était haut dans le ciel, la mer étincelait sous ses rayons. Janes et les autres traversèrent le pont avec enthousiasme. Droit devant eux, une formation rocheuse se dessinait avec majesté.

— Le labyrinthe !

— Tout le monde à son poste !

Les rameurs regagnèrent leurs rangs, et le drakkar vira de bord. Le petit archipel qui lui faisait face, et que les occupants du *Venglar* découvraient maintenant, consistait en un amoncellement d'îlots noirs et arides. D'étroites langues de mer se glissaient entre eux ; elles étaient à peine assez larges pour laisser passer un navire.

Le quinzième seigneur de Balden rejoignit ses hôtes en se servant un nouveau verre.

— L'endroit que vous cherchez se trouve juste au milieu, dit-il. Il n'y a qu'un passage, et je suis le seul à pouvoir vous y mener.

Janes le regarda prendre la barre.

Délicatement, le drakkar se mit en position, voiles repliées, et s'engagea dans le premier chenal. Le seigneur de Balden manœuvrait avec une adresse consommée. On n'entendait plus que le clapotement des rames.

L'équipage retenait son souffle.

De chaque côté, des falaises grises couvertes d'algues regardaient passer le *Venglar*.

Bientôt, le navire déboucha sur un lac. Une falaise lui barrait la route. Le seigneur de Balden cria ses ordres. Les rames de droite furent relevées, et la barre ploya légèrement. La marge de déplacement était infime – quelques pieds tout au plus. Une erreur d'appréciation, et c'en était fini.

Janes sentit la main de Livia se crisper sur son bras.

— Là-haut.

Le jeune homme leva les yeux. Perché sur un rocher, un loup blanc immobile les regardait passer.

Instinctivement, Janes tira son épée du fourreau.

— Incroyable, fit un marin à leur côté.

Le jeune homme rengaina.

Le *Venglar* poursuivit sa progression. Un labyrinthe, oui ! Un véritable dédale de pierre. Et les falaises étaient si hautes qu'elles laissaient à peine voir le ciel.

— Certains ont erré plusieurs semaines en ce lieu, leur expliqua le seigneur de Balden. Mais mon ancêtre en possédait une carte et, tout comme mes aïeux, je l'ai apprise par cœur.

Il poussa la barre à tribord ; le navire s'engagea dans un nouveau défilé.

— Quel silence ! fit remarquer Livia.

— Votre ami est revenu, dit Balden.

Il leur montra une falaise. Le loup blanc avançait lentement, tête basse.

— Il nous suit, souffla Janes. Comment fait-il ?

La princesse vint se blottir dans ses bras.

— Je n'aime pas ça.

Trois heures durant, leur périple continua.

Le quinzième seigneur de Balden guidait son navire avec sûreté. Les canaux étaient étroits, mais toujours assez larges, à quelques pieds près, pour le laisser passer.

— Certains prétendent que nos ancêtres ont calculé les dimensions de leurs premiers drakkars en fonction de ce labyrinthe, dit-il.

Janes se caressa le menton.

Le loup blanc continuait de les suivre. Ils l'apercevaient parfois, juché sur une falaise, calme et attentif. Quelques minutes plus tard, il surgissait de l'autre côté. L'équipage montrait des signes de nervosité.

— Ne dites rien, conseilla Balden.

Enfin, le cœur du labyrinthe fut en vue : le terme de leur voyage. Les marins l'appelaient « la gueule des enfers ». C'était un rocher un peu plus haut que les autres, qui s'ouvrait effectivement comme une bouche. Perché à son sommet, le loup blanc semblait attendre les voyageurs.

Près de l'entrée caverneuse, trois embarcations à voile, amarrées à des piquets, se balançaient au gré des flots. Elles étaient assez grandes pour embarquer chacune une dizaine de passagers, et leurs flancs étaient gravés de riches frises dorées.

— Elles ont toujours été là, expliqua Balden une fois que l'ancre eut été jetée. C'est un ancien rituel, je ne saurais vous en dire plus. Les nonnes le pourraient, elles. Vous allez en choisir une et vous enfoncer dans la bouche.

Livia se retint au bastingage avec une moue inquiète.

— Et après ?

— Je n'en sais rien. Tout ce que je puis vous assurer, c'est que cette grotte mène bien aux enfers. Le fait est avéré par toutes nos chroniques.

Assis sur son rocher, le loup renversa la tête et hurla vers le soleil. L'un des marins fit mine d'aller chercher un arc et des flèches.

— Surtout pas ! s'exclama Janes en le retenant.

Un canot fut jeté à la mer, et le chargement du premier bateau commença.

Balden avait prévu des vivres pour vingt jours, autant de tonnelets d'eau douce, une dizaine de couvertures, des torches et des lampes à huile, des cordes et des grappins, des briquets d'amadou, des sacs de sel, des vêtements de rechange, trois pigeons voyageurs, des arcs et des flèches, ainsi qu'une batterie d'ustensiles de cuisine et d'objets divers, entassés dans des caisses.

— J'espère qu'il ne manque rien.

Janes et Livia avaient la gorge serrée.

Du haut de son promontoire, le loup continuait de hurler.

Chargés de leurs effets personnels, Keÿdor et Davënger se tenaient un peu en retrait. Le moine avait fait preuve d'une extrême discrétion pendant tout le voyage. Janes l'observait maintenant avec une attention nouvelle car il était le seul, à part lui, à ne montrer aucun signe de crainte.

Les marins se poussaient du coude.

De la bouche des enfers, d'épais nuages brumeux s'échappaient. L'intérieur était sombre comme un puits. Mais il n'était plus question de reculer, maintenant.

Janes faisait jouer l'Anthémion à son doigt.

Au moment de quitter le *Venglar*, il serra le quinzième seigneur de Balden dans ses bras. L'émotion lui faisait monter les larmes aux yeux.

— Je ne sais comment vous remercier.

— Ne dites donc pas de sottises. Vous êtes le Tresån, n'est-ce pas ? Prenez soin de vous.

Ensuite vint le tour de Livia et de Keÿdor.

Davënger se contenta d'un bref hochement de tête.

Les quatre passagers descendirent dans le canot par une échelle de corde.

Penchés au-dessus du bastingage, Balden et ses hommes agitaient la main et essayaient de sourire. Tout le monde éprouvait une étrange sensation. Le seigneur se fit apporter une bouteille d'alcool de bois et se servit un verre en regardant le petit groupe s'éloigner à bord du bateau.

— Nous ne les reverrons jamais, dit-il.

Et il vida son verre.

* * *

Davënger s'était mis à la barre.

Livia et Keÿdor avaient pris place sur le banc des rameurs.

La voile n'était d'aucune utilité ici : aucun vent ne soufflait. Debout à l'avant, Janes tentait de percer du regard la brume qui s'approchait et qui, d'un instant à l'autre, allait les engloutir.

Au-dessus de leurs têtes, le loup hurlait toujours.

Une dernière fois, les passagers se retournèrent pour adresser leurs adieux à l'équipage du *Venglar*. Le navire leur paraissait déjà appartenir à un autre monde.

Soudain, il disparut à leur vue, et les cris des marins se turent. De nouveau, une brume épaisse les entourait de toutes parts. La température avait brusquement chuté.

— Droit devant, dit Janes à Davënger, courbé sur sa barre.

Keÿdor et Livia ramaient à l'aveuglette.

L'obscurité semblait légère, diffuse. Un songe. Ils s'avançaient dans un songe.

Ils ramèrent une heure, deux heures. Une demi-journée, peut-être plus encore. Ils avaient perdu la notion du temps.

Parfois, ils longeaient des bancs de rochers.

Le loup les suivait. Langue pendante, haletant, il les regardait passer.

— Que nous veut-il ? demandait Livia. Que nous veut-il ?

Personne ne lui répondait.

Le silence était palpable, chargé d'angoisse. Le monde était devenu un endroit gris et glacé. Des doigts humides s'insinuaient sous les vêtements, il faisait de plus en plus froid.

Janes distribua des couvertures à Livia et à Keÿdor.

Peu à peu, une rumeur se fit entendre, une rumeur sourde, qui allait s'amplifiant.

— Janes ?

— Lâchez les rames.

Le jeune homme plissa les yeux.

À présent, l'embarcation glissait seule sur les eaux. Un faible courant la poussait en avant. La rumeur, elle, se muait en grondement.

— Une chute... souffla Janes.

Il se précipita à l'arrière du navire et jeta l'ancre en jurant. La chaîne se déroula entièrement, mais le bateau continua d'avancer. De plus en plus vite.

— Ramez en arrière ! Il faut reculer !

Joignant le geste à la parole, le jeune homme se précipita sur le banc et prit la place de Livia. Lui et son frère tentèrent en ahanant de lutter contre le courant. Mais ils parvinrent à peine à ralentir la course de leur embarcation.

— Rien à faire, lâcha Davënger.

Rames à la dérive, le bateau filait maintenant à pleine vitesse. Des rochers passaient sur le côté comme des mirages, et le grondement enflait puissamment.

— Janes !

Les brumes commençaient à se dissiper. Des tourbillons d'écume apparaissaient à la surface des eaux.

Brusquement, la silhouette du loup blanc émergea du brouillard. Assis sur un rocher, il suivit l'embarcation du regard. Sa voix résonna. Une voix chaude et douce, si douce !

— Hissez la voile.

Il disparut, happé par les ténèbres.

Janes avala sa salive et se rua à l'avant.

— Faites ce qu'il dit.

Déjà, Keÿdor était à l'œuvre.

Le grondement se rapprochait encore.

À tout moment, les passagers s'attendaient à basculer dans le vide. L'écume giclait autour d'eux, des remous se creusaient, leur frêle embarcation était brinquebalée comme un vulgaire morceau de bois.

— Vite !

Sautant d'un rocher à l'autre, le loup accompagnait leur course. Les passagers levèrent les yeux. À travers les derniers filets de brume, ils découvraient la voûte de la caverne, à des dizaines, non ! des centaines de pieds au-dessus de leurs têtes.

— Qu'est-ce que...

— Janes !

Livia se retourna vers eux.

À un jet de flèche à peine, le fleuve immense disparaissait dans l'abîme. Ils étaient inexorablement emportés.

La voile du bateau claqua avec force, faillit être arrachée.

Ils se trouvaient à cent pieds de la chute. Le jeune homme empoigna les rames.

— Il faut freiner. Aidez-moi !

Les autres le regardèrent sans comprendre.

Plus que soixante pieds.

— Cramponnez-vous ! hurla Janes en ramant frénétiquement. À n'importe quoi !

Le tumulte de la chute d'eau couvrait maintenant le son de sa voix.

Trente pieds.

Soudain, un dernier rocher apparut sur leur droite.

Le loup blanc s'y trouvait. Lorsqu'ils passèrent à sa portée, il bondit sur le navire.

Quinze pieds.

Livia se mit à hurler. Keÿdor la prit dans ses bras.

Davënger tenait toujours la barre.

Janes avait lâché ses rames.

Cinq pieds.

Le loup se redressa et regarda le fils des Ténèbres dans le blanc des yeux.

Trois pieds, deux pieds, un pied.

Le fleuve tombait vers les abysses !

Entraîné par son propre poids, le bateau quitta les flots et bascula en avant. La voile blanche se gonfla.

Alors, comme par enchantement, les choses se suspendirent. Les cris cessèrent, le tumulte s'éloigna.

Janes ouvrit les yeux, rejoignit Livia et Keÿdor à la proue.

Dans leur dos, le loup blanc semblait sourire.

Le navire flottait dans les airs.

GÉANTS TERRASSÉS, NUÉE DE PAPILLONS, ŒIL IMMOBILE

Un pan de la toile dévoilé : Wultan et Donn'r assis autour d'une table ronde, dans une salle reculée de l'ancienne citadelle d'Aldrig.

Leurs traits sont tendus.

Le maître des Faeders essaie de remuer les doigts de sa main droite et n'y parvient qu'au prix d'un effort considérable. Son fils triture nerveusement un morceau d'étoffe noire.

— Il ne viendra pas. Il craint trop votre courroux.

— Il viendra, affirme Wultan.

La nuit tombe sur les Monts Pétrifiés.

Une énorme lampe à huile en forme de dragon se balance au-dessus de la table. Elle grésille doucement. Les ombres des deux Faeders se détachent sur les murs.

Soudain, les portes de la salle s'ouvrent à la volée, et une meute de loups blancs s'engouffre.

Les Faeders ne bougent pas. L'un des loups, un véritable monstre !, prend forme humaine et se dirige vers eux.

— Habille-toi, crache Donn'r en lui lançant son étoffe.

Le nouveau venu noue le carré autour de ses hanches.

— Trop aimable...

— Parle, l'interrompt Wultan. Notre temps est compté.

— Vous avez raison, père. C'est bien pourquoi j'ai pris de mon côté un certain nombre d'initiatives...

— Traître ! rugit Donn'r en tapant du poing sur la table.

L'autre sourit.

— Maîtrise-toi, mon cher frère. À toi la colère rentrée, à moi l'action réfléchie.

Wultan le foudroie du regard.

— Je devrais te tuer. Je devrais te tuer pour ce que tu nous as fait – ce que tu avais l'intention de faire.

— Les liens du sang, père. Ces fameux liens ne les oubliez pas ! Pour commencer, sachez que je ne suis pas venu plaider votre clémence. Lorsque vous aurez entendu ce que j'ai à vous dire, vous me remercierez.

— Te remercier ? s'étrangle Donn'r. D'avoir pactisé avec les Ténèbres ?

— Quelles preuves avances-tu, cher frère ? Des espions ? Une rencontre ? Une rencontre n'est pas un pacte. Oui, je suis allé en Asgard. Oui, j'ai parlé à Wyrd, à Maan et aux autres. Mais c'était pour les tromper.

— Un art dans lequel tu es passé maître, hein ? Père, comment pouvons-nous faire confiance à ce...

Wultan lève une main :

— Laisse-le parler.

Le loup blanc s'incline.

— Comme je vous le disais, je me suis rendu en Asgard pour m'assurer le concours de nos sœurs et tantes – à tout le moins leur bienveillante passivité. Et c'est chose faite. Je puis vous certifier, père, qu'elles ne tenteront rien contre vous.

— Qu'elles viennent ! vitupère Donn'r, dressé comme un roc au-dessus de la table.

— Suffit ! tonne son père, d'une voix si forte que tous les murs en tremblent. Pour la dernière fois, Donn'r, cesse de t'agiter en vain, de gaspiller ta colère ! Ton frère a au moins raison sur ce point.

Hemd'l secoue sa crinière argentée.

Ses loups se sont rassemblés autour de lui, et fixent les deux autres avec attention.

— Elles pensent que tout est joué, reprend Faeder d'une voix très calme. Que rien ne pourra empêcher ce maudit

Janes d'atteindre son but. Elles disent que notre destinée est inscrite dans les larmes de Reah. Seulement moi, j'échappe à leurs prédictions. Certains me disent traître, fourbe de la pire espèce. En vérité, je refuse de me soumettre au destin. Reah est incapable de prévoir mon comportement parce que j'ai pris soin, au cours de ces dernières années, de brouiller systématiquement les pistes. Inscrit sur la toile, mon comportement peut paraître dénué de sens. Mais, je sais précisément ce que je fais.

Wultan hausse un sourcil étonné.

— Les oiseaux, père ! reprend Hemd'l avec enthousiasme, les oiseaux de malheur, vous avez cru que je vous les avais ravis, n'est-ce pas ? Sans doute, vous avez perdu du temps à cause de cela, mais quelle importance ? Oui, je suis allé trouver notre frère déchu dans les hauteurs de sa tour Pétrifiée. Tout comme vous ! Et tout comme vous, je lui ai fait des promesses que je ne tiendrai jamais. Vous le savez, père ! Je ne souhaite qu'une chose : régner à vos côtés. Une place de second me suffirait amplement.

Donn'r serre les poings.

— Père, pardonnez-moi, mais...

Wultan a un geste d'apaisement.

— Laisse-le poursuivre.

— J'ai décidé, continue le loup blanc, de prendre le contrôle des oiseaux de malheur afin de mieux vous servir. Rien de ce qui se passe à la surface de Midgard ne m'est aujourd'hui étranger. Je sais où se trouve notre ennemi. Je sais ce qu'il s'apprête à faire, le danger que représentent pour nous les moines du collège aveugle, ou les prophètes de Freigard. Oui, père : le temps nous est compté. Mais si vous me laissez faire – si vous me laissez vous aider, cette fois, la victoire sera à nous.

— La victoire, répète rêveusement le maître des Faeders.

— Vous n'avez plus besoin de force, conclut Hemd'l en regardant son frère droit dans les yeux. Le temps de la guerre est fini, vous avez gagné cette bataille. Mais vous perdrez tout si Janes Oelsen détruit l'Anthémion.

Le Faeder fend le cercle de ses loups et se laisse tomber à genoux devant son père. Il prend sa main froide, la serre contre son cœur.

— Ne suis-je pas votre fils ? Vous ai-je jamais fait défaut ?

Le maître des Faeders baisse les paupières.

— Père ! s'écrie Donn'r, médusé.

Wultan soupire.

— Si tu tentes quoi que ce soit contre moi ou ton frère...

— Vous avez ma parole, père. Le destin des Faeders repose entre nos mains. Pensez-vous que je sois assez fou pour le mettre en péril ?

— Ce que je crois, réplique Donn'r, c'est que tu es un lâche de la pire espèce et...

— Mon frère, déclare alors Hemd'l en se relevant, tes paroles me blessent plus que tu ne saurais le croire. Mais je comprends ton amertume. Veux-tu que nous concluions un pacte, toi et moi ? Veux-tu que nous enterrions une fois pour toutes nos querelles stériles et qu'enfin nous unissions nos forces pour sauver la lignée ?

Le Faeder se renfrogne.

Sourcils froncés, il scrute le visage de son frère à la recherche d'une trace de duplicité.

— Le temps des batailles fratricides est terminé, annonce Hemd'l. Le combat qui nous attend maintenant est le seul qui compte.

Il tend sa main à Donn'r.

— Nous diras-tu où se cache Janes ? demande ce dernier, hésitant. Nous aideras-tu ?

— Je suis venu pour cela.

— Reconnais-tu tes erreurs passées ?

— Donn'r ! grogne son père.

— Non, il a raison, sourit le loup blanc. Nous avons tous commis des erreurs, toi le premier, mon cher frère. Mais nous n'agissons jamais contre les intérêts d'Asgard. Nos sœurs, en revanche, ne méritent aucune pitié. Non plus que nos tantes. Il faudra les détruire, si nous voulons régner tous les trois.

— Pas Maan, souffle Wultan en essayant de se redresser.

À Maan, je réserve un traitement plus subtil – je veux qu'elle vive, qu'elle contemple notre gloire, oh !

Grimaçant de douleur, il est contraint de se rasseoir.

La main de Hemd'l reste tendue dans le vide. Donn'r grogne.

— Allons, serre-la donc, l'encourage Wultan.

Son fils hoche la tête, et s'exécute brièvement.

Hemd'l lui tape l'épaule.

— Nous y voilà. Tu as fait le bon choix.

La meute se rapproche. Langue pendante, les loups lèchent les mains de l'aîné, qui les repousse avec agacement.

— Allons, Donn'r. De quoi as-tu peur ?

* * *

Plus loin encore.

Wultan et Donn'r au sommet de la tour Affligée.

Dans la ville, les géants de pierre, les amants de la Peur, gisent écrasés au sol, brisés en mille morceaux. Attaques de catapulte, commente un officier de Nordheim. Les habitants se pressent, effarés. Le maître des Faeders ricane. Sa botte est posée sur la nuque du roi-malheur.

Que t'a-t-il promis ? Parle !

Il disait, bredouille le dieu déchu, il disait que je régnerai à ses côtés une fois qu'il vous aurait tués. Le père et le fils échangent un regard entendu. Et tu as accepté ? demande Donn'r en tirant son épée. La main de Wultan l'arrête. Pardon, gémit le roi-malheur. Pardon ? répète l'autre. Tu vas mourir pour ce crime.

À moins que...

Plein d'espoir, le souverain tente de se redresser.

Mais la botte de Wultan pèse toujours sur lui. Peux-tu nous montrer ce que voient les oiseaux ? Existe-t-il un moyen ? Oui, oh oui, balbutie le roi-malheur, laissez-moi seulement me relever, oh ! il me menaçait, pourrez-vous jamais me pardonner ? Supplications serviles. Il se redresse, accroché à l'armure du Faeder qui a ôté son pied, mais le repousse avec violence. Une chaise se brise et l'autre remercie, les yeux pleins de larmes, il sait la chance qu'il a d'être encore en vie, il se dépêche, fouille dans ses affaires, il n'est plus que peur et prosternation, ah, ça y est ! il tend un orbe bleuté, Wultan s'en saisit.

Attendez ! Il faut que je vous montre comment il fonctionne ! Dans sa précipitation, il essaie de le lui reprendre des mains, mais le précieux artefact tombe au sol, éclate en une mosaïque de fragments irisés. Une fumée à l'odeur douceâtre s'en échappe, et le maître des Faeders l'attrape par le col, pardon, pardon ! il existe sans doute une autre façon de...

Avant qu'il ait eu le temps de terminer sa phrase, l'autre lui brise le crâne, et la vie le quitte sans douceur, son corps glisse contre le mur, des débris de cervelle collés à la pierre. Wultan le relâche, piétine les débris de l'orbe, quelle stupide perte de temps, marmonne-t-il, et son fils contemple le désastre, interdit, est-ce que tout ceci est vraiment inscrit dans la toile ?

* * *

Niché ailleurs, dans un repli.

Un homme se tient devant l'étang. Les sorcières l'observent. L'homme hésite, se tourne vers l'assemblée massée sous les arbres.

— Le faut-il vraiment ?

— Nous devons être sûres, répond la sorcière. Nous ne pouvons t'emmener avec nous si tu ignores de quoi il retourne.

— J'ai connu votre sœur : Moïra.

— Nous savons ceci. Nous savons tout ce que nous devons savoir, Magnus Oktorp, il est inutile de nous rappeler tes états de service. Tu dois accomplir ce rituel, et tous ceux qui t'accompagnent également, car tu n'as pas idée de ce que sont les enfers.

— Le risque est énorme, ajoute une vieille femme. Tu braves ta peur, et cependant, cela ne suffit pas.

Le Grand Toqué opine, passe sa main sur la maigre touffe de cheveux qui orne encore son crâne. La nuit est tombée depuis longtemps. Aucune torche pour éclairer la scène : les sorcières affectionnent les Ténèbres et ne font confiance qu'à la lune.

Plus loin, en lisière de forêt, brillent les lueurs d'un camp monté à la hâte. Les membres de la Croisade, Vordhen et les autres, attendent avec anxiété le retour de leur chef.

— Tu dois plonger la tête dans l'eau, explique une sorcière. L'une de nos sœurs te tiendra, pour éviter que tu ne tombes. Cela sera très bref. Juste assez de temps pour comprendre.

Le Grand Toqué avance vers la mare. Ses pas s'enfoncent dans le sol spongieux. Il s'arrête. Toutes les sorcières le regardent. Il met un pied dans l'eau glacée. Puis l'autre. Il avance encore. Il a de l'eau jusqu'aux cuisses. À la surface, le reflet de la lune ondule.

Une sorcière vient le rejoindre. Elle est voûtée, ses bras sont trop maigres. Elle enfonce ses ongles dans ses hanches. Le Grand Toqué se raidit.

— Vas-y. Qu'attends-tu ?

L'homme plonge son visage dans les eaux noires.

Il est...

Il est stupéfait.

Ce qu'il voit à présent dépasse tout ce qu'il avait imaginé.

Il voit les enfers.

Il regarde d'énormes pitons rocheux dressés au-dessus d'une vallée de mort, où coule un fleuve de lave. La tête lui tourne. Il est *au-dessus*.

Une forêt calcinée, des cortèges d'ombres blanchâtres qui passent en sifflant frôlent sa figure, le Grand Toqué frissonne, là, derrière, des mains le retiennent, l'empêchent de tomber. Des nuées de petits papillons noirs bourdonnent autour de lui, se posent sur sa figure, essaient de rentrer dans sa bouche. Il crachote. Il a envie de vomir.

Les enfers.

D'un coup, il se redresse. Il crache de l'eau. Son visage est couvert de papillons engourdis que la sorcière entreprend d'ôter, un par un.

— Reste calme. Il ne faut pas les effrayer.

Les petits insectes s'envolent, se dispersent dans la nuit des sous-bois, disparaissent.

L'aréopage des sorcières n'a pas bougé. Les vieilles femmes fixent le Grand Toqué, leurs yeux brillent dans les branchages. Au loin, des feux crépitent.

L'homme réprime une nausée.

— Il faudra plonger, lui dit la sorcière en le soutenant, tandis qu'il sort de l'étang. Il faudra vous accrocher à nous, et nous plongerons ensemble.

— Il n'y a...

— C'est le moyen le plus rapide. Tu *sais*, maintenant.

Le Grand Toqué regagne la terre ferme. La tête lui tourne, il a l'impression d'avoir vieilli de dix ans. Les enfers ! Alors c'est à ça qu'ils ressemblent. Un gigantesque boyau empli d'une sorte de lumière grise, diffuse. Un monde sans fin. Un monde d'errances.

— Es-tu prêt ? Es-tu prêt à faire ce voyage ?

Le Grand Toqué hoche la tête. Personne n'est prêt – personne ne sera jamais prêt.

Il désigne ses hommes.

— En ce qui les concerne...

— Ne t'inquiète pas, croasse la sorcière. Ils passeront l'épreuve. Nous ne forcerons personne, ce n'est pas dans nos habitudes. Mais il faut qu'ils comprennent qu'ils ne reviendront pas.

La sorcière montre le sol.

— La gloire du Tresån, ajoute-t-elle.

* * *

Dernière image : Wyrd adossée à un rempart de pierre, paumes ouvertes, tête penchée. Une pluie de plumes ensanglantées tapisse le sol.

— Elle est morte. Ever est morte.

Agrippée à son chaudron, Reah plisse le front.

— Nous ne tarderons pas à la suivre, n'est-ce pas ?

Elle se redresse, marche lentement jusqu'au chaudron, ramasse ses aiguilles posées en croix sur le sol de pierre. Le ciel, gris-bleu, est empli de neige.

— Tout va finir maintenant. Oh, je le sens, il arrive ! Il ne sait pas qui il est. Il ne sait pas pourquoi il fait cela. Mais il est animé d'une énergie indestructible. Il croit que c'est l'amour, mais ce n'est pas l'amour, ô pauvre Janes ! Ou alors, pas seulement, c'est quelque chose... c'est quelque chose de bien plus fort – je crois.

Neuvième mouvement

LES HOMMES

BOYAU DE CHAIR

Janes se releva lentement.

Tous, ils avaient cru leur dernière heure arrivée. Et voici qu'ils volaient. Voici que leur bateau volait, flottait dans les airs, à quelque six cents pieds au-dessus du sol.

Les enfers.

Ils avaient l'impression de glisser à travers un énorme boyau de chair.

Ils survolaient un fleuve qui semblait fait de lave noire, une chose reptilienne et lente, agitée de replis noueux. De part et d'autre s'étendait, pour ce qu'ils pouvaient en juger, une sorte de forêt calcinée.

L'endroit était immense, colossal.

Les parois du boyau, faites d'une matière rosâtre et grenelée, étaient distantes l'une de l'autre de plusieurs centaines de pieds. Au-dessus de leurs têtes coulait un autre fleuve, de l'eau à l'envers, un miroir métallique agité de remous puissants, qui venait se déverser derrière eux en chutes monstrueuses de sorte que les deux cascades, celle-ci et celle de l'océan, se rejoignaient presque en une muraille liquide.

La température était glaciale.

Winterheim, songea Janes. *Le royaume de l'hiver.*

— Jamais vous n'avez vu chose pareille, n'est-ce pas ? murmura le loup.

Les autres passagers étaient pétrifiés.

— Qui... qui êtes-vous ? demanda Livia.

— Oh, allons, répondit l'autre d'une voix mielleuse, allons, ma chère cousine, tu ne me reconnais pas ?

En un éclair, la bête reprit forme humaine. Celui qui se dressait devant Janes et les siens était un homme, à présent, un homme très beau et entièrement nu, qui leur souriait innocemment en démêlant sa chevelure crémeuse.

— Nous avons... des vêtements... proposa machinalement Janes en désignant la remise.

— Oh. Comme c'est aimable à toi.

L'homme ouvrit la petite porte, s'accroupit, tira une malle, et fit sauter le couvercle ; il commença à se choisir quelques habits : une tunique blanche, une ceinture...

— Vous êtes Hemd'l.

L'intéressé se retourna.

— En effet.

Il termina de s'habiller, puis se releva.

Tout le monde tournait maintenant la tête vers la chute d'eau qu'ils venaient de quitter : une nuée au plumage de jais venait de surgir à l'horizon.

— Les oiseaux de malheur, chuchota Livia.

— Précisément, chère cousine.

Les volatiles les dépassèrent en piaillant et poursuivirent leur course vers le nord.

— Allez ! fit Hemd'l en les encourageant du geste, allez, fidèles espions, volez au-devant du danger et rapportez-nous ce que vous en verrez.

Une main sur son épée, Janes considérait le Faeder avec la plus grande méfiance. Livia ne paraissait guère plus rassurée. Davënger et Keÿdor, pour leur part, demeuraient muets. Mais ce n'était pas seulement à cause de lui. C'était l'endroit où ils se trouvaient, l'immensité de l'endroit.

Le fleuve de lave, si bas – vertige de l'enfer –, et l'eau qui coulait au-dessus de leurs têtes. Ils se trouvaient *sous* le fleuve des Âmes, le fleuve des Âmes n'avait pas de fond, comprenaient-ils confusément, si vous couliez, si vous vous laissiez couler, c'était ici que vous arriviez, vous tombiez en enfer.

Et puis cette forêt !

Ces arbres squelettiques qui grouillaient d'une vie mauvaise et ces murs, ces murailles suintantes, démesurées, qui se gonflaient, qui respiraient !

Lorsqu'une brume effilochée passa devant lui en sifflant, Keÿdor leva un bras devant sa figure et manqua trébucher. Davënger se redressa et lâcha la barre ! Le bateau oscilla.

La brume s'enroula autour du mât, en fit plusieurs fois le tour, et repartit dans un chuintement.

— Les âmes ! indiqua Hemd'l en leur montrant d'autres formes ombreuses qui s'emmêlaient partout en de savants tourbillons, les enfers en sont emplis ! Les âmes en quête de corps ! Ce sont elles qui poussent notre navire, vous savez ? Alors je vous conseille ne pas trop ouvrir la bouche, si vous ne voulez pas qu'elles vous possèdent.

— Qu'est-ce que vous dites ? souffla Livia.

— Ces âmes ont échappé au fleuve – le cycle du fleuve qui les épuise. Vous voyez au-dessus de vos têtes ? Elles descendent en suivant le courant, puis tombent en chute derrière nous, et repartent ensuite vers Yggdrasil, en bas. C'est un lent, un pénible processus de purification, cela peut durer des siècles. Pour cette raison, les âmes sont avides de corps. Et si elles décèlent en vous le moindre désir de mort... Monsieur Davënger, je vous conseille fortement de reprendre la barre.

Le front plissé, (comment connaît-il mon nom ?) le forlanceur suivit les conseils du loup blanc et rectifia la course du navire, qui dérivait légèrement à bâbord.

Ils flottaient.

Ils flottaient au milieu de nulle part, dans le décor le plus stupéfiant, le plus gigantesque, le plus terrifiant qu'on puisse imaginer. Nulle lueur n'éclairait leur route. Ils y voyaient pourtant comme en plein jour.

Avec un soupir de satisfaction, Hemd'l s'adossa à la remise.

— Nous direz-vous ce que vous faites ici ? demanda Janes.

— Je suis venu vous aider.

— Vous êtes un Faeder.

— Et alors ? Elle aussi, fit le loup blanc en montrant Livia. Est-ce que cela fait d'elle une ennemie ? Les Ténèbres t'ont aidé, Janes Oelsen. Maan t'a aidé aussi, et notre chère Livia plus que toute autre. Maintenant, tu as besoin de moi. Mon père et mon frère sont à ta recherche, et tu n'as aucune chance de les vaincre seul.

Doigts écartés, Janes montra son anneau.

— Lorsque j'aurai atteint l'extrémité du fleuve, dit-il, lorsque je serai parvenu au bout des enfers, l'Anthémion aura disparu, et le règne des Faeders...

— Je sais, répondit l'autre avec calme. Et c'est ce que je veux. Je veux que nous disparaissions, que nous disparaissions tous. J'ai envoyé mes oiseaux de malheur à la rencontre de l'ennemi, afin qu'ils nous préviennent de tout danger. Je désire être à tes côtés lorsque tout finira, Janes.

Livia secoua la tête.

— Mensonges. Purs mensonges, vous tenez bien trop à l'existence...

Hemd'l la considéra tranquillement.

— Je comprends ta défiance, ma chère cousine. Ceux d'Asgard ne me dépeignent jamais en des termes très flatteurs. Je suis le Messager, celui qui ment et qui apporte la discorde. Du moins, c'est ce qu'ils croient. Parce qu'en vérité, cela fait des siècles que j'œuvre dans l'ombre aux côtés des Ténèbres. Si elles ne vous l'ont pas dit, c'est sans doute qu'elles ne le savent pas, ou bien qu'elles refusent de l'admettre.

— Je ne suis pas sûr de bien comprendre, dit Janes.

— Je m'en doute. C'est une bataille qui dure depuis des siècles. Mais ce que tu dois savoir tient en bien peu de mots, Janes. Tu es le Tresån, n'est-ce pas ?

— Je...

— Oh oui, tu l'es. Cela se voit, cela se devine, chacun de tes gestes, chacun de tes regards le trahit. Tu es le Tresån, et ta mission est de détruire l'Anthémion. Seulement, Wultan ne te laissera pas faire. Crois-tu qu'il soit prêt à disparaître ainsi ? Lui, le maître des Faeders ?

— Et vous ?

— Et elle ? répliqua Hemd'l en hochant le menton vers Livia. Réfléchis-y.

— Elle, elle ne disparaîtra pas. Elle m'a donné sa parole, la Dame des Songes m'a dit...

Il s'arrêta de lui-même. La Dame des Songes n'était plus là et, bien qu'il essayât de s'en défaire, il avait parfois la tenace impression que Livia lui mentait, qu'elle lui avait menti depuis le début.

Hemd'l opina gravement.

— Je comprends. Elle n'est pas comme nous, c'est ce que tu penses ? Sa jeunesse et sa pureté la protègent, elle n'est pas condamnée à disparaître. Nous, en revanche...

— Vous...

Le loup blanc croisa les bras.

— Sans nous, ce monde continuera bien d'exister. Ce que nous incarnons ne périra pas avec nous. Je demeurerai dans la parole des hommes, je me nicherai dans chaque pensée. Je suis le Messager, après tout, comment pourrait-on m'oublier ? Mais la vérité, Janes Oelsen, la vérité c'est que je suis las de ces batailles et de ces querelles fratricides. Donn'r veut me tuer, n'est-ce pas ? Je suis certain qu'il t'a chargé de cette besogne.

Stupéfait, le jeune homme acquiesça.

— Cela ne m'étonne pas. Se battre, toujours se battre, tuer pour conquérir une illusoire suprématie alors que, par le Grand Arbre ! nous vivons déjà dans le cœur des hommes.

— Par le Grand Arbre ? répéta Janes.

— Celui qui se trouve au bout du chemin.

Le jeune homme se passa une main sur la nuque et regarda ses amis. Keÿdor suivait les paroles du Faeder avec un intérêt considérable. Davënger barrait toujours, mais ne perdait pas non plus une miette du discours. Seule Livia paraissait absente : enroulée dans une couverture, assise sur le banc des rameurs, elle levait régulièrement les yeux vers le fleuve inversé, dont le bouillonnement emplissait les enfers d'un murmure sourd, comme si les réponses aux questions qu'elle se posait eussent pu se trouver là-haut.

À présent, tout le monde se taisait.

Le bateau filait à hauteur régulière, nimbé d'un halo d'âmes chantantes et sifflantes qui susurraient leurs complaintes à l'oreille des passagers – *emmène-moi ! Ne me laisse pas errer en vain...*

Une fois qu'on s'y est habitué, disait Hemd'l, on n'y prête plus attention.

Et c'était vrai.

Les âmes évanescentes accompagnaient le navire de leurs chants plaintifs, mais ses occupants ne les craignaient plus et, lorsque certaines se montraient trop insistantes, ils se contentaient de les chasser d'un geste, comme on chasse une mouche, *oh, je t'en suppliiiiiie.*

Penché au-dessus du bastingage, Janes contemplait l'immense fleuve d'en bas, le monstre placide couleur métal, cent pieds de large – remous d'acier et de lave.

— Les âmes sont si serrées là-dedans qu'elles peuvent à peine bouger, expliquait Hemd'l, il leur faut se battre pour se frayer un passage, c'est pourquoi leur migration est si longue, si périlleuse.

Le jeune homme se redressa.

La présence du Faeder le mettait mal à l'aise.

Pouvait-il lui faire confiance ? Non, bien sûr que non... et pourtant, Janes se revoyait encore, dans ses appartements des Monts Pétrifiés, il revoyait Donn'r, il entendait ses paroles : *Je voudrais que tu tues mon frère.*

N'était-ce pas une raison suffisante pour s'allier au loup blanc ? De surcroît, Hemd'l se montrait ouvertement amical, et connaissait les enfers.

— Tu vois cette forêt ? Elle abrite des démons innombrables ; tu ne pourrais y faire trois pas sans qu'ils te déchiquettent et se disputent tes membres.

— Des démons ?

— Des âmes agglomérées. Des âmes qui se sont battues, réunies en un amas chaotique, des âmes si bien emmêlées qu'elles ont fini par se forger un corps. Et maintenant, elles errent dans la forêt entre les souches d'arbres morts, elles rôdent en gémissant car elles savent qu'elles ne pourront jamais se défaire les unes des autres, elles savent que le voyage est terminé pour elles.

— À moins que quelqu'un ne les tue, hasarda Janes.

Le loup blanc se contenta de sourire.

— Qui donc ? Qui vient ici, à part nous ?

Et tout autour d'eux, les pans du boyau se gonflaient et se rétractaient, roses et répugnants, et au détour d'une crevasse, d'une anfractuosité, il semblait parfois à Janes apercevoir des formes mouvantes, des silhouettes sombres et masquées, piaillant et sautillant, tendant les bras à l'approche de leur navire.

— Les anciens Faeders, souffla Hemd'l. Freigard et les autres, Freigard le vent honni. Ils portent des masques, ils ont été précipités ici pour des raisons que le monde même a oubliées, à cause de mon père peut-être, ou d'une histoire plus vieille encore, et les légendes ne mentionnent plus leurs noms, ils ne sont plus rien, ils sont perdus, noyés dans l'exil.

— Et les hommes ? demanda Janes, qui n'avait entendu parler que par ouï-dire des aventures de Freigard, Faeder déchu, banni avant l'Excat par ses frères.

— Les principes qu'ils incarnent vivent très bien sans eux, reprit le loup blanc. Alors que leur reste-t-il ? Regarde leurs masques. Ils sont noirs, dépourvus d'aspérités.

— Que font-ils... ?

— Ils essaient de s'échapper. Comme tout le monde ici, vois : ils grimpent aux murs, attendent que des crevasses se forment, ils plantent leurs ongles noirs dans la chair des enfers, ils veulent partir ! À tout prix ! Mais ils n'y parviendront jamais, et ils le savent.

D'un revers de main, Janes écarta une ombre trop pressante – *noooon...*

— Est-ce là le sort qui vous est réservé ? Lorsque l'anneau sera détruit...

— C'est fort aimable à toi de t'en inquiéter, répondit Hemd'l avec une grimace mélancolique, mais nous ne sentirons rien. Il est probable que nous nous volatiliserons, tout simplement. Nous appartenons au monde, Janes. La foi des hommes partie – et elle part, elle s'évanouit ! il n'y a plus de poudre d'or ici, ni sur les berges ni tombant de ce fleuve au-dessus de nos têtes –, nous disparaîtrons, nous nous fondrons dans le monde qui nous a vus naître. Cela a déjà commencé.

Janes pivota.

Emmitouflée dans ses couvertures, Livia tremblait nerveusement, regardait les âmes voleter autour d'elle. À peine si son regard croisait parfois celui de son aimé.

— Il y a ce roi-malheur, poursuivait Hemd'l dans son dos, ce roi exilé par mon père, lui a eu la chance d'échapper au châtiment qui lui était réservé, sans quoi il se trouverait probablement ici et...

Janes écoutait à peine.

Livia ?

Je voudrais...

Nous n'avons jamais fait l'amour.

Cette évidence l'avait frappé d'un coup – pourquoi ? Pourquoi ?

La voix de Hemd'l le tira brusquement de ses rêveries.

— Nous avons de la visite.

Janes posa la main sur son épée.

Un nuage bourdonnant se dirigeait dans leur direction.

Son capuchon relevé, Keÿdor enfouit sa tête entre ses genoux.

Très vite, le nuage fut sur eux.

Livia se mit à crier.

Des papillons.

C'étaient des papillons par milliers, des papillons de toutes les couleurs, une véritable nuée de battements d'ailes, aussi grosse que leur navire.

— Fermez la bouche ! commanda Hemd'l.

Ils suivirent son conseil.

Au milieu du tumulte, Davënger demeurait imperturbable, toujours accroché à sa barre. Curieusement, le nuage semblait l'éviter.

Janes prit Livia dans ses bras et posa sa tête contre sa poitrine. Puis il ferma les yeux.

Le nuage grouilla autour d'eux pendant plusieurs minutes.

Pris de panique, les papillons se cognaient à eux, rentraient sous leurs vêtements. Et Janes ne pouvait s'empêcher de penser.

Les paroles qu'avait prononcées la princesse sur les rives du Souvenir lorsqu'ils étaient revenus de Darkwald ! Elles lui revenaient en mémoire à présent. Elle avait parlé de papillons, de masques, d'arbres morts. Elle avait *vu* ce qui allait se passer.

Soudain, aussi vite qu'ils étaient venus, les papillons disparurent. Un à un, les passagers se redressèrent.

— Ce sont encore des âmes, s'esclaffa le loup blanc en notant leurs mines ahuries, de petites âmes volages celles-ci, ah ! les papillons sont les animaux les plus légers qu'on puisse imaginer, un véhicule parfait pour une migration...

— Des âmes ?

— Les âmes venues d'en bas, poursuivit-il en leur montrant le fleuve. Les papillons aiment cet endroit, et les âmes s'incarnent en eux, rien de plus. Est-ce que tout le monde va bien ?

Keÿdor leva une main rassurante.

Davënger ne répondit rien.

Livia...

Livia toussota, ses paupières étaient rougies, elle porta les mains à sa gorge.

— Livia !

Janes lui tapa dans le dos avec force. Sa bouche s'ouvrit, et elle recracha un papillon mort.

L'IMMENSITÉ DES ENFERS

À un moment donné (combien de lieues avaient-ils parcourues ? il était impossible de le calculer, dans cette immensité sinistre, l'espace même semblait se dilater, et ils n'avaient aucune idée, ni de leur vitesse ni du chemin qu'il leur restait à parcourir – ils savaient seulement que leur bateau était rapide, l'avaient compris en voyant les oiseaux de malheur s'en aller au-devant, pas aussi vifs qu'ils l'auraient dû, et c'était sans doute parce que des âmes gonflaient leur voile, des âmes en colère, désireuses d'aller loin, de pousser loin et fort dans leur fuite), le boyau se sépara en quatre embranchements, des tunnels légèrement plus étroits, avec toujours cette même consistance de chair, et le fleuve lui-même se divisa.

Janes se tourna vers Hemd'l.

— Que veux-tu que je vous dise ? Le souvenir, le désir, le cauchemar, oui, ce sont sans doute les affluents inversés du fleuve des Âmes, mais dans quel ordre, et lequel est le principal, cela, je l'ignore. Cependant, si tu veux mon avis...

Le loup blanc s'arrêta net.

Pendant qu'il parlait, Davënger avait choisi lui-même un embranchement parmi les quatre possibles, et le navire poursuivit sa route.

— Tu es sûr de ce que tu fais ? demanda Janes.

Le forlanceur se frappa le cœur du poing.

— Je le sens. Là. Je sens que la fin est proche.

Hemd'l s'avança vers la proue en se frottant les mains.

— Bien, bien, remarquable. Nul doute que les oiseaux auront trouvé la bonne route, eux aussi, et qu'ils nous ramèneront de plaisantes nouvelles. Peut-être ce voyage se déroulera-t-il sans encombre, finalement – ah, je l'espère.

Janes resta un instant interdit puis retourna s'asseoir auprès de Livia. Depuis quelques heures, la jeune femme semblait en proie au délire. Son front était brûlant et des paroles incohérentes s'échappaient de ses lèvres.

Il la prit dans ses bras.

— La mort... La mort... Hell va venir... Hell va venir me chercher, hi, hi.

Elle s'accrochait à lui, riant et pleurant en même temps, et lui, il lui caressait les cheveux, et il ne savait absolument pas quoi faire d'autre.

Elle lui attrapa la main.

— Oui, dit-elle, oui, tu es le Tresån, c'est toi qui es venu nous tuer !

— Livia, non...

— Ce papillon qu'elle a avalé, fit Davënger à la barre. L'âme qu'il abritait sera descendue en elle.

— Je ne suis pas sûr... murmura Janes.

La princesse faisait coulisser l'anneau à son doigt.

— Tu devrais me donner ça. Tu devrais me le donner, et puis nous retournerions en arrière, et rien n'arriverait, rien du tout, nous retournerions au moment où nous nous sommes connus, hein ? sur les rives du fleuve de glace, ou non ! dans la tour Tempête du château, oh ! La tempête !

— Livia, tu me fais mal.

Elle essayait de lui ôter l'anneau.

Il la repoussa avec douceur ; elle darda sur lui un regard plein de haine.

— Évidemment ! Toi, tu ne sais pas ce que c'est que disparaître. Mais moi – on ne m'a pas donné le choix. Ah, j'aurais voulu rester toujours ainsi, dans l'ombre, seulement ils sont venus à moi, oh ! Tu es une reine, disaient-ils, une princesse, tu es comme nous : une Faeder, il n'est rien que tu puisses faire contre cela et maintenant je vais disparaître, sombrer dans l'oubli comme une pierre qu'on jette au fond d'un puits, et tout ce qu'on retiendra de moi, ce sera... ce sera...

Janes tendit une main vers elle.

— Ne me touche pas !

Le jeune homme sentit les larmes lui monter aux yeux.

Davënger lâcha sa barre pour venir le rejoindre.

— Ne fais pas attention.

— Mais pourquoi... pourquoi dit-elle qu'elle va disparaître ?

— Parce qu'elle *sait*, répondit Davënger.

— Quoi ?

— Elle délire, intervint Hemd'l. Ne prête pas attention à ses paroles. C'est la fièvre.

— Je sais parfaitement ce que je dis, cingla Livia, recroquevillée sur son banc.

Janes se passa une main tremblante sur le front et revint à Davënger.

— Qu'est-ce que tu as dit, à l'instant ?

— Rien. Rien du tout.

— Tu as dit qu'elle savait.

— Je veux dormir, marmonnait Livia, dormir. Loin de lui... ajouta-t-elle en montrant Janes. Je ne veux plus jamais me réveiller.

— C'est ça, fit le loup blanc en l'aidant à s'allonger. Dors, petite cousine, tout va s'arranger. (Il se pencha un peu, chuchota à son oreille :) Et plus encore que tu ne saurais le croire. Tu as ma parole.

La jeune femme ferma les yeux et sombra immédiatement dans un sommeil agité.

Keÿdor, qui n'avait rien perdu de la scène, laissa retomber le capuchon de sa robe de bure. Il tenait son exemplaire des *Prophéties de l'Hiver* serré contre lui. Le loup blanc l'aperçut, et son regard s'illumina.

— Hum. Puis-je voir ce livre ?

Le moine secoua la tête avec crainte.

— Bon, fit Hemd'l, tant pis. Je voulais simplement savoir de quoi il retournait. J'ai tellement entendu parler de ce grimoire. La prétendue sagesse des mortels.

Il retourna vers l'avant.

Peu après, Janes vint s'asseoir aux côtés de son frère.

— J'aimerais que tu me parles, fit-il au bout d'un moment, en regardant droit devant lui. Tu es le seul qui me comprenne.

Keÿdor sourit, et montra Livia endormie.

— Je ne sais pas, soupira le jeune homme. Parfois, j'ai l'impression de ne pas la connaître, absolument pas. J'ai longtemps cru que nous étions les deux personnes les plus semblables au monde. À présent, je réalise qu'il n'y a pas plus différents que nous. C'est drôle, tu ne trouves pas ?

Il se renversa et contempla le fleuve des Âmes qui coulait au-dessus de leurs têtes. De l'eau, simplement de l'eau, agitée de remous, un torrent suspendu qui rugissait en faisant route vers le sud.

Et puis en bas, sous eux, toujours cet autre fleuve, si petit, vu de cette hauteur, qu'il en donnait le vertige, avec ses arbres morts, ses souches pétrifiées et ses ombres furtives, des démons en maraude qui levaient les bras vers eux en hurlant – leurs imprécations noyées dans le fracas des eaux noires.

Les âmes dissociées.

Cauchemars. Souvenirs. Désirs.

Un rituel de purification qui pouvait prendre des siècles. Mais que devenait le temps lorsque vous étiez mort ?

Janes s'étira. À ses côtés, Keÿdor était occupé à lire. Le jeune homme jeta un œil. Aussitôt, le moine referma son grimoire.

— Ah, ah ! ricana Hemd'l de l'autre côté du navire, à toi non plus, il ne veut pas le montrer ?

— Pourquoi ? fit Janes en fronçant les sourcils.

Le moine se leva, enjamba le banc des rameurs, ouvrit la remise et tira de ses effets un rouleau de parchemin et une plume. À l'arrière, Davënger tenait toujours la barre en fixant l'horizon.

Revenu à place, Keÿdor commença à écrire.

Tu n'as pas besoin de savoir. Tu dois vivre l'histoire.

Janes se gratta la nuque.

— Alors toi, tu sais ce qui va m'arriver ?

Le moine secoua la main. *D'une certaine façon.*

Assis sur le banc en face d'eux, Hemd'l désigna le grimoire.

— Ah, les livres ! Mais tout n'est pas écrit d'avance ?

— Et Reah ?

— Reah ne peut pas prévoir chaque événement de nos existences. Il y a des accrocs dans la toile de Wyrd.

— Ce n'est pas ce que nous enseigne...

— Je sais, répondit le Faeder. Mes oncles et mes tantes ont toujours eu beaucoup de mal à l'admettre. Mais, tiens, par exemple : nulle part dans ce livre il n'est écrit que je dois vous aider. N'est-ce pas ? *N'est-ce pas ?*

Keÿdor, à qui s'adressait visiblement la question, secoua la tête en caressant la couverture de son grimoire.

— Quoi ? demanda Janes en lui serrant l'épaule. Qu'y a-t-il ?

Le moine rabattit son capuchon en hâte.

Visiblement satisfait, Hemd'l se leva et regagna son poste à l'avant du navire.

Janes soupira. Depuis combien de temps se trouvaient-ils en ce lieu ? La nuit et le jour, ici, n'avaient plus aucune signification. Le jeune homme essaya de faire le vide dans son esprit. Puis, n'y parvenant pas, il se leva à son tour et alla rejoindre la princesse endormie.

— Mon amour ?

La princesse avait la bouche entrouverte. Quelque chose dépassait entre ses lèvres. Janes tira doucement. C'était une aile de papillon.

— Mon amour ?

La princesse ouvrit les yeux.

Toute animosité avait disparu de son regard. À présent, elle n'est plus que tristesse, songea Janes avec un serrement de cœur.

— Tu as été très malade.

— Oui...

— Tu as dit des choses...

— Je sais.

Elle se redressa péniblement.

Il la soutint, la prit dans ses bras.

— Tu n'as rien à craindre de moi.

Par-dessus son épaule, la jeune femme fixait un point imaginaire. Puis son regard croisa celui de Hemd'l, et elle baissa les paupières.

Davënger dirigeait le navire à la perfection. Janes réalisa soudain que le halo de puanteur qui l'entourait habituellement avait disparu.

Il faisait toujours aussi froid.

D'autres boyaux s'ouvraient devant eux, maintenant, qui débouchaient sur d'autres fleuves inversés, d'autres forêts, d'autres parois de chair molle.

Keÿdor avait posé son livre sur ses genoux relevés, le front contre la couverture. Janes allait lui demander quelque chose lorsqu'une clameur aiguë se fit entendre.

— Enfin ! sourit Hemd'l.

Les oiseaux de malheur étaient de retour : une nuée noire de serres et de becs, des claquements d'ailes dispersant les âmes égarées. Bientôt, ils entourèrent le bateau, volant de toutes parts. C'était la première fois que Janes et les siens les voyaient d'aussi près. Plus massifs que des corbeaux, ils étaient affligés d'un corps difforme, couvert de petites bosses. Leur bec, recourbé, était tranchant comme un rasoir.

Dans leur cage posée près de la remise, les pigeons voyageurs s'affolèrent.

Les oiseaux de malheur piaillaient, hurlaient en essayant de suivre le navire, volaient trop loin et revenaient, se cognaient les uns aux autres.

Bras croisés, Hemd'l les écoutait avec la plus grande attention. À plusieurs reprises, il hocha la tête. Puis il les dispersa d'un revers de main, et les volatiles repartirent par où ils étaient venus.

— Nos ennemis sont bien ici, dit le loup blanc avec un large sourire. Mais ils se sont trompés de boyau. Apparemment, nous les avons déjà dépassés. Ah, ah ! Ils risquent de nous attendre longtemps.

À ces paroles, Livia se mordit le poing.

Janes lui caressa la joue.

— Pourquoi ne te réjouis-tu pas ? souffla-t-il. Je sais que Wultan était... enfin est... ton...

— Ne dis rien, répondit la princesse. Je t'en prie.

Le jeune homme se retourna vers Hemd'l.

— Je suppose que cela sert nos plans. Vous êtes certain de ce que vous avancez ?

— Les oiseaux ne se trompent jamais, répondit le Faeder.

Janes se laissa tomber sur un banc et se pencha sur Keÿdor. Capuchon relevé, le jeune moine demeurait parfaitement immobile.

— Et toi, tu n'en penses rien, hein ?

Keÿdor passa sa langue sur ses lèvres. Entre ses doigts refermés, il tenait un petit flacon empli d'un liquide bleuté. Aspère de Jaspe : une essence très rare, achetée à prix d'or à un négociant d'Yslen de Lys. Une seule goutte pouvait faire mourir un homme. Le moine ôta le capuchon et posa son pouce sur le goulot.

Il voulait voir. Il savait déjà, mais il voulait voir. Afin de fortifier son âme. Lentement, il porta son pouce à ses lèvres.

Le sommeil viendrait vite.

— Keÿdor ?

Le jeune moine reboucha son flacon et le glissa dans la poche ventrale de sa robe. Puis il attrapa la main de son frère et la serra contre son cœur.

Janes écarquilla les yeux.

— Qu'est-ce que tu veux ?

Le moine baissa les yeux sur ses genoux et caressa la couverture de son livre. Le fils des Ténèbres secoua la tête. À l'autre bout du navire, Hemd'l les fixait avec attention. Janes ne comprenait pas.

Keÿdor lâcha sa main et tira une couverture à lui. Il s'en enveloppa et, de nouveau, posa sa tête sur ses genoux.

Ils allaient plus vite, maintenant – tous le sentaient.

Les âmes en colère soufflaient sur leur voile, arc-boutées, elles se contorsionnaient.

Debout à l'avant du navire, Hemd'l adoptait une posture pleine d'assurance et semblait défier les autres passagers du regard. Il les toisait encore lorsqu'une tempête inattendue commença à se lever.

Une gigantesque masse sombre apparut à l'horizon. Cela occupait tout le tunnel. Cela venait vers eux, à toute allure.

— Protégez-vous !

Des feuilles d'arbre. Des feuilles de frêne, par milliers, par millions. Elles leur fouettaient le visage, tourbillonnaient avec rage. Elles s'enroulaient autour d'eux, se collaient à leur torse, à leurs jambes, à leur face.

Yggdrasil.

Le Grand Arbre.

Keÿdor sombra dans le sommeil.

DRESSÉ VERS LES ÉTOILES

C'était peut-être le souffle de l'enfer.

L'inspiration des Ténèbres, le chant de Winterheim.

Pelotonné au fond du navire, Keÿdor rêvait, forgeait les images de son propre rêve. Les hommes rêvaient seuls à présent. Jamais Ever n'aurait permis qu'on contemplât de telles choses.

L'hiver était là. La neige recouvrait tout et l'ombre immense d'Yggdrasil s'étendait sur la terre.

Une silhouette émergea du couvert. Son manteau était si long qu'il semblait ne faire qu'un avec la forêt derrière elle, et s'accrochait aux cimes des sapins.

C'était une femme d'une beauté impossible.

Elle était nue, elle s'avançait dans la neige, elle marchait vers l'arbre, accompagnée de ses deux sœurs, une vieille en haillons, presque pliée en deux, et puis une autre plus digne, chauve, d'une pâleur mortelle.

Des moines assistaient à la scène, des moines de son propre couvent, montés sur des aulnes, des moines qui, après cela, se crèveraient les yeux et feraient vœu de silence, de sorte que personne ne pourrait jamais savoir ce qu'ils avaient vu.

Les aulnes frémissaient, bruissaient dans les ténèbres.

Et le grand arbre Yggdrasil, lentement, ployait vers le sol, vers les trois femmes debout à son pied. Il était si haut qu'on ne voyait pas son sommet. Il était si fort qu'il aurait pu briser ce monde dans son étreinte. Et de son être secret se dégageait une impression, non pas de profonde bienveillance, mais de profondeur tout court, d'absolue pérennité.

Il était l'arbre. Il était TOUT.

Et c'était bien un rêve, le premier rêve d'un homme hors du monde des rêves.

Car nulle part ailleurs que dans un songe une femme, si belle et divine soit-elle, n'aurait pu avec une telle grâce ôter l'agrafe de son manteau et le laisser s'envoler derrière elle, linceul déployé couvrant Midgard d'une ombre de velours.

La nuit étendit son royaume.

Peur et Mort demeuraient en retrait maintenant, de même que les moines à l'orée des bois sombres, accrochés aux branches des aulnes, tremblant et priant et psalmodiant des litanies mélancoliques aux accents hopelandic.

Naewen marchait dans la neige.

Lentement, l'arbre se pencha sur elle, vibrant d'une énergie toute-puissante. La jeune déesse ouvrit les bras et renversa la tête en arrière.

« Je viens à toi, ô Yggdrasil, je viens à toi humble et offerte, toi l'origine de toutes choses. Toi la création, toi celui qui crée. Je viens à toi pour que les prophéties de l'hiver s'accomplissent. Le temps des dieux touche à sa fin.

De ton écorce, tu as fait les Dragons. De tes branches, tu as fait les Faeders. Mais c'est ta sève qui coule dans les veines des hommes.

Et je t'implore, ô Yggdrasil !

Toi qui donnes la vie, toi qui te nourris de la vie. Toi qui regardes le bien et le mal avec une égale compassion.

Libère les hommes de leur fardeau, nous te le demandons, nous, les instruments de ta volonté ! Libère tes enfants. »

Un éclair illumina la nuit.

La Peur se couvrit les oreilles, la Mort serra les mâchoires.

La Nuit, elle, baissa doucement les yeux. Tout son corps tressaillit lorsque les branches de l'arbre se baissèrent pour la cueillir, et la remontèrent vers les nuées. Elle était un jouet entre les mains d'un monde. Elle se sentait pénétrée d'une infinie tendresse.

Il y eut une étreinte.

Il y eut un second éclair, terrifiant celui-ci, suivi d'un hurlement à déchirer les tympans. La lumière était partout. Ce n'était pas le cri que pousse une femme au comble du plaisir, ce n'était pas le cri d'un nouveau-né dont les poumons pour la première fois s'emplissent d'air. C'était...

C'était quelque chose entre les deux. Et à l'intérieur de son rêve, Keÿdor se demanda s'il était devenu fou. Quelle importance, en définitive ?

Lorsque la lumière se dissipa et que les moines rouvrirent les yeux, seul demeurait, au pied de l'arbre immense, le corps inanimé de la douce Naewen.

Yggdrasil était de nouveau immobile.

Dressé vers les étoiles.

L'aulne qui portait Keÿdor contempla un long moment la scène, puis fit mine de s'éloigner. Le moine frappa son tronc pour le forcer à s'arrêter. Et il sauta dans la neige.

Il se mit à courir.

Le corps de la Nuit gisait toujours au pied de l'arbre.

Il paraissait lointain, mais le vent soulevait les pas de Keÿdor, et le jeune moine arriva à ses côtés en quelques instants. Hors d'haleine, il posa un genou au sol, et avança une main vers le visage endormi. Les cheveux de la déesse formaient une mer immense sur la plaine, une mer qui ne cessait de s'étendre. Keÿdor caressa la joue de la jeune femme.

Elle ouvrit les yeux et se redressa d'un coup.

Le moine recula, surpris.

— Vous êtes... si belle ! balbutia-t-il. Vous êtes...

Le ventre de la jeune femme enflait à vue d'œil.

Keÿdor ouvrit les yeux. Livia était penchée sur lui.

— Janes ! Il s'est réveillé...

Le moine se redressa d'un coup et se débarrassa de sa couverture. Oh, cette fatigue ! Il avait mal à la tête, ses mains tremblaient, et un froid cruel s'était emparé de son âme. Mais il avait *vu*, et il savait parfaitement ce qu'il lui restait à faire.

— Ah, vous avez réussi à dormir ! dit Hemd'l.

Keÿdor enjamba le banc des rameurs et marcha jusqu'à la remise. Le loup blanc y était adossé. Il ne bougea pas lorsque le moine essaya d'ouvrir la petite porte.

— Vous cherchez quelque chose ?

Keÿdor tira sur la poignée avec insistance.

Aucune réaction.

— Laissez-le passer, fit Janes.

— Pourquoi ? Je voudrais savoir ce qu'il cherche.

— Il ne peut pas parler, dit Livia. Il a fait vœu de silence.

— Les vœux sont faits pour être rompus, non ?

— C'est ce que vous professez ? demanda Janes en se levant, un rictus menaçant aux lèvres.

Il tenait son épée à la main.

Hemd'l plissa le front, étonné.

— Vous ne me faites pas confiance ?

— Je veux simplement que vous libériez la remise.

— Très bien.

Le Faeder se poussa un peu, juste assez pour laisser passer le moine. Celui-ci ouvrit la porte et attrapa la cage aux pigeons qui se trouvait à l'intérieur. Il la rapporta à l'arrière du navire en la serrant contre lui.

— Vous voulez envoyer un message ? demanda le loup blanc. J'ai bien peur que vos volatiles ne rencontrent pas grand monde par ici.

Keÿdor ignora la remarque.

Il se retrancha au fond du bateau, la cage aux pigeons entre ses jambes.

Janes et Hemd'l se dévisagèrent en silence.

— Vous vous défiez de moi, constata le loup blanc. Vous ai-je nui en quelque façon ?

— Vous n'en avez peut-être pas eu l'occasion.

Le Faeder se détourna.

— Je suis venu à vous sans arme. J'ai envoyé mes oiseaux nous avertir du danger. Et cela ne vous suffit pas. J'avoue que j'ai du mal à comprendre.

Keÿdor tendit le bras et referma son poing sur un petit papillon qui voletait autour de lui. Lentement, sans quitter Hemd'l des yeux, il ouvrit la cage et en sortit un pigeon. Paniqué, le volatile battait vivement des ailes. Mais le moine, qui le tenait bien serré, le força à ouvrir le bec et à avaler le papillon. Puis il caressa son gosier pour le faire avaler. Le pigeon émit un couinement étrange et se calma aussitôt. Keÿdor approcha sa petite tête de sa bouche.

Les autres le considéraient avec effarement.

— Il a perdu la tête, dit Hemd'l.

Le moine ne prit même pas la peine de le regarder.

Il murmurait des choses à l'oreille de son pigeon, aussi vite qu'il le pouvait, des choses que les autres n'étaient pas en mesure d'entendre. C'était la première fois qu'ils le voyaient remuer les lèvres.

— Je sais que tu m'entends, qui que tu sois, oh ! je te libérerai, et tu iras porter la parole au monde, tu crieras au-dessus des toits de Nordheim et de Lys et de Dolor, au-dessus des ruines fumantes, oui, tu crieras, tu leur diras que le Tresån est vivant, tu leur diras que le Tresån vole vers son destin et qu'il sortira bientôt de terre, qu'ils se réjouissent, qu'ils se réjouissent et chantent déjà ses louanges car il est bien celui qu'il dit être, le *Livre des Prophéties* n'avait pas menti, il est là, dis-leur ceci, il est là ! et je le vois en ce moment même, il me regarde aussi, il va sortir des enfers, l'anneau est détruit ou en passe de l'être, l'anneau de la foi qui maintenait les Faeders en vie, que tous les hommes et les femmes de Midgard se réjouissent et se congratulent car ils sont libres à présent ! Ils peuvent danser sans crainte sous les étoiles. Alors je te le dis, que les hommes de haute foi se réunissent maintenant au pied du Grand Arbre, Yggdrasil ! qu'ils viennent enfin, ceux qui veulent l'adorer et lui témoigner leur gratitude, car il est celui qui montre la lumière, celui qui ôte les voiles, il est le fils du Grand –

— Arrête.

Le moine releva la tête.

Hemd'l se tenait devant lui, les mains sur les hanches. Ses yeux luisaient de colère.

— Toi, arrête.

Très calmement, le Faeder fit volte-face.

Janes se tenait devant lui, son épée d'or à la main.

— Je ne crois pas, commença Hemd'l, que nous ayons besoin d'en arriver là...

— Cela ne dépend que de vous, répliqua Janes. Retournez à l'avant du bateau, et restez-y.

Le loup leva les mains en signe de paix.

— D'accord.

Keÿdor recula, son pigeon serré contre lui.

Nonchalamment, le Faeder repassa devant le jeune homme et s'accouda à la remise comme si de rien n'était.

La traversée des enfers se poursuivit.

Depuis peu, d'immenses pitons rocheux faisaient leur apparition. De taille irrégulière, fins à la base, évasés au sommet, ils étaient couverts de mousse et de végétation corrompue.

Davënger maniait la barre avec précaution. Le conduit de chair se rétrécissait peu à peu. Le bateau, se faufilant entre les concrétions pierreuses, se rapprochait de plus en plus des hauteurs. *Arrivons-nous au terme de notre voyage ?* se demanda Janes.

Puis Livia se leva d'un coup, et montra l'un des pitons. Il était énorme, touchait presque le plafond – le fleuve des Âmes renversé qui, à cet endroit précis, s'élargissait et faisait comme un lac.

De nouveau, Janes brandit son épée. Cette fois, cependant, il était certain qu'il allait s'en servir.

Des hommes les attendaient sur le piton.

Des hommes !

Une véritable armée, plutôt.

Ils étaient une centaine, des soldats de Nordheim et des mercenaires, vêtus de cottes de mailles et de longs manteaux gris. Comment étaient-ils arrivés jusque-là ? Mystère. Mais Janes reconnut immédiatement celui qui se trouvait à leur tête.

Donn'r...

Ailleurs, sur les pitons voisins, d'autres combattants avaient pris position. Des ponts de corde avaient été lancés d'un sommet à l'autre, formant un véritable treillis. Impossible de passer au travers.

Janes leva les yeux.

Au beau milieu du lac renversé, on devinait l'ombre d'une île. Un gouffre naturel s'ouvrait en son centre. Un puits. Un puits sur les enfers.

Hemd'l s'approcha.

— Je jure...

Janes pointa sa lame sur lui.

— Tu vas mourir.

Les mains de Keÿdor s'ouvrirent et son pigeon s'envola à tire-d'aile. Des carreaux d'arbalète sifflèrent. Sans succès.

Davënger lâcha sa barre. Le moine se leva, prit Livia dans ses bras et l'aida à se coucher dans le fond du navire. Le navire arrivait à portée de flèches du piton principal, celui sur lequel le gros des troupes avait pris position. La voix de Donn'r résonnait au-dessus du tumulte.

— Rappelez-vous ! C'est l'anneau qu'il nous faut ! Que vous le tuiez est sans importance, je veux l'anneau, vous m'entendez ?

Le Faeder se tourna vers le bateau avec une grimace de haine.

— Comme on se retrouve, hein ?

— Pour la dernière fois, répondit Janes.

Donn'r leva une main gantée.

Des cliquetis d'arbalète retentirent.

— Fais tes adieux au monde, fils des Ténèbres.

Janes se pencha au-dessus du bastingage. Un vide de plusieurs centaines de pieds s'ouvrait sous ses pieds. En bas, tout en bas, le fleuve des Âmes poursuivait sa course métallique.

Il hocha le menton vers Hemd'l.

— Saute.

Le loup blanc haussa un sourcil.

Il allait répondre quelque chose lorsqu'une corde venue du piton tout proche jaillit à sa portée. Sans hésiter, il saisit le grappin et s'élança. Janes courut vers lui et bondit à son tour, au moment précis où le Faeder basculait dans le vide. Il s'accrocha à sa taille. Les deux ennemis disparurent sous les yeux des autres passagers, stupéfaits, tandis qu'une première salve de carreaux était tirée.

Attachée à une énorme racine, la corde décrivit un large mouvement de balancier, puis revint en arrière. Janes et Hemd'l se trouvaient toujours à l'autre bout.

— Hissez ! hurla Hemd'l. Hissez donc !

Penché au bord du piton, Donn'r sembla hésiter. Finalement, il aboya un ordre, et ses hommes commencèrent à remonter la corde.

Davënger revint à la barre et dirigea le navire droit vers le piton. De nouveaux tirs d'arbalète fusèrent et deux d'entre eux l'atteignirent en pleine poitrine ; il les ôta de son armure comme s'il s'était agi de simples brindilles.

Bientôt, Hemd'l et Janes prirent pied sur le piton. Une vingtaine d'hommes armés de haches et d'épées les attendaient.

— Janes ! cria Livia quand leur bateau, de l'autre côté, heurta avec violence la formation rocheuse.

Keÿdor se releva à son tour et rattrapa la princesse. Ses yeux étaient rivés sur la paroi du boyau qui leur faisait face. Des formes volantes s'en détachaient les unes après les autres. Très vite, tout le monde les vit.

C'étaient...

C'étaient des silhouettes en haillons.

C'étaient des sorcières, les sorcières d'Abagaï ! songea le moine avec une jubilation intense, les sorcières qui volaient et qui portaient des hommes dans leurs bras ! Elles étaient descendues elles aussi, elles n'avaient rien perdu de la scène, elles attendaient seulement le moment propice pour passer à l'attaque.

Et ces hommes qu'elles tenaient sous elles, et qu'elles déposaient maintenant un à un tout au bord du grand piton, armés de pied en cap, Keÿdor ne pouvait pas les connaître, parce qu'il ne les avait jamais vus, ni Davënger non plus, mais Livia frissonna à leur vue, et le cœur de Janes fit un bond dans sa poitrine – ce petit homme manchot, qui s'avançait, une dague pointée, oh oui ! impossible d'oublier cette silhouette !

C'était le Grand Toqué.

Le Grand Toqué et son armée de Walrœk !

Janes brandit son épée et s'ouvrit un passage dans la masse de ses ennemis. Très vite, une confusion extrême régna sur le piton. Les sorcières continuaient d'arriver, déposaient leurs fardeaux humains et une partie des hommes de Donn'r se précipitait vers les nouveaux venus, tandis que des renforts empruntaient les ponts de cordage oscillants.

Hemd'l, qui avait récupéré une lame, se retourna vers son embarcation flottante. Il tenait toujours sa corde à la main et faisait tournoyer le grappin, de plus en plus vite.

La bataille pour l'Anthémion !

Immédiatement, Janes se retrouva aux prises avec une dizaine d'adversaires. Il n'y avait qu'une solution pour lui : reculer jusqu'au bord du piton, afin de ne faire face qu'à trois ou quatre ennemis à la fois. Les hommes de Donn'r, en effet, ne pouvaient prendre le risque de le faire basculer dans le vide.

— Janes !

Qui avait crié son nom ?

Le jeune homme porta un premier coup, esquiva une attaque, enfonça sa lame dans une chair ennemie, sentit une hache le manquer de peu, pivota, sauta de côté, tendit le bras de nouveau, et son épée trancha un bras à hauteur d'épaule. Il y eut du sang, des hurlements, il ne savait plus vraiment ce qu'il faisait, ses ennemis l'acculaient, la peur dansait dans leurs yeux, ce n'était pas la haine, non ! c'était la peur, et puis Donn'r arriva à son tour.

— Tu vas payer.

Les sorcières surgissaient par dizaines.

Parmi les combattants qu'elles amenaient sur le piton, plusieurs avaient déjà repéré Hemd'l, et se ruaient dans sa direction pour l'empêcher de regagner le navire. Ils arrivaient un peu tard.

Le loup blanc avait déjà relancé son grappin, amarré le navire au piton, et repris place à bord, malgré l'opposition de ses trois occupants.

À présent, il se battait avec Davënger.

Plusieurs fois déjà, il avait enfoncé son épée dans le ventre de son adversaire. Le forlanceur crachait des jets de bile noire et, de temps à autre, s'essuyait le visage – ou ce qu'il en restait – d'un revers de manche.

— Tu vas crever, chien ?

Keÿdor essayait de retenir Livia. La jeune femme en était encore à chercher une arme, désespérément – tu ne vas pas le laisser se faire tuer ! lorsque le forlanceur bascula en avant, les mains serrées sur le ventre, et ne se releva pas.

Les yeux du loup blanc brillèrent d'excitation tandis qu'il se dirigeait vers la princesse.

— Attends un peu que nous fassions connaissance ! lâcha-t-il. Que je te montre qui je suis, chère cousine, parce que nous sommes...

Davënger, qui tentait de se traîner jusqu'à eux, retomba en gémissant.

— ... les mêmes, acheva Hemd'l en refermant ses doigts sur les cheveux de la princesse.

— NOOON ! hurla Keÿdor en se ruant sur le Faeder.

Sans même se retourner, le loup blanc saisit le moine par le col et lui planta son épée dans le flanc. Le sang jaillit.

Hemd'l repoussa le corps de Keÿdor dans le fond du navire.

* * *

Janes n'avait rien vu de la scène.

Acculé par ses adversaires, il se battait avec acharnement mais cédait du terrain. Et la terreur qu'il inspirait à ses ennemis ne faisait que renforcer leur désir de le tuer, à tout prix.

— Janes !

Cette voix !

Il parvint à jeter un coup d'œil par-dessus son épaule et aperçut un petit rouquin agile, courant vers lui, sautant par-dessus les cadavres, un poignard dans chaque main.

Pyk ! Pyk des cuisines de Walrœk, le plus fidèle des compagnons !

Oh, songea le fils des Ténèbres en parant un coup de hache, *comme j'aurais aimé te retrouver en des circonstances meilleures, mon ami.*

— Pyk !

Le rouquin se baissa pour éviter une attaque frontale, et enfonça l'un de ses poignards dans la cuisse d'un ennemi.

Les ennemis de Janes firent volte-face pour l'accueillir. Pyk sauta à la gorge du premier, qui se fendit et riposta aussitôt. Un éclair d'acier scintilla. Touché à l'épaule, le rouquin tomba à terre. Ses doigts ruisselaient de sang, mais un sourire radieux se dessinait sur ses lèvres. Il se redressa, brandit son second poignard et tenta de frapper encore.

Janes en avait profité pour se dégager de l'étau qui se refermait sur lui. En quelques enjambées, il rejoignit son compagnon.

— Mon frère ! s'exclama Pyk en le regardant arriver, je suis tellement...

Un coup d'épée le transperça.

La lame, qui s'était enfoncée dans son dos, ressortit à la hauteur de son cœur. Le rouquin tomba à genoux, son sourire se figea.

— Tresån... ou pas... tu es...

Janes sentit un sanglot irrépressible monter en lui. Les yeux brouillés de larmes, il se remit à frapper avec vigueur.

L'espace d'un instant, il avait cru s'être débarrassé de ses adversaires. Mais des renforts arrivaient et, de nouveau, le forçaient à reculer.

Il se ramassa sur lui-même, risqua un pas en arrière. Le sol se déroba sous ses pieds.

Il perdit l'équilibre et bascula dans le vide, son épée toujours en main.

C'est fini, se dit-il.

La chute était vertigineuse !
Le sol se rapprochait à une vitesse inimaginable.
Il allait se briser les os.

* * *

— Ne la touche pas.
Donn'r posa le pied sur la remise. Sa hache dégoulinait littéralement de sang.
— Traître. Je le savais.
— Ne sois pas stupide, répliqua le loup blanc en serrant la jeune femme contre lui. Tu as eu ce que tu voulais. Nous allons reprendre l'anneau. Et moi, je la prends elle.
— Ce n'est pas ce qui était prévu.
— Rien n'était prévu ! rugit Hemd'l en broyant le bras de Livia, qui tentait vainement de se dégager. Rien ne se passe comme prévu, jamais – pour peu que notre volonté entre en jeu. Si vous l'aviez compris, nous n'en serions pas là. Aaah !
Un soudain élancement lui arracha un cri de douleur. Son épaule ! Le mal, le mal qu'il avait toujours réussi à tenir à distance, resurgissait d'un coup avec une férocité inattendue.
— Tu souffres, hein ? grogna Donn'r.
— Plus un geste ! Ou je la tue.
Un éclat de folie passa dans les yeux de son aîné.
— Fais ce que tu veux, je m'en moque. C'est toi que je veux, Hemd'l.
Le loup blanc rejeta la princesse et se jeta sur son frère. Donn'r para sans difficulté et sauta au milieu du bateau. Les deux adversaires se jaugèrent un instant.
Hemd'l frappa d'estoc et, cette fois, l'autre esquiva. Dans le même temps, sa hache décrivit une parabole sifflante. Il manqua le loup blanc d'un cheveu, et sa lame s'enfonça dans le banc. La riposte ne se fit pas attendre. Le Faeder ouvrit la bouche comme un poisson lorsqu'il sentit la lame de son frère lui fouiller les entrailles.
— Meurs ! cracha Hemd'l.
Il retira son épée, prêt pour le coup fatal.
Puis il ouvrit de grands yeux.
Une douleur lancinante le traversa de part en part.

Il fit volte-face.

Un cadavre lui faisait face, un presque humain couvert de sang, à l'armure éventrée, et qui tenait une épée.

— Que... ? bredouilla le Faeder en s'affaissant.

Une botte s'écrasa sur son visage et l'envoya rouler à l'avant du navire. Il cracha piteusement et releva la tête.

— Toi...

Son frère agonisant était tout proche. Sans réfléchir, il referma ses mains autour de son cou.

Donn'r fit de même.

Et ils se mirent à serrer, tous les deux, et de plus en plus fort, parce que plus rien d'autre ne comptait, tuer l'autre, tuer le frère honni.

Ignorant les hurlements de Livia, Davënger s'avança et les frappa de nouveau, tous les deux. Il enfonça sa lame dans leur cœur, la ressortit, les souleva par les cheveux, qui une tignasse noire ensanglantée, qui une crinière blanche maintenant souillée, et il frappa, frappa sans relâche leur front sur le bois du banc, jusqu'à ce qu'ils cessent enfin de bouger, et même après, au bout de ses propres forces.

À présent, ce qui restait du visage des deux Faeders ne ressemblait plus qu'à une bouillie sanglante d'où émergeaient des esquilles d'os, des restes d'yeux, de bouche et d'oreilles.

Rassemblant ses dernières énergies, le forlanceur entreprit de trancher les deux têtes. Il dut s'y prendre à plusieurs reprises avant de pouvoir les brandir.

Alors, avec une grimace de triomphe, il les jeta par-dessus bord, leur chevelure virevoltant autour d'elles comme des halos noir et blanc mêlés.

Dans la forêt pétrifiée, tout près des rives du fleuve, deux chocs mats se firent entendre. Les démons en maraude interrompirent leurs pérégrinations et se précipitèrent vers le lieu de la chute. Des cris de joie accueillirent leur découverte. Les occasions de manger étaient rares, en ce lieu.

Ils se jetèrent sur les têtes avec un appétit féroce.

* * *

Janes sentit des bras le rattraper *in extremis*.

Par miracle, une sorcière l'avait vu tomber. Elle avait aussitôt volé à son secours, et sa chute s'était arrêtée à mi-hauteur. Ils étaient remontés, elle au-dessus de lui. Ils survolaient maintenant le champ de bataille.

L'essentiel des combattants s'étaient rassemblés sur le piton central. Les armées du Grand Toqué étaient submergées.

— Reposez-moi ! hurla le fils des Ténèbres.

La sorcière redescendit à toute vitesse. Le cœur au bord des lèvres, Janes tenait toujours son épée. Sitôt à terre, il rejoignit la mêlée.

Des arbalétriers pivotèrent. Il fondit sur eux.

Son habileté faisait merveille. Un éclat doré, et trois ennemis tombèrent à terre. Les hommes du Grand Toqué reprirent un peu courage. Janes remarqua un jeune homme parmi eux, le bouclier hérissé de traits, qui se battait avec une fougue extraordinaire.

— À moi, le Tresån !

C'était le Baron Neuf de Gotgatan. Janes vola à son secours. Le noble était cerné par plusieurs adversaires, et manquait à chaque instant perdre l'équilibre.

Le fils des Ténèbres terrassa deux nouveaux ennemis. Ce n'était pas suffisant. Le troisième leva une hache et porta un coup fatal. Sur le rebord du piton, le jeune baron battit des bras avant de disparaître dans l'abîme.

— Chien !

Janes tira un poignard de sa botte, et trancha la gorge de son dernier adversaire. Les muscles de l'homme se relâchèrent, et il glissa au sol.

Partout, la bataille faisait rage. Partout, des hommes tombaient, hurlaient, se traînaient à l'écart.

Janes jeta un œil au navire, et aperçut la silhouette de Davënger dressée au-dessus du chaos. Livia se tenait à ses côtés, et elle était saine et sauve. Mais Keÿdor avait disparu.

Le fils des Ténèbres courut vers le navire.

Le piton qu'il traversait était jonché de cadavres – des hommes qu'il avait connus, des hommes venus donner leur vie pour lui.

Il reconnut Vordhen, un carreau d'arbalète planté en plein front. Il reconnut Sigrid, noyé dans une mare de sang.

— Nous avons tué le Kzaar ! hurla un jeune cuisinier qui filait en sens inverse, nous avons tué le Kzaar !

Arrivé de l'autre côté, Janes s'arrêta et regarda autour de lui. Des brumes translucides, effilées, filaient entre les combattants avec des chuintements suraigus. Des âmes perdues ! Armées de bâtons couverts de runes, les sorcières tentaient de les disperser. Saisis de panique, les hommes de Donn'r prenaient la fuite.

Janes sauta dans le bateau.

Il vit les deux corps décapités, affalés sur la remise. Il vit le forlanceur, penché au-dessus du vide, et retenu par Livia.

— Davënger !

— Je veux mourir ! gronda son ami. Mourir, mourir !

Le jeune homme s'avança et lui envoya son poing en pleine figure. L'autre tomba à la renverse et se massa la mâchoire en geignant.

Livia se mit à trembler. Janes se précipita, et la serra dans ses bras. À l'autre bout de l'embarcation, il fixait le corps inanimé de son frère.

— Il respire encore, murmura la princesse.

Le fils des Ténèbres la relâcha et alla s'agenouiller auprès du jeune moine. Sa robe de bure était gorgée de sang. Il essayait de dire quelque chose. Janes lui prit la main.

— Tresån... Tresån...

— Keÿdor ? C'est moi.

Les doigts du moine se refermèrent sur sa tunique.

— Approche, Janes.

Le jeune homme se pencha. La voix de son frère n'était plus qu'un murmure.

— J'aurais t... – tant voulu être là... au moment de ta montée en gloire...

— Quoi ?

— Le sommet de l'arbre, Janes. Le verbe...

Il tira quelque chose de sous sa robe. Un livre, couvert de sang. *Les Prophéties de l'Hiver*.

— Ne le...

— Je ne le lirai pas, petit frère.

Le moine grimaça un sourire.

— Tu connais... déjà... la fin... ?

Ses paupières tressautèrent longuement, puis se fermèrent doucement.

— Est-il... ? demanda Livia debout derrière lui.

Janes se redressa.

Il tenait le livre entre les mains. Il le lança par-dessus bord et les pages claquèrent comme des ailes d'oiseau.

— C'est fini.

— Est-ce qu'il t'a dit... ? répéta Livia.

— Dit quoi ?

Les joues de la princesse étaient couvertes de larmes.

— Dit quoi ? répéta Janes.

LA TRAVERSÉE DES OMBRES

Ils étaient repartis.

Oh, ce ne serait plus long maintenant.

Ils étaient repartis, tous les trois : lui, Livia et Davënger.

Les sorcières s'étaient massées en cercle au centre du piton. Tête baissée, elles avaient chanté d'anciennes litanies, et leur voix mélancolique s'était élevée dans les enfers.

Le Grand Toqué avait disparu.

La plupart de ses hommes étaient morts. Ceux qui ne l'étaient pas mourraient bientôt – et les guerriers de Donn'r partageraient leur sort.

Winterheim. Le royaume dont on ne revient pas.

Tout sentait la fin.

Le navire de Janes voguait parmi les ombres.

Le corps de Keÿdor avait été jeté dans le fleuve des Âmes. Comme les autres.

Le capitaine Vordhen.

Pyk. Sigrid.

Des guerriers de valeur, des cuisiniers anonymes.

Bientôt, pour les autres, leurs frères restés là-haut, une nouvelle vie commencerait peut-être. Une vie sans dieux.

Sans dieux.

Janes et sa princesse s'étaient réfugiés dans le fond du navire. Il était assis, et elle était assise entre ses jambes, et il chantonnait à son oreille.

Il neige et il neige
Sur des ponts silencieux,
Des ponts que les autres ignorent.

Elle se laissait faire, bercée par son souffle.

Davënger, lui, fixait l'horizon.

Cela dura des heures.

Des jours, peut-être.

Des siècles.

Puis ils commencèrent à Le voir.

Ils commencèrent à se rendre compte.

Yggdrasil ! Le monumental arbre-monde !

Ses racines gigantesques, plantées dans les enfers.

Ils étaient encore à des lieues et des lieues de Son tronc, mais déjà ils ressentaient Sa majesté et déjà, les mains de Livia s'agrippaient à la tunique de Janes, et elle marmonnait en pleurant, non, non, je ne veux pas, non, pas encore, et le fils des Ténèbres ne comprenait pas, il ne pouvait que l'embrasser, calme-toi, de quoi as-tu peur ?

Puis ils se rapprochèrent encore, et les âmes qui les avaient suivis durant tout le voyage les abandonnèrent les unes après les autres, comme une traîne part en lambeaux, et les racines leur apparurent alors dans toute leur incroyable ampleur, aussi grosses que des villes, aussi dures que de l'acier, aussi noires.

Elles palpitaient.

Ils pouvaient sentir la vie bouillonner en elles, le sang du monde s'écouler, et ils pouvaient tenter, aussi, à les voir, d'imaginer la hauteur du Grand Arbre. Mais personne ne pouvait se représenter une telle chose.

Peu à peu, leur navire ralentit.

Puis il s'arrêta tout à fait, au bord d'une racine.

Quelqu'un les attendait. Une femme, assise là-bas, un visage blanc sur une robe noire, parfaitement, immobile.

Davënger descendit du bateau.

Livia et Janes le suivirent.

Avec prudence, ils s'avancèrent sur la racine. Leurs pieds s'enfonçaient dans des fissures, des replis, des crevasses. Le sol diffusait une étrange chaleur. La femme en noir ne s'était pas levée, n'avait pas fait un geste, mais ils la distinguaient mieux à présent.

Elle était chauve.

Sans âge.

— Vous voilà enfin.

Une voix douce, si terriblement douce.

— Ma Dame, fit le forlanceur en s'inclinant avec respect. Je vous ai tant espérée.

— Je sais, répondit la femme en se levant.

Davënger se retourna vers Janes.

— Je voulais te dire...

— Viens.

Horrifié, le fils des Ténèbres regarda la dame en noir refermer ses bras sur son ami et l'attirer à elle comme une femme accueille son amant retrouvé.

— Davënger !

— Janes, murmurait le forlanceur, le visage enfoui dans le cou de la dame en noir, je voulais te demander pardon pour... pour ce qui va suivre... et pardon de n'avoir pas su trouver... les mots... et le courage...

— Oh, fit la femme en caressant son torse décharné, mais nous savons tous de quel courage tu as fait preuve, Davënger des Flamboyants Parhélyriques ! La honte et les regrets n'ont pas de place dans un cœur tel que le tien.

Une dernière fois, l'homme tendit la main vers son ami.

— Je suis désolé, s'écria-t-il, je t'ai toujours aimé, la première fois que je t'ai rencontré, tu te rappelles ? dans les montagnes, et je n'avais pas dormi de la nuit...

— Chuut, souffla la dame en noir à son oreille.

Le forlanceur ferma les yeux.

— Suis... désolé...

— Tout va bien, chuchota la femme en le serrant un peu plus fort. C'est fini... fini...

Janes voulut les rejoindre mais Livia le retint.

Stupéfait, le jeune homme vit alors le corps de son ami se désagréger à toute vitesse. Des lambeaux de chair se déroulèrent, des os apparurent, des os se brisèrent, tombèrent en poussière, et c'était si rapide, si inattendu ! – la mort, la mort, cela ne ressemblait à rien de ce que les hommes pouvaient connaître.

— Davënger !

Livia posa une main sur sa bouche.

— Il s'en est allé, murmura la dame en noir. Il aurait dû partir il y a bien longtemps déjà.

Elle ouvrit les bras, et ce qui restait des vêtements du forlanceur s'affaissa à ses pieds.

— Ton voyage touche à sa fin, Janes Oelsen.

DISPARAÎTRE

Le jeune homme leva les yeux.

Le tronc du Grand Arbre disparaissait dans les hauteurs.

Winterheim. Midgard. Asgard.

— Tu as traversé les enfers, mon enfant.

Janes serrait sa princesse dans ses bras. Il contemplait sa main. À son doigt, l'anneau n'était plus qu'un mince cercle d'or.

— C'en est presque fini des dieux. Le bâton de Faeder frappe encore le sol dans un effort désespéré pour retarder le moment. Mais bientôt, très bientôt, moi et mes sœurs devrons quitter ce monde. C'est inéluctable.

— Les dieux...

— Les Dragons ne sont plus. Les Faeders ne sont plus. Seul ton père, ajouta la Mort en pointant Livia du doigt, seul ton père respire encore. Il attend – quelque part dans la forteresse d'Asgard. Il t'attend toi, Janes Oelsen. Le désir de mort habite désormais son cœur.

Janes hocha la tête.

— Asgard...

— Il te suffit de rentrer dans l'arbre, fit la Mort.

— *Dans* l'arbre ?

À ces mots, Livia éclata en sanglots.

— Mon amour ! s'écria Janes bouleversé, mon amour !

Il releva la tête. La Mort scrutait son visage.

— Qu'y a-t-il ? Pourquoi me fixez-vous ainsi ?

— Tu dois t'en aller, mon enfant. Tu dois payer le prix et t'en aller maintenant.

Janes fronça les sourcils.

— Le prix ?

— Laisser une âme derrière toi – une âme consentante.

Le jeune homme éclata d'un rire amer.

— Une âme ? Ah ! Mais tous mes amis sont morts. Et quand bien même voudrais-je...

— Ce n'est pas à *toi* de vouloir. C'est à l'âme que tu laisses.

— Qu'est-ce que vous dites ?

Brusquement, Livia se dégagea de son étreinte et courut se réfugier dans les bras de la Mort, qui la reçut comme une mère.

Enfouissant son visage dans la robe noire, la princesse émit un long gémissement.

— Finissons-en !

— Q... quoi ? balbutia Janes en s'avançant, attendez, vous ne pouvez pas...

Livia se retourna vers lui.

— C'est moi le prix, Janes. C'est moi.

Le fils des Ténèbres sentit le souffle lui manquer.

— Livia !

— Cela devait finir ainsi. Il n'y avait pas d'autre solution.

— Livia ! Jamais je ne te laisserai...

Lentement, la Mort caressa la tête de la jeune femme.

— Tu n'as guère le choix, Janes Oelsen.

Le fils des Ténèbres tira son épée.

— Croyez-vous ?

— Range cette arme. Elle ne te sera d'aucune utilité.

— Livia...

— Écoute-moi, sanglota la princesse sans le regarder, je... je le savais depuis le début, ma mère me l'avait dit, dans les montagnes, il n'y avait pas d'autre solution, j'étais condamnée de toute façon mais toi... toi tu n'es pas un Faeder, tu as une mission à accomplir et...

Elle s'arrêta, incapable de poursuivre. Le visage fermé, Janes tomba à genoux.

— Aucune autre âme n'aurait pu te sauver, continua la Mort. Elle était ton grand amour, et c'est à ce prix qu'on sort des enfers. Tu ne le savais pas –, elle ne te l'aurait jamais avoué. Un immense amour, un amour pur et inviolé, il fallait qu'elle soit vierge et....

Janes redressa la tête.

Vierge ?

— Oui, fit Livia. C'est pour cela que Davënger...

— *Les Prophéties de l'Hiver*... Ainsi, il savait lui aussi. Tout le monde savait.

La jeune femme acquiesça.

Janes ferma les yeux.

— Notre amour... compte-t-il donc si peu pour toi... ?

— Oh, je t'en supplie !

Le fils des Ténèbres se détourna.

La princesse quitta la Mort et courut se blottir dans ses bras. Il la laissa faire, désespéré. Elle l'embrassait avec passion. Sa langue avait un goût de sel.

— Oh, c'est tout le contraire, susurrait-elle. Je vais mourir, je vais mourir quoi qu'il arrive, alors je veux te faire cadeau de cet amour – pardonne-moi, pardonne-moi si tu souffres, mais sache que ce n'est rien, je souffrirai avec toi, je disparaîtrai, je ferai partie de toi...

Elle se retint à lui.

— Mes jambes...

Janes la serra contre son sein.

— Est-ce... douloureux ?

Elle se dégagea, et il ne fit rien pour l'en empêcher. Il la vit retourner entre les bras de la Mort. Un cri silencieux monta en lui – assourdissant.

— Livia.

Derrière les deux femmes, un passage venait de s'ouvrir dans l'écorce. Cela brillait à l'intérieur. Cela brillait comme de l'or.

Le fils des Ténèbres s'avança.

— J'ignore si je suis le Tresån, dit-il. Mais je sais que j'ai fait tout cela pour toi. Je sais que je t'aime et que je t'aimerai toujours.

Livia ne se retourna pas.

Les mains de la Mort rencontrèrent les siennes, et leurs doigts se mêlèrent.

— Adieu, Janes Oelsen.

Le fils des Ténèbres passa devant elle puis s'engouffra dans la fissure. Il riait. Il riait, il ne pouvait rien faire d'autre.

— Non, marmonnait-il en agitant son épée, non, ça ne peut pas se terminer ainsi, nous allons nous revoir, n'est-ce pas ? Je vais tuer Wultan et nous allons nous revoir.

Livia riait, elle aussi.

— Je ne crois pas, répondit-elle, non, non mon amour, nous ne –

Elle se tut, les mains de la Mort jouant dans ses cheveux.

Janes avait disparu.

LA MORT DES DIEUX
(LES PROPHÉTIES DE L'HIVER – I)

Suant et ahanant, il remontait *dans* les veines de l'arbre. Il se trouvait à l'intérieur de son tronc et s'employait à gagner le sommet. Il savait qu'il devait faire cela et que le reste n'avait plus aucune importance.

Il laissait Winterheim à ses pieds.

Il laissait la Mort, et il montait vers Asgard. Le tronc d'Yggdrasil était creux.

C'était un monde en soi, truffé de pièces gigantesques et sombres, qui s'ouvraient et se refermaient comme des mâchoires.

Des escaliers vertigineux, longs de plusieurs milliers de marches, jaillissaient en spirale, se croisaient les uns les autres comme un réseau d'artères.

C'était un monde, et il en était le fils.

la respiration de l'arbre

Il montait, escaladait, gravissait des marches sans fin, parfois tombait dans des torrents de sève qui le ramenaient en bas, dans des endroits sombres et inconnus. Alors il devait tout recommencer.

Il vivait dans l'arbre. Il était le Tresån.

Ses souvenirs, il les laissait derrière lui, il les abandonnait tel des reliques. Ses doutes, ses regrets : des filaments désagrégés.

Le Grand Arbre.

Le Grand Arbre vivant.

Des aigles aux plumes luisantes nichés dans des anfractuosités lui indiquaient le chemin. Des cerfs beaux comme des rois l'accompagnaient pendant des heures, lui montraient des portes qu'il n'avait jamais vues, des passages.

Il y avait des serpents, des aurochs, des lutins.

Un jour, était-ce le jour ? il rencontra une vieille femme en haillons, qui marcha un temps avec lui. Elle s'accrochait à ses vêtements en gloussant. Elle parlait, croassait à voix basse, mais soudain sa voix résonnait et s'amplifiait au point qu'elle semblait bientôt envahir tout le tronc.

Nous ne sommes que des masques, des masques posés sur une réalité très ancienne.

Les hommes n'ont nul besoin de nous.

Il la considérait avec scepticisme.

— Êtes-vous... ?

Oui, Tresån. Je suis la Peur.

Elle prenait sa main dans la sienne, et ils continuaient de monter.

Le fils des Ténèbres n'éprouvait plus la moindre fatigue désormais. Il ressentait le monde. Il devinait la lumière derrière l'écorce, le soleil immense, le ciel azur, à l'infini et plus loin, beaucoup plus loin, l'océan.

Yggdrasil.

L'Unique, l'axe du monde.

Ses racines gorgées de mort, son tronc colossal, ses branches perdues dans les nuages.

Il grimpait le long de la falaise, surplombait le plateau inaccessible entouré de montagnes, le domaine des dieux. D'autres que lui avaient-ils déjà emprunté ces escaliers interminables ? D'autres que lui avaient-ils traversé ces salles désertes, croisé ces géants endormis, ces dieux oubliés, ces aulnes millénaires, venus se perdre ici ?

Il avait ouvert la porte.

Il était entré dans cette salle obscure où ne brûlait qu'une torche, et, posé sur une souche coupée en deux, il avait vu le livre ouvert.

D'un doigt léger, il avait effleuré la couverture, les trois lettres dorées, entrelacées.

Correspondances, liens subtils, liens noués hors de portée.

Ce livre, le cœur de l'arbre : c'était le monde.

Et lui, le Tresån...

Tu dois continuer, ô fils des Ténèbres.

Tu dois monter encore.

Il avait tourné les talons, il avait refermé la porte.

Monter encore. Gagner le sommet de l'arbre.

L'intérieur du tronc était doré comme un trésor. Il scintillait, luisait d'un subtil éclat solaire. L'écorce se gonflait, se rétractait. Elle respirait. On le sentait lorsqu'on posait la main sur elle.

Parfois, par une ouverture, le Tresån contemplait Midgard. Il était très haut désormais. Les cités du monde n'étaient plus que des étoiles scintillant sur une mer de collines et de forêts.

Des leshys se pressaient à ses côtés. Il les prenait dans ses bras, les hissait pour qu'ils puissent voir eux aussi.

Monde très grand.

Neige partout.

— Non, pas partout, riait le Tresån en leur montrant l'horizon. Au loin, vous voyez ? La neige disparaît. Et là-bas, tout là-bas comme des cailloux au milieu d'une flaque, vous les reconnaissez ? Ce sont les Archipels de Brume.

Les leshys plissaient des yeux, incrédules. Le Tresån les reposait et reprenait sa route.

Une fois, tandis qu'il progressait à tâtons dans un escalier en colimaçon très étroit, il se cogna à une forme pressée, qui descendait vers lui.

— Oh, pardon.

— Ce n'est rien. Tu...

Elle prit son visage entre ses mains. Il leva les yeux vers elle. Ils se trouvaient à l'endroit exact où les premières branches s'envolent en se tordant vers les nuées.

— Mon fils.

Elle était belle, avec ses grands yeux tristes et sa chevelure épandue, qui la suivait sur les marches boisées. Elle était belle, et il la reconnaissait.

La Nuit.

— Mère, je...

— Tresån.

Elle lui susurra des mots à l'oreille, il ferma les yeux.

Elle l'embrassa sur le front.

— Mon enfant.

— Mère...

— Ta mission touche à son terme, mon enfant ; la nôtre aussi. Un monde nouveau est sur le point d'éclore, écoute ! écoute les branches comme elles frémissent !

Elle s'en alla comme elle était venue et le Tresån resta longtemps, debout sur les marches, les cheveux de sa mère passant sur lui comme un linceul, humant les odeurs oubliées de son enfance.

— Mère ?

Sa voix résonna faiblement.

Avec un soupir, il reprit son ascension.

Puis, un jour, il arriva au sommet du Grand Arbre.

De toutes les branches, il avait chaque fois choisi la plus épaisse, la plus grosse mais à présent il n'y avait plus de branches, il était parvenu au bout de l'ultime ramification, et elle était tout juste assez large pour le laisser passer. Il rampa, son épée toujours accrochée derrière lui, il joua des coudes et des mains. Ce n'était plus une branche, plus même un rameau, seulement la dernière tige de la dernière feuille.

Alors, le fils des Ténèbres saisit sa lame et se fraya un chemin vers la lumière. Transi d'excitation, il s'extirpa avec force et se mit debout, s'avança sur la feuille, une main posée en visière sur son front.

FANTÔMES
(LES PROPHÉTIES DE L'HIVER – II)

Il se trouvait sur le toit du monde.

Tout, il voyait tout, et pleinement cette fois, Midgard s'étalait sous ses yeux comme une carte, les pays et les montagnes, les villes et les vallées, les champs qui refleurissaient déjà, les rivières qui chantaient, et de l'autre côté, au-dessus de la falaise, la forêt des dieux, leur citadelle, et la banquise, gigantesque, il n'aurait jamais soupçonné qu'elle fût aussi vaste, la barrière des cimes puis derrière, à l'extrême nord, le bout du monde, l'océan.

Asgard, le monde des dieux.

Et devant, la citadelle.

Va, Tresån.

Accomplis ton destin.

La voix de l'arbre.

La banquise infinie ressemblait à un paradis sans dieu, lavé par la tempête. Au sortir de la forêt, un arc-en-ciel trouait les nuages et montait jusqu'à lui. Les branches alentour étaient nimbées d'une lumière poudrée. Des aigles tournoyaient, des particules argentées pailletaient le vent glacé.

Le Tresån fit un pas en avant.

La neige crissa sous sa botte.

Il jeta un œil par-dessus son épaule. La forêt qu'il avait contemplée d'en haut se trouvait désormais derrière lui. Et devant, le pont-levis de la citadelle était baissé.

L'ombre du Grand Arbre s'étendait sur la glace.

Des branches descendaient, se coulaient jusqu'à lui. Elles glissaient à ses côtés comme d'énormes serpents placides. Il posa la main sur la garde de son épée et s'avança.

Dans sa tête vibraient tous les tambours du monde. Il entendait les prophéties et les clameurs, les cris des morts et les pleurs des femmes, les hommes tombés à la guerre. Les tours Dragons s'agitaient en silence. Leurs gueules s'ouvraient, crachaient des flammes vers le ciel, des torrents de lave retombaient en une pluie incandescente, tout cela sans le moindre bruit.

L'instant d'après, plus rien.

Les branches se tordaient, suivaient sa marche.

Le Tresån s'engagea sur le pont.

Il n'y avait personne.

Il passa la grande herse, s'arrêta sur le seuil de la grande cour. L'endroit était recouvert d'un immense drap noir, houleux comme une mer. Ses replis étaient soulignés de neige fraîche. Le vent s'engouffrait par la porte.

Le Tresån mit ses mains en porte-voix, puis les laissa retomber. C'était absurde. Il n'y avait plus personne ici. Plus personne, non, à part le maître des lieux qui l'attendait dans le silence.

Il s'enfonça sous les arcades.

Un homme se tenait au bout de l'allée. Le Tresån le reconnut immédiatement. C'était Wultan. Wultan et sa hache dressée, immobile.

Le fils des Ténèbres marcha vers lui. Le Faeder leva sa lame et l'abattit mollement. Son adversaire fit un pas de côté. L'apparition se dissipa.

Le Tresån traversa plusieurs salles désertes.

Aux fenêtres pendaient des rideaux arrachés et la neige, entrée par les ouvertures, recouvrait déjà les meubles. Des draps blancs maculés de sang gisaient chiffonnés au sol.

Régulièrement, Wultan surgissait, tantôt armé d'une hache, tantôt d'une masse d'armes ou d'une épée. Chaque fois, il frappait, un rictus de désespoir aux lèvres. Chaque fois, il s'évaporait, après deux ou trois coups assenés.

Le Tresån s'arrêta devant les fenêtres ogivales qui donnaient sur la cour intérieure. Il faisait jour. Des nuages défilaient à toute allure dans le ciel.

Soudain, il faisait nuit.

Une poussière grise se détachait des murs et montait vers les nuées. Un bras relevé devant le visage, le fils des Ténèbres toussotait. Puis il pivotait sur ses talons, juste à temps pour parer une nouvelle attaque. Les coups étaient réels. Le choc des armes résonnait avec force, des étincelles jaillissaient parfois, le front du Faeder était couvert de sueur.

L'instant d'après, tout s'arrêtait.

Au sol, des miroirs brisés, par dizaines, par centaines.

Des aigles malades aux ailes arrachées, se traînant de salle en salle, aspergeant le sol de gouttelettes sanglantes.

La poussière tourbillonnait toujours. Dehors, des choses volaient, projetées à toute allure, s'écrasaient contre les murs avec des bruits sourds.

Des têtes ?

C'était comme si le Temps était devenu fou.

Des scènes déjà vécues se produisaient encore. Des apparitions peuplaient les couloirs de la citadelle, boitillaient dans des salles désertes, souriaient, grimaçaient, tombaient à genoux. Des gens morts. Des gens vivants.

Il y avait deux cuisiniers.

Il y avait des nuées de chouettes.

Il y avait un capitaine du Kzaar, et un manchot surexcité.

Le Tresån voyait ses parents, et des régiments de voortans passaient devant lui au pas de course, sans lui prêter attention. Les branches d'Yggdrasil s'introduisaient partout, tels des doigts fouillant la pénombre. Le fils des Ténèbres les regardait ramper.

Des éclats de lune, reflétés dans des fontaines, fondaient comme du beurre et se mêlaient aux eaux claires. Puis tout devenait noir, et le Tresån apercevait le corps de Reah, flottant tel un cadavre. Des formes indistinctes remuaient en arrière-plan. Asraan ! Des squelettes formant des farandoles et portant couronnes d'or fondu. Des paysans, des jeunes femmes brunes dénudées, qui l'observaient avec des moues stupides. Des processions de sorcières. Des marins aux colliers d'or, armés de hachettes. Des sœurs et des prophètes. Tu es le Tresån, murmuraient leurs lèvres.

Tu es le Tresån.

Son frère se retournait et le saluait d'un hochement de tête. Des cochons grouillaient autour de lui. Galops d'étalons sonores : des forlanceurs traversaient des salles de bal. Des hommes à casques de fer. Des géants assoupis, se frottant les yeux. Les branches remuaient sans cesse, s'insinuaient dans les moindres recoins. Et toujours, Wultan était là, les yeux luisant de haine, frappant de taille et d'estoc comme un possédé, tiens ! et tiens encore !

Le Tresån regardait tout cela avec calme.

Ces choses n'existent que dans ton esprit, se répétait-il. Il essayait de ne pas réfléchir. Il passait de salle en salle, son épée battant à son flanc, il marchait tête baissée, indifférent aux fantômes. Les branches se faisaient rares. Le jour dehors était revenu.

Le Tresån pénétra dans la salle du trône.

L'obscurité régnait sur les lieux comme une maîtresse possessive. À l'autre bout, une respiration lente se faisait entendre. Un souffle rauque, mais encore puissant. Le fils des Ténèbres tira son épée.

Il était là, il se tenait devant lui, le maître des Faeders, ce géant plein d'orgueil. Cette fois, c'était vraiment lui. Pas le moindre doute possible. Il brandissait une épée, il se tenait debout sur les marches qui menaient à son trône, et il l'attendait, une colère inhumaine illuminant son regard.

— Tu vas mourir, Tresån. Tu vas mourir. Envers et contre tout.

Calmement, il s'avança vers lui.

Et se rua à l'assaut.

Stupéfait, le Tresån para le premier coup de justesse.

Il ne s'était pas attendu que le Faeder frappe aussi vite, aussi fort. Cela n'avait rien à voir avec les attaques précédentes, qui ressemblaient à des rêves, et qu'on pouvait parer *machinalement*. Cette fois, c'était pour de vrai, et il fallait être là.

Le fils des Ténèbres se fendit. Le Faeder attaqua encore. Encore. Il assenait chaque coup comme si c'était le dernier. L'acier de sa lame fendait l'air en sifflant.

Et le Tresån parait comme il pouvait, chassant le sol. Seule sa vitesse le sauvait.

— Il faut que tu disparaisses, gémissait le Faeder. Il faut que tout redevienne comme avant !

Le fils des Ténèbres sauta de côté, s'appliqua à parer. À chacun des coups de son adversaire, remarqua-t-il bientôt, répondait une pulsation plus profonde, issue du tréfonds de la terre. Était-ce Faeder lui-même, le maître du temps, frappant le sol de son bâton ?

Boum. Boum. Boum.

Le Tresån se rappela les battements de cœur de son vieux maître, à Yslen de Lys.

Il attaqua à son tour.

Une foule d'images lui revenaient en mémoire, par vagues. Chaque fois qu'une vague se retirait, elle laissait des débris sur la glace. Seulement des débris. Et les vagues suivantes les ramenaient à la mer.

Un cœur qui ralentit.

Boum. Boum.

Des éclairs. Reah dodelinant de la tête au sommet de sa tour. Wyrd se tordant les mains. Fregh vomissant ses entrailles, luttant pour mourir, mourir !

— Plus de magie, geignait Wultan, plus de magie, qu'as-tu fait, maudit ?

Le Tresån était à bout de souffle.

Il frappait au hasard, la sueur lui piquait les yeux.

Il voyait juste la lame au-dessus de sa tête, qui s'abattait et s'abattait toujours.

Tresån, mon enfant.

C'était le dernier combat, le seul qui importait, en définitive, et le fils des Ténèbres savait qu'il ne pouvait s'achever que d'une seule façon. Les dieux devaient mourir.

Alors, il arrêta de parer.

L'épée s'enfonça dans son cœur.

Boum.

Boum.

Il grimaça un sourire. Bizarrement, il ne ressentait qu'une légère douleur. Mais était-ce si étrange ? Son cœur était sec, presque vide désormais. Dans un dernier effort, il frappa à son tour. Jamais il n'avait frappé aussi fort. Sa lame pénétra sous la cotte de mailles du Faeder.

— Aaahhh !

Elle aussi resta plantée.

Wultan recula, les mains vides. Le Tresån marcha sur lui.

— N... non, bredouilla le Faeder.

Il y eut un froissement à l'autre bout du grand hall.

Un froissement de peur.

— Sois maudit, grogna Wultan.

Le Tresån retira la lame fichée dans son cœur et la jeta au loin. Le temps se suspendit. Les genoux du Faeder fléchirent. Un peu de sang apparut à la commissure de ses lèvres. Il essaya de rire. Tomba à genoux.

Boooum.

Booooum.

Le fils des Ténèbres tituba à son tour, fit quelques pas en arrière et s'effondra sur les marches du trône. Du sang coulait sur sa tunique, un peu de sang.

Ce n'est rien.

À quelques pieds, étendu sur le dos, Wultan menait sa dernière bataille. De toutes ses forces, il essayait d'ôter la lame dorée enfoncée dans sa poitrine.

Boum.

— Non. Nooon !

Il n'y parvenait pas.

Ses membres se raidissaient.

Un frisson de pierre se propageait dans ses veines.

Il ouvrit la bouche, sans parvenir à crier. Puis le battement se tut.

Rassemblant ses ultimes forces, le Tresån se traîna vers son ennemi et contempla son visage. Une statue. Le maître des Faeders était devenu une statue. Son vainqueur essaya d'abaisser ses paupières. Sans succès.

Alors, il entreprit alors de s'asseoir, et leva une main tremblante devant son visage.

L'anneau avait disparu.

À L'HORIZON
(LES PROPHÉTIES DE L'HIVER – III)

La tunique couverte de sang, le fils des Ténèbres quitta la salle du trône et retraversa toute la citadelle d'Asgard. Les choses étaient différentes maintenant.

Les Faeders n'existaient plus.

Leurs restes pétrifiés étaient tombés en poussière.

Au détour d'un couloir, le Tresån s'arrêta devant les débris grisâtres de ce qui avait été Wyrd. On distinguait une main, des phalanges, les morceaux d'un visage évoquant un masque.

Le Tresån ramassa des fragments. Agenouillé dans l'obscurité, il essaya de reconstituer une partie du visage. Bientôt, il reposa les morceaux à terre.

Plus loin dans le château, Reah s'était effondrée elle aussi. Tête la première, elle avait basculé de son tabouret et avait volé en éclats, devant son chaudron, autour, à l'intérieur. Des morceaux d'elle avaient sombré dans les eaux noires.

Maan ? Maan n'était plus qu'un visage lunaire scindé en deux, une perfection d'albâtre, deux croissants de lune presque intacts. Tyr : un agrégat de cendres crayeuses, amassé au bas d'une stèle. Fregh : des membres crispés, des étreintes de pierre, une explosion de colère grise.

Et Wultan, Wultan enfin.

Une épée d'or fichée dans un bloc de roche.

Poussières sur dalles blanches. Poussières dans le silence !

Des nuages de poussière se soulevaient des corps des Faeders et s'envolaient, se dispersaient aux quatre vents, tournoyaient sur les sols dallés, s'échappaient par les ouvertures, les portes, les fenêtres, montaient au-dessus des remparts, s'enroulaient autour du donjon, explosaient vers le ciel en nuées grises, palpitant, virevoltant, des poussières légèrement teintées d'or.

Le Temps avait disparu.

Les Ténèbres aussi. Elles s'en étaient allées peu après le suicide de leur sœur, ne laissant qu'un temple, forgé par leurs soins, sur un bloc de glace au bord d'une mer immense.

Le Tresån parcourut plusieurs halls déserts avant de déboucher sur la grand-place. Il marcha sur la toile, courut vers le pont-levis.

Dans le lointain, Yggdrasil le toisait de toute sa folle hauteur. Le fils des Ténèbres cligna des yeux. Une vision s'imposa à lui.

L'arbre pourrissant.

L'arbre allait mourir. Ses feuilles tomberaient, s'effriteraient, ses branches craqueraient, céderaient sous leur propre poids, le tronc finirait par s'enfoncer dans le sol, son corps gigantesque s'affaisserait sur lui-même. Les oiseaux, par centaines de milliers, viendraient picorer son écorce. Il y aurait des vers, des larves, des rongeurs. Puis des hommes s'approcheraient, effrayés tout d'abord, bouleversés par tant de grandeur. Ils partiraient, et ils reviendraient. Ils seraient armés de haches. Ils allumeraient des feux. Ils le découperaient en morceaux.

Il y aurait des craquements, des braises, de la neige fondue.

Les restes de l'arbre nourriraient le monde. Son nom serait effacé des légendes, les sculptures le représentant seraient détruites, les tapisseries déchirées. Rien ne subsisterait de lui.

Rien ne restera de moi.

Le Tresån s'avança sur l'étendue glacée. Derrière lui, déjà, les murs d'Asgard se lézardaient. Avant peu, la citadelle elle aussi s'écroulerait.

Son souvenir demeurerait un temps. Puis, comme tout le reste, il finirait par disparaître.

Sous les rayons du soleil, la neige était aveuglante. Le Tresån poursuivit sa route. Là-bas, en lisière de forêt, un petit groupe d'individus progressait vers lui. Il marcha à leur rencontre.

Peut-être, songeait-il, peut-être ne se passerait-il rien.

Peut-être l'arbre ne mourrait-il pas. Peut-être n'était-il que cela : un arbre. Et alors, quelle leçon pour les hommes ? Quel sens, son sacrifice ?

Le Tresån secoua la tête.

Non, non. C'était impossible, impensable.

Il avait tout sacrifié pour ce combat, cette quête.

* * *

Le fils des Ténèbres leva une main vers le petit groupe. Ils n'étaient pas plus d'une dizaine. Il y avait des nonnes parmi eux, deux jeunes moines du collège aveugle, un prophète au pied mutilé qui s'appuyait sur une canne. Ils étaient vêtus de longs manteaux de fourrure, portaient des dagues à leur ceinture, des bottes à bout de fer. Ils tenaient des lanternes, des sceptres, des exemplaires des *Prophéties de l'Hiver*. Un vieil homme prit la parole.

— Nous sommes arrivés, ô Tresån, dès que nous avons pu ! Nous avons entendu la parole des oiseaux, les pigeons parlaient, oui, nous écoutions leur parole, et nous avons parcouru le monde en ruine, et si nous ne sommes pas plus nombreux, c'est que...

Le fils des Ténèbres l'arrêta d'un geste.

— Pourquoi êtes-vous ici ?

Le vieil homme redressa fièrement la tête et sortit un grimoire de sous sa robe.

— *Les Prophéties*...

— Je n'ai pas besoin de cortège, le coupa le Tresån. Pas d'acclamations, pas de louanges. Rien de tout cela ne m'est nécessaire.

Il hocha la tête vers le grimoire et balaya l'assemblée du regard. Tous tenaient leurs livres serrés contre eux.

— Brûlez-les.

Ils se dévisagèrent, hésitants.

— Brûlez-les.

— Est-ce... votre volonté ?

— Faites-le.

Ils laissèrent tomber leurs livres sur la neige

Quelqu'un sortit une gourde et aspergea les couvertures. Une odeur d'alcool s'éleva dans l'air. Un briquet à amadou. Des flammes jaillirent. Les pages se racornirent, les couvertures fondirent. Une rafale de vent emporta les débris. Les disciples les regardèrent se disperser avec saisissement.

Le Tresån éparpilla les cendres du bout du pied.

— C'est fini, dit-il.

Il se passa une main sur le visage.

— J'ai détruit les Faeders. Celle que j'aimais est morte avec eux. Mon frère est mort, mon ami est mort, mes ennemis ont disparu. Je n'ai plus rien à faire en ce monde.

Le vieil homme joignit les mains.

— Tu as sauvé Midgard, ô Tresån. C'était écrit !

— Les prophètes avaient chanté ton nom avant même que tu ne naisses, ajouta une femme aux longs cheveux blonds. Mais personne ne les avait entendus. Maintenant, la lumière va descendre sur les hommes. Ils vont ouvrir les yeux.

— C'en est fini du règne des anciens dieux !

Le fils des Ténèbres se retourna pour contempler une dernière fois la masse titanesque d'Yggdrasil.

— Je l'espère...

— Il ne peut en être autrement ! insista une femme.

Le Tresån soupira.

— J'ignore ce qui est écrit dans vos livres : je ne lis pas le hopelandic. Tout ce que je peux vous demander, c'est d'oublier les dieux, à présent, d'oublier jusqu'à leurs noms.

Il désigna le Grand Arbre derrière lui.

— Yggdrasil tombera en poussière, sans doute, mais ses restes ensemenceront le monde. Une ère nouvelle naîtra de ses cendres.

Le petit groupe opina.

Le Tresån revint à la citadelle.

— Le lieu que je dois rejoindre se trouve là-bas, au-delà des glaces, aux frontières septentrionales de ce monde.

— Nous irons avec vous, dit un jeune moine.

— En êtes-vous sûr ?

Les disciples acquiescèrent avec chaleur.

— Nous sommes venus pour toi, Tresån.

— Alors en route.

* * *

Ils bravèrent la tempête, arpentèrent l'immense étendue, des jours durant, un désert de glace que personne n'avait exploré avant eux.

Au loin se dressaient les montagnes.

Ici, le soleil ne se couchait jamais.

Ils avançaient, le Tresån à leur tête, courbés contre le vent ; leurs pas soulevaient des nuages de neige – silhouettes minuscules, perdues dans le grand blanc.

Ils ne mangeaient pas, ne buvaient pas, ne dormaient pas, ne prononçaient pas la moindre parole. Leur peau était brûlée. Leur front, fiévreux. Leurs yeux brillaient d'un espoir féroce. Ils avançaient, envers et contre tout.

Arrivé au pied des montagnes, le fils des Ténèbres montra les sommets, la ligne sévère des pics, tracée à coups de pinceau sur le bleu implacable du ciel. Les autres comprirent. Ils commencèrent à monter, le souffle court.

Ils s'accrochaient aux rochers, dérisoires, ils s'enfonçaient dans l'immensité des gorges. Les Dragons étaient-ils venus mourir ici ? Il y avait des griffes, des pics acérés, des gueules garnies de crocs. La neige étincelait sur les contreforts. Tout resplendissait d'une glaciale beauté.

Parfois, les hommes se retournaient pour contempler le chemin parcouru. À l'horizon, les branches du Grand Arbre se dessinaient encore dans un halo lointain. Bientôt, ils les perdraient définitivement de vue.

Le silence !

Ici, le temps ne s'écoulait plus.

Ils longeaient des lacs glacés, solitaires, toujours à l'ombre.

Le vent s'engouffrait entre les montagnes, fouettait leurs visages en sourdes rafales. Cela paraissait sans fin.

Puis, un jour, ils arrivèrent de l'autre côté.

Devant eux s'étendait une mer étale, verte, infinie. Des énormes blocs de glace dérivaient avec lenteur. Ils entreprirent de descendre.

C'était un autre monde, un monde de roches arides, un monde de glace. Il n'y avait pas le moindre animal, pas le moindre brin d'herbe.

Le soleil brillait toujours mais il ne réchauffait plus rien. Une sourde appréhension habitait le Tresån.

Ailleurs. Ils étaient ailleurs.

Après des jours et des jours de progression périlleuse, ils rejoignirent enfin la grève : une étendue morne, perpétuellement ombrée, semée de roches noires. Devant eux, l'océan et ses icebergs.

Le Tresån s'accroupit, trempa le bout de ses doigts dans l'eau. Il n'avait jamais rien touché d'aussi froid.

— Nous y sommes, dit-il.

* * *

Dans l'ombre apaisante des montagnes, ils longèrent la grève en une mince file étirée, jusqu'à trouver ce qu'ils cherchaient.

Un matin, ils découvrirent quelque chose qui semblait les attendre au bord du rivage. C'était un modeste bloc de glace, avec un petit temple en son centre, un petit temple de pierre pourvu de deux colonnes.

Trois lettres étaient inscrites sur le frontispice, trois lettres hopelandic, qu'un moine déchiffra à voix haute.

Vérité. Oubli. Espoir.

— Mais on pourrait dire aussi la guerre, la guerre qui révèle le sens caché des choses, fait exploser les vérités enfouies au cœur de l'homme, et les dieux dont nous devons nous libérer – l'espoir, enfin, que nous promet cette liberté nouvelle.

Le Tresån marcha jusqu'au rivage. Les paroles du moine avaient produit une forte impression sur son âme.

Il sauta sur le bloc de glace et se tourna vers le petit groupe.

— Ici s'achève votre route.

Derrière lui, la porte du tombeau était ouverte.

Les hommes et les femmes demeuraient immobiles.

— Je dois partir, expliqua le Tresån. Ma quête ici touche à son terme, et je n'ai plus aucune raison de demeurer en ces lieux. Qui sait ? Peut-être, si je m'allonge en ce sépulcre, finirai-je par disparaître.

Le vieil homme s'avança.

— Et nous ? Que ferons-nous sans toi ?

— Vous pouvez rentrer chez vous. Rentrer, simplement, serrer ceux que vous aimez contre votre cœur, vivre ce que vous avez à vivre. Vous pouvez m'oublier, comme vous avez oublié les Faeders.

Les disciples considérèrent longuement ces paroles, et discutèrent à voix basse. Sans plus se soucier d'eux, le Tresån jeta un œil à l'intérieur de son tombeau. Un craquement sourd retentit. L'iceberg était sur le point de se détacher.

Le fils des Ténèbres se retourna. Ceux qui l'avaient suivi sautaient maintenant sur le bloc de glace.

— Nous venons.

— Rien ne vous y oblige.

— C'est ainsi que les choses doivent être, expliqua un moine. Nous ne pouvons te quitter. Nous sommes les témoins, ainsi qu'il est dit dans *Les Prophéties de l'Hiver*. Il faut quelqu'un pour se souvenir. Quelqu'un pour être là. Quant à ta parole, elle s'est déjà répandue à travers tout Midgard, et ses échos résonnent par-delà les nuées. La mort des anciens dieux.

Le Tresån opina.

Il était épuisé, plus que les mots n'auraient su le dire, son cœur était vide. Il pénétra à l'intérieur de son tombeau et se retourna vers les dix hommes et femmes qui attendaient au-dehors.

— Une fois que j'aurai refermé cette porte, je n'existerai plus. Vous ne chercherez jamais à me revoir, quoi qu'il arrive, vous n'ouvrirez pas le mausolée, vous ne direz jamais à personne qui je suis et ce que j'ai fait.

Les disciples sourirent.

— Tu nous as sauvés, murmura une nonne. Tu as libéré le monde.

Le Tresån se passa une main dans les cheveux.

L'image de Livia l'obsédait, il ne pouvait plus penser qu'à elle. Il embrassa la banquise du regard. La glace scintillait sous les rayons du soleil comme un miroir saupoudré d'or.

ÉPILOGUE

Ce qui est arrivé n'aurait jamais dû se produire. La vie est plus belle sans masque. La vie est plus belle sans nom.

C'est la fin maintenant.

Je serre chacun d'eux contre ma poitrine. Je ne sais pas comment ils s'appellent, cela n'a aucune importance. Ils me regardent avec des yeux pleins de larmes. Pourquoi pleurent-ils ? Il n'y a pas de tristesse. Pas de regret.

« Adieu » n'est pas le mot qui passe mes lèvres.

Je leur montre simplement le ciel, je le regarde avec eux, je pense aux étoiles, je pense à tout ce que j'ai vécu. Cela s'est passé si vite ! Les dieux sont sortis, les dieux ont ouvert les portes de Midgard pour affronter leur destin. Ils croyaient conquérir le monde, mais c'est le monde qui les a avalés.

Me voici en mon tombeau. Avec soin, je referme la porte. Pousse le verrou intérieur. Une tige de fer s'enfonce dans la pierre.

Je me retourne. Le sol est dallé, entièrement nu.

Je m'allonge.

Je repose de tout mon long.

La lourdeur de mon corps. Le monde m'attire, le monde m'appelle à lui. Aucun bruit. Aucune lumière.

Perfection : la perfection du silence.

Bientôt, je le sais, l'iceberg va partir. Il oscillera sur les flots, il s'éloignera des rives, il voguera vers le nord pour s'enfoncer dans l'oubli.

Les brumes obscurciront mon esprit. Les noms se mélangeront dans ma mémoire, les formes, les visages – ils se mélangent déjà –, et il ne restera plus, en dernier lieu, qu'une silhouette immaculée, aux cheveux d'ambre liquide, qui finira par disparaître elle aussi.

Ma façon de mourir. Libre !

Je ferai le vide, et il ne restera rien, rien d'autre qu'un petit bloc de glace dérivant vers nulle part.

ANNEXE

LES FAEDERS D'ASGARD

Faeder – le Temps. Père de tous les Faeders, le Temps est invisible, car toujours en mouvement. Armé d'un long bâton noir, il arpente seul le chemin tortueux qui mène à l'éternité. Son épouse Reah est la seule à se souvenir qu'il existe.

Reah – la Réalité. Reah est une vieille femme solitaire, aveugle, sourde et muette, qui ne cesse jamais de pleurer. Ses larmes, noires et épaisses, tombent jour après jour dans un énorme chaudron où sa fille, Wyrd, les recueille et les tisse.

Wultan – la Force. Fils du Temps et de Reah, il est, en l'absence de son père, le chef de tous les Faeders, et le maître d'Asgard. Tyrannique, violent et orgueilleux, il fait régner la terreur parmi ses sœurs, car il s'oppose à leur mainmise sur Midgard.

Maan – la Lune. Épouse de Wultan, mère de Donn'r et d'Hemd'l, Maan est une Faeder douce et sensible. Chaque nuit, elle monte dans l'une des tours de la forteresse et envoie ses pensées vers le ciel : ainsi paraît la lune. Maan est l'inspiratrice de toutes les sorcières de Midgard, qui ont sacrifié leur beauté formelle et à qui, en échange, elle a offert le don de double vue.

Donn'r – la Guerre. Fils aîné de Wultan et de Maan, il est le préféré de son père. Comme lui, il est ombrageux et sujet à de violentes colères. Il ne possède, en revanche, ni son intelligence ni sa cruauté.

Hemd'l – le Messager. Fils cadet de Wultan et de Maan, il est jaloux de son frère Donn'r. Son but, à terme, est de devenir le nouveau maître d'Asgard. Il se manifeste parfois sous la forme d'un énorme loup blanc.

Tyr – la Justice. Réduit à l'impuissance par ses pairs, ce frère de Reah a été transformé en une statue de pierre par Wultan, que ses constants rappels à l'ordre avaient fini par exaspérer.

Wyrd – le Destin. Fille adoptive de Reah, Wyrd n'a pas de père connu. Agenouillée aux pieds de sa mère, elle recueille ses larmes sous la forme de trois longs fils noirs qu'elle tisse ensuite en une immense tapisserie – la toile de la destinée. Une partie de la toile est encore humectée de larmes, et reste illisible : c'est l'avenir proche. Le reste de la toile est le passé et les aiguilles dont se sert Wyrd pour tisser le présent.

Fregh – la Magie. Divinité hermaphrodite, Fregh a donné la magie aux humains. Elle s'est retirée des affaires du monde bien avant l'Exeat, et gît à présent, paralysée, dans l'une des chambres les plus profondes de la citadelle d'Asgard.

Hell – la Mort. Impératrice du royaume de Winterheim (les enfers), Hell est la première des trois Ténèbres. Avec ses deux sœurs, Izizz et Naewen, et sa demi-sœur Ever, elle veille sur les destinées de Midgard, en l'absence des autres Faeders, qui ont fait vœu de se retirer du monde.

Izizz – la Peur. Deuxième des trois Ténèbres, cette vieille femme en haillons surgit toujours où et quand on ne l'attend pas.

Naewen – la Nuit. La plus jeune des trois Ténèbres, la Nuit descend le fleuve des esprits dès le coucher du soleil. Le jour ne revient que lorsque son grand manteau de ténèbres disparaît à l'horizon.

Ever – le Rêve. Installée dans son palais de glace, au cœur de Midgard, la Dame des Songes règne sur le pays des chimères, où s'envolent les esprits des hommes qui rêvent.

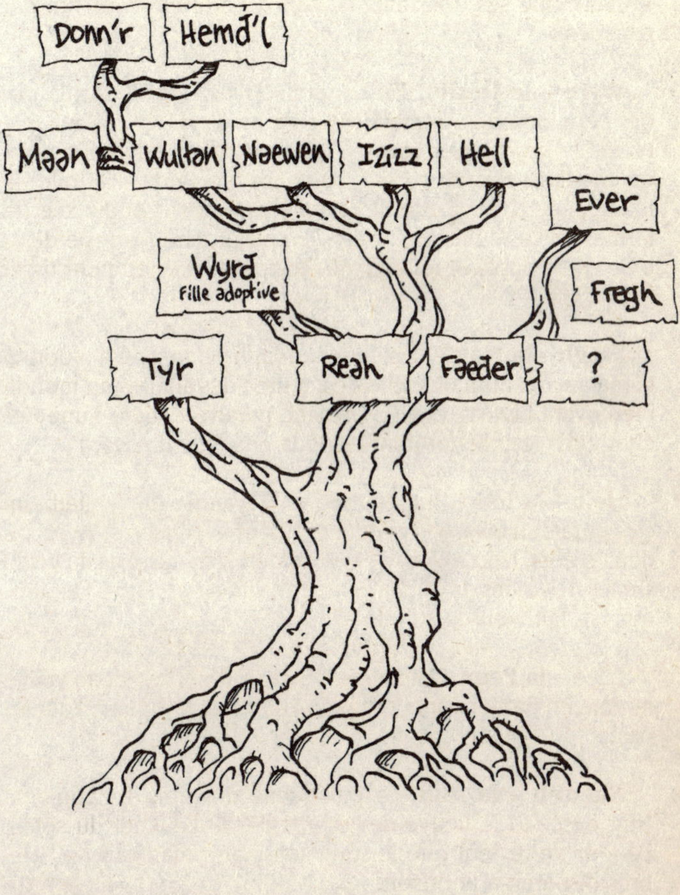

6576

Composé par PCA à Rezé
Achevé d'imprimer en France (La Flèche)
par Brodard et Taupin
le 19 août 2003 19836
Dépôt légal août 2003. ISBN 2-290-32574-0

Éditions J'ai lu
84, rue de Grenelle, 75007 Paris
Diffusion France et étranger : Flammarion